时局

一看一个不吱声的历史细节

王国华 著

春风文艺出版社

·沈阳·

图书在版编目（CIP）数据

时局：一看一个不吱声的历史细节/王国华著.

沈阳：春风文艺出版社，2024.11. -- （王国华读史）.

ISBN 978 - 7 - 5313 - 6832 - 8

Ⅰ. I267

中国国家版本馆 CIP 数据核字第 2024W86F69 号

春风文艺出版社出版发行

沈阳市和平区十一纬路 25 号　邮编：110003

三河市兴博印务有限公司印刷

图书策划：田　灿	责任编辑：周珊伊
责任校对：张华伟	封面设计：浩浩美术
幅面尺寸：170mm×225mm	字　　数：196 千字
版　　次：2024 年 11 月第 1 版	印　　次：2024 年 11 月第 1 次
印　　张：12	定　　价：59.00 元

目录

第一章　唐朝以前

有人说："历史，只有人名是真的；小说，只有人名是假的。"我就想，自己天天写呀写，不就是在以历史的名义写小说吗？

第二章 五代十国、宋朝

健康的历史来自健康的人格；健康的人格离不开健康的生活环境；我们今天想要的，有些，古人似乎早做到了。

第三章　元、明

古代的悲剧，现在看来不再那么悲了；今人古人，
谁更悲伤？

第四章　清朝、民国

乱世出英雄。英雄之幸，百姓不幸；历史，原来离
我们真近哪，真近哪！

第一章
唐朝以前

有人说："历史，只有人名是真的；小说，只有人名是假的。"
我就想，自己天天写呀写，不就是在以历史的名义写小说吗？

❧ 因果报应 ❧

齐襄公屈杀了彭生。后来齐襄公猎于贝丘，见一头大猪。随从说："那头猪好像是彭生哎！"襄公怒道："彭生还敢来见我？"以箭射之，大猪直立起来像人一样大哭。齐襄公吓坏了，跌下车来。后来，臣子作乱，杀死了齐襄公。

诸葛覆死后，其子元崇扶棺回家。诸葛覆的门生何法僧贪其钱财，在路上，把元崇推下河去。晚上，元崇的母亲梦见元崇回到家里，诉说父亲死亡之事和自己被害过程。说着说着，又困又累的元崇趴在窗台上睡着了。元崇的母亲醒来，看到窗台上有一汪水，遂诉至官府。经过审问，何法僧供认了全部罪行。

王少林去某地当县令。夜宿驿馆，听人说该驿馆经常有鬼杀人。晚上，一个女子向王少林哭诉："我本是前任县令的老婆，上任途中，宿于此馆。馆长杀了我家大小十余口，埋在楼下，夺取了我们衣裳财物。"王少林说："别伤心，我会为你报仇的。"女鬼走后，王少林刨开地面，果然尸骨累累。把相关人等拿来拷问，顺利破案。

以上故事均出自颜之推作品《冤魂志》（又称《还冤志》）。《冤魂志》记载了35个沉冤者昭雪的故事。一个个数下来，所谓雪恨，基本没有通过法律手段或者正义手段获取的，是鬼神在替他们伸张正义。鬼神立于天地间，以因果报应为诉求，摆平芸芸众生。

颜之推（531—约590以后），字介，生于士族官僚家庭。他博览群书，为文辞情并茂，19岁就成为国左常侍。后投奔北齐，历二十年，累官至黄门侍郎。577年，北齐为北周所灭，他被征为御史上士。581年，隋灭北周，他被太子召为学士，不久去世。纵观其一生，出身高贵，一辈子吃喝不愁，基本没遭什么罪，在兵荒马乱的年月，可算难得。颜之推其人其作并非特例。你可以观察一下，历史上喜谈因果报应者，多为春风得意之人。他们是现有秩序的既得利益者。他会说，一切得失都是你的"业"。什么秩序啦，什么法制啦，跟他完全没关系。相反，郁郁不得志者，比如蒲松龄，不仅对人间权贵丧失信心，即使写鬼神，也以述其不靠谱之事居多，更不讲求什么因果。现实社会指不上，对天堂和地狱亦不抱希望。而他们到底期待什么样的正义，自己又搞不清。讲来讲去，还是离不开怪力乱神。

令人不由得长叹一声。

⚘ 请吃俺的肉 ⚘

股，文言中指的是大腿，后泛指身上所有的肉。"割股"就是把自己的肉割下来喂给别人吃。中国历史上不乏人吃人的记载，但"割股"不同，这是一种主动的行为，没人逼着你非这么做不可，如果说逼迫，也是自己逼自己。最著名的割股者，大概是春秋时晋文公重耳的臣子介子推了。君臣一伙儿人，奔波在逃亡的路上，饥饿难忍，介子推从自己大腿上割了一块肉，做成肉羹喂给重耳，从而成就一段"佳话"。

这是别无选择的一种选择，割股吃肉，总比大家一起饿死强。而史书上大量记载的"割股"，不是充饥，乃是当药用。《高要县志》中说："文氏，钟公球妻，夫得瘵病，家贫不能具汤药，文织席供之，百方不愈。一日，医云，人肉可愈。文割股饲之，夫不知也，迨创溃不能起，夫询其女，始得状。"文氏的老公得了病，医生说人肉能治好，文氏毫不犹豫地割了一块给丈夫吃，直到创口溃烂，丈夫才知道真相。李敖写过一篇《中国女人割股考》，从各类作品和州府的地方志中摘取了女性割股饲亲的事例，罗列成表，总计 620 个。最早的是唐穆宗长庆三年（823）冯氏割股给母亲治病；最晚的是胡适的老妈冯顺弟割下左臂上的肉喂给自己的弟弟，也就是胡适的舅舅。这还是有文字记载的，至于白白割了自己的肉，却无声湮没在历史长河中的，一定就更多了。男人割股多是喂给自己的上司、父母，没听说喂给岳父岳母的；女人割股所饲者则非常广泛，除大量"饲姑"（婆婆）外，也可喂给公公、丈夫、小叔子、父母、兄弟姐妹等。只要能让他们的病治好，哪怕自己活人现杀，也在所不惜。

可是，人肉真的能治病吗？现在我们自然明白是扯淡，其实在古代也不一定就是共识。割股饲亲，一定有另外无法言说的原因。有的确是因为太穷，吃不起肉，病人又需补养，只好就地取材。还有一些是病急乱投医，认为越奇特的东西越能治病。人肉难得，所以和人参、燕窝一样具有神奇疗效。而医生们也推波助澜，不否认甚至确认这一点，以此掩饰自己的无能。我以为，割股事件之层出不穷，最重要的一点其实是社会最底层人的自虐心理。他们地位低下，又渴望认同，即以自残来表白。虽然不知道割股是否有疗效，但为了表示诚意，表达真心，先把自己解决了再说。你看，我连自己的肉都割下来了，你再不能病愈，可怪不得我了。这是一种奇怪的逻辑：我对你好，无须"你好我也好"，我把自己弄得人不人鬼不鬼，就是对你好。到了今天，社交关系中依然存在类似的心理痕迹。比如，有人在酒场上喝酒，是给别人喝的，自己明明只能喝二两，却要喝一斤。言外之意：你看，我都把自己喝成这德行了，我够意思吧？

❧ 盒子里的秘密 ❧

战国初期，魏国大将乐羊带兵征讨中山国，大胜而归。魏文侯亲自到城外迎接，并在接风宴上送给他一个盒子。乐羊想，不过几块金子嘛，还这么神神秘秘！

回家打开一看，原来是一封一封的信件。再打开信件看，妈呀，吓出一身汗来，都是皇亲国戚、文武大臣攻击他、指责他的。有的说他可能通敌，有的说他要谋反，有的说他睡觉打呼噜，影响邻居休息，不一而足。乐羊深受感动，对其他人说："要不是国君这样坚定不移地信任我，支持我，我怎能安心在外面打仗？"

自此以后，乐羊如何与那些告状者相处？他是否对告状者心存芥蒂？

报复没有？史书上并无下文。不过，低头不见抬头见的，一见对方，自然想起密函上骂自己的话，心里总会不舒服。魏文侯作为君主，应该料到这种结果，他义无反顾地把盒子交给乐羊，诚然达到了向乐羊买好的目的，同时却也把告状者出卖了。你不能说告状者都是小人，若君王坚决反对告密、告状，哪个臣子敢违抗？他们一定是得到了默许和鼓励（明清时，很多大臣被授予专折密奏的权力，可随时单线向皇帝告状），或许真是为君王利益考虑亦未可知，最后竟被君王出卖，让其情何以堪？

汉光武帝刘秀也搞过这么一手。有人上奏说，镇守边关的大将冯异心怀不轨，不得不防。刘秀把这些奏折全部转交给冯异。据说，这是为了敲山震虎，让冯异知道内部有不同声音。但还是那句话，冯异如何与告状的人相处？

魏文侯和刘秀转发密函时，对告状者和被告人，都没明确说什么，但那种阴阴地窥视你如何反应的感觉，想想都会不寒而栗。比较起来，北宋仁宗皇帝的老婆曹皇后似乎比他们厚道些。曹皇后临终时，把一个盒子交给宋神宗，再三叮嘱："我死之后你才能打开，但有一条，千万不能因此怪罪别人，否则，我死不瞑目。"神宗哭着答应了。曹皇后死后，神宗打开盒子，发现里面装满大臣当年给仁宗的奏折，内容均是反对立英宗为太子。仁宗和曹皇后一生无子，计划立侄子赵曙为太子。英宗赵曙是神宗皇帝赵顼的亲爹。没有英宗，就没有神宗。因为仁宗坚持己见，赵曙才顺利接班，神宗也就顺理成章地成了太子。这些奏折显示，那些大臣差点堵死神宗的阳光大道。因为有曹皇后"不可因此罪人"的遗言在，神宗没有追究那些老臣。其实，曹皇后让神宗看这些奏折，没有任何意义，她完全可以一烧了之。这充分证明，接收密函的人，都有与被告（或相关利益者）分享告状内容的潜在冲动，喜欢告状的人，在动笔前不可不察。

❧ 猜谜求职 ❧

单位招聘考试，一个小伙子没交卷，而是直接走到监考人那里说："你们出的试题跟业务关联不大，就算考了满分，也不一定能把业务干好。我要求直接试用。请相信，我是最适合这个职位的。"主持考试的人倒也开通，问道："你凭什么证明自己一定适合这个职位？"答曰："凭我一颗心。"

就是这句话把主考官惹毛了，当场把小伙子轰了出去。他的心长什么样子谁能看得到？这不是玩空手套白狼吗？

这个年代，靠大话唬不住人了，没人喜欢这个。春秋战国时用这一套或许可以。苏秦动动嘴皮子，就让六国联合起来抵抗秦国。戏曲里把他描述成挂六国宰相印的"联合国秘书长"，享尽荣华富贵；冯谖敲着长剑酸溜溜地唱："长铗归来乎，食无鱼。"孟尝君就赶紧让他吃鱼，乘车。那时候的求职者，上来就谈条件，无须证明自己真的能干，却总是无往不利。但也不能说孟尝君们没脑子，事实最终证明孟尝君们押对了宝，成了最大的获利者。

冯谖这样的人还不少呢！当年有个叫宁戚的，只是个小小的仆人，经常站在齐桓公必经之路上高声歌唱，其音甚悲。齐桓公让管仲接待宁戚，问问他什么意思。宁戚什么也不说，翻来覆去就这么一句："浩浩乎白水"，"浩浩乎白水"。管仲发愁了，回家后唉声叹气，五天没敢上朝。小妾问他："郎君有什么难处？跟我念叨念叨，没准儿我能帮你解决呢！"管仲抱着有一搭没一搭的心理跟小妾讲了。小妾说："古有白水之诗，诗云：'浩浩白水，倏倏之鱼，君来召我，我将安居，国家未定，从我焉如。'宁戚的意思是国家需要他，他希望报效祖国哩！"管仲大喜，赶紧报告给齐桓公。齐桓公一想，唉，绕这么大弯子合着就这点事，不就当官吗，当吧！立即修了官府，斋戒五日，恭迎宁戚。

从现在的观点看，齐桓公和管仲都有点冲动的做派。人家设了个谜语，他们费劲巴力地猜，还高兴得什么似的，然后迷迷糊糊把人家请了来。这到底谁考谁，谁向谁求职呀？或许，当时民心淳朴，吹牛说谎的只是少数，一个人只要敢说自己怎么怎么样，就一定能怎么样；还有一种可能，那时候当官并非什么好差事，愿干的不多。

❧ 中国灰姑娘 ❧

还是先讲故事吧。

秦汉时，南方某地有个洞主姓吴，娶了两个妻子，一妻卒，留下一女名叫叶限。不久，老爹去世。后母对叶限百般虐待，让她吃猪狗食，干牛马活儿。一次，叶限捕获了一条金鱼，偷偷养在盆子里。金鱼越长越大，屋子里放不下了，叶限将它投放于房后池塘中，每天抽空去喂养。后母感觉叶限行踪诡秘，就偷偷跟踪她，结果发现了鱼的猫儿腻。一次，趁着叶限不在，后母杀了金鱼，又把鱼肉吃掉，把鱼骨埋在厕所旁。叶限回来，见金鱼失踪，久觅无果，便跑到荒野里仰天大哭。这时，一个穿粗布衣服的人嗖儿一下出现在她面前，说："不要哭不要哭，我的骨头被埋在某地了，你取出来，藏在自己屋子里。有什么愿望，只需对鱼骨说一声，就能万事如意，心想事成。"说完，嗖儿一下消失了。

几天后，后妈带着亲生女儿去赶庙会，让叶限看家。叶限向鱼骨要来了漂亮的衣服，金色的鞋子，也去赶庙会了。妹妹发现了叶限，对妈咪说："哦呵，那个人多像我姐姐呀！"后妈一看，也觉可疑。回家后发现叶限正在树下睡觉，方才释然。殊不知，叶限在庙会上与后妈对视了一下，匆忙返回家中，却把一只鞋子落在了路上。

有人捡到了那只鞋子，卖到附近的陀汗国。陀汗国王觉得鞋子太漂亮了，心想，这个鞋子的主人一定很漂亮，我应该把她娶回来。于是让国中人试穿，却没有一个人穿得上。

亲爱的读者，是否发现这个故事有点面善？跟灰姑娘的故事有点相似？

没错，接下来你也猜到了。陀汗国王派人四处寻找另外一只鞋子，找来找去就找到了叶限家里。让叶限试穿金鞋，可丁可卯。于是国王大张旗鼓把叶限娶回来。而可怜的后母和亲生女儿则被无缘无故飞来的石头砸死了。

这个故事见于唐代段成式写的《酉阳杂俎》，是世界上流传下来的最早的灰姑娘的文本。有人据此推断，格林兄弟整理的灰姑娘是从中国传过去的。当然，也有人说，灰姑娘在西方民间有三四百个版本，只是形成文字比较晚，这个故事应该是先由欧洲传到东南亚的印尼和越南，随后才成为中国的故事。

❧ 开门红和亡国之君 ❧

历史上的"盛世"，一般是在新朝建立以后的第二、三代。像汉朝的"文景之治"，唐朝的"贞观之治"，清朝的"康乾盛世"，以及明朝的永乐皇帝朱棣时期，北宋太宗皇帝赵炅时期等，其时大都出现了历史上少有的安定局面，老百姓都安居乐业，其乐融融。

为什么不是第一代或者最后几代呢？这是因为，新朝建立，第一代皇帝要拿出大量的时间来收拾残局，布置新秩序，尽管他们都是敢想敢干的主儿，可他们不得不把自己的人生耗费在这个过渡阶段上。只有到了下一代，才能真正把精力投到经济建设上去。前朝灭亡的情景还历历在目，深刻的教训时时警醒着新主，因此，这些人重视百姓的疾苦，懂得以前车之鉴为镜。

其实，在"盛世"之治下，民不聊生的现象并不少见。只不过，大乱之后的大治已足以让绝大多数人心满意足了。他们原先只能吃草根、树皮过日子，经过这些帝王的治理，现在能喝上稀粥了，老百姓能不感激涕零吗？于是，他们用生花妙笔来描述这个时代，恨不得将世界上最美好的语言奉献给一代明主。民间传说中说，朱元璋在最饥饿的时候吃到一碗乞丐送的馊豆腐炖白菜，以为是天下至美之味，称之为"珍珠翡翠白玉汤"，等他当了皇帝以后，依然念念不忘。其实，历史上的所谓盛世，内涵与此相同，它就是饥饿难耐的老百姓心中那碗"珍珠翡翠白玉汤"。

如果说中兴之主互相之间有些相似之处的话，那么亡国之君则各有各的不同。

他们有的还是个孩子，比如西汉末代皇帝刘婴、南宋的卫王赵昺、清朝的宣统皇帝溥仪等，自己尚懵懵懂懂，怎能处理复杂的军国大事？

他们有的志不在此，如果去从事别的行业，极有可能成为一代宗师，南唐国主李煜出口成章，缠绵悱恻，北宋的徽宗皇帝赵佶挥毫泼墨，鸟语花香。他们只知享受"上天赋予"自己的权利，根本不愿意承担义务。

有的也胸有大志，暗自发誓要干一番事业，像明朝皇帝崇祯，整顿吏治，改革经济，调整官场，似乎有机会成为一代明主，但他的祖宗们已经将家底彻底败坏，他只能眼睁睁看着王朝崩塌，并发出"君非亡国之君，臣乃亡国之臣"的慨叹。相信臣子一定对此不屑，大量地起用"亡国之臣"，你还不是"亡国之君"？

有的，既有大志，又有能力，依然成了"亡国之君"，如隋炀帝杨广，开凿大运河，征夫对高丽用兵，气魄大得很，整个国家在他手中，如同玩偶，可惜，这个国家病弱的躯体经受不住如此强壮的心脏搏动，只能以猝死告终。

检测仪

时至今日，虱子在中国大概属于罕见动物了，但并没专家来呼吁挽救它们，这说明当代人跟虱子的关系是多么冷漠。其实，从 20 世纪 80 年代一直上溯五千年，人类跟虱子始终是亲密无间的。各类史书中不乏关于虱子的记载，而且相当正面。在讲究清谈的魏晋时代，嵇康等众多贤人喜欢"扪虱而谈"，一边抓虱子一边聊天，多么闲适！宋朝大儒王安石被皇帝召见时，一个虱子不安分地从他的脖子里爬出来，站在白胡子上荡秋千，逗得皇帝直乐。这些名人逸事显然对包容虱子起到了推波助澜的作用。下至草莽，上到公卿，都对虱子抱一种"既来之，则安之"的冲淡，唯独北宋徽宗被金兵掳走后，身上生了虱子，居然不知为何物，给旧臣写信说："朕身上生虫，形如琵琶。"也许这位皇帝太干净了，以至身上从没生虱子，难怪最后成了亡国之君。

虱子和人类的共存共生可不是说着玩的。《酉阳杂俎》中记载："相传人将死，虱离身。或云取病者虱于床前，可以卜病。将差，虱行向病者，背则死。"人快死的时候，身上的虱子纷纷逃离。判断一个病人是不是还有希望，只需把一只虱子放在床前，虱子扑向病人，人还有救；虱子背向病人而爬，那就只好准备棺材了。大概是人之存活和死亡，身体上会有一个物理变化过程，人类肉眼不一定能看出来，但虱子凭借自己的生物本能可以感觉得到。这就如同地震之前鸡犬叫、老鼠跳、井水冒等现象。现代化医院里准备着各种检测仪器，体温计、血压计，那计这计。其实，一个虱子都解决了。

这篇文章的读者，估计都知道虱子是怎么回事。但我给6岁的女儿讲虱子和跳蚤的故事，就要费一番口舌，她总是把"虱子"和"狮子"混淆。在此，我就向五十年后的读者普及一下虱子的知识：虱子像芝麻一样大，寄生在人和其他动物身上，平时隐藏于衣服和头发缝隙里，乘机爬出来吸血。幼虫叫作虮子，白的，小米粒般大小。由于卫生条件的改善，今天的虱子没有了藏身之地。人们由津津乐道的虱子的故事变得提起它的名字就恶心。

形而上的动物

东晋郭璞《玄中记》中记录了一种叫作"蜮"的动物，有以气射人的本领，去人三十步，射中其影，人就会死掉。此即"含沙射影"的来历。那么，"蜮"是什么呢？《感应经》中说，蜮是一种狐狸，生于南方。南方天热，男女经常混杂在同一条河里洗澡，淫气浓重，于是生出"蜮"这种动物。但是《录异记》里记载了另外一种叫作"水弩"的虫子，状如蜣螂，也会含沙射影。"蜮"和"水弩"，到底谁是"含沙射影"的元凶？没人能弄明白。可能都是，也可能根本就不存在这两种动物。影子跟人的身体，几乎如同刀刃和锋利的关系。你可以打到刀刃，但你打得到"锋利"吗？古人创造的这两种动物，后人似乎也没什么兴趣，他们只是牢牢记住了"含沙射影"这个成语以及成语所承载的社会意义。

古代经常闹蝗灾。皇帝和官员如果治蝗无方，就以为遭了天谴。荆州一带有位叫法通的大师，他是安西人，经常跟别人讲："蝗虫肚子下面有梵文。这些蝗虫是从天上来的，西域有人验看了那些字，请巫师作法消灾。蝗虫吃谷物是衙门中的官吏造成的。官吏若剥削百姓，蝗虫就吃谷物。如果蝗虫身子黑色，头是红色，说明武官在贪污；如果蝗虫头呈黑色身子红色，则是文官。"

各位，你见过肚子底下有字的蝗虫吗？古书里面记载了很多奇怪的动物，都这样让人难辨真假。记载者经常为了说明点什么道理，随便改变动物的形貌。他们不关心动物的生理差别、体貌细节，而只想赋予其社会意义。比如这样一种动物，红色的，"头、牙、齿、耳、鼻尽具"，好像是长了人的脑袋，你说它是什么东西？汉武帝在路上就碰到过这种虫子。他向东方朔询问，答曰：该虫子叫作"怪哉"。当地老百姓缺吃少穿，常常仰天长叹："怪哉怪哉！"怨气集结，生成此虫。有人把"怪哉"放进酒杯，虫子马上化掉了，这也似乎应和了"借酒浇愁"的古语。还有，你同样没见过像猪一样大的蝼蛄吧？《搜神记》载，晋朝庐陵太守庞企的祖父因罪被关押在狱中，忽然看见一只蝼蛄在他身旁爬行，就对蝼蛄说："你能救我一命吗？"并随手投食给蝼蛄吃，蝼蛄吃光而去。过了一会儿蝼蛄又来，形体长大了些。他再投给它吃。几天时间，那蝼蛄长得如猪一般大。到了行刑的前一天夜晚，蝼蛄把墙壁掘出一个大洞，该犯随着蝼蛄从狱中逃出来。因此庞企家世代都祭祀蝼蛄。

古人的故事似乎也非完全虚构，大概还有那么一点影子。只是他们懒得观察、研究动物自身，他们更关心自己。不过，科学就是科学，哲学就是哲学。本想二者通吃，最后却弄成了四不像，以致后人继承的道理总是太多，科学总是太少。

ᕙ 草标 ᕗ

一个细节——古代卖东西的，经常插草为识。为什么插草而不插树枝或者直接写个牌子呢？据说，插草代表出售，最早产生于晋代。彼时中国农村有了定期的集市，多位于交通要道或津渡驿站所，因市场四周多置草料，房舍简易，以草盖成，加之粮草交易甚多，故遍地皆草。赶集者携物来卖，随手拾一根草插在该物上以示出卖。因此，集市也叫草市。说穿了，插草为识是一种因陋就简的方式，没有比这更省钱的了。

草，是卑贱的象征。

还有一个细节——插草为识的，都是一些落魄的主儿。没见过插草卖轿车和豪宅的，即使卖轿车和豪宅，因为有过富贵，别人也少切肤的同情。范进卖鸡、秦琼卖马、杨志卖刀，离不开草标。都是本已穷困，又逢连阴雨，走投无路，被迫把最珍贵的东西拿出来卖。但凡有点办法，也不会出此下策。所以草标还代表了一种低微和无奈的心态。我连个招牌都买不起了，可怜可怜我吧。穷人与穷人之间声气相通，买主一见便知对方的处境，一般不忍再压价逼迫。

插草卖物是还有一线生机，插草卖人则已山穷水尽。拉场戏《冯奎卖妻》中，因为连年干旱，颗粒无收，眼看一家人都要活活饿死，冯奎和妻子李金莲商量卖掉儿女。李金莲说："那是你冯家的香火后代，卖了以后怎么对得起死去的老人，还是卖掉我吧！"而当谈好买主，夫妻分别时，女儿赶来哭诉："爹爹你把妈妈领回去，小桂姐愿替妈妈去换钱；孩儿只把亲娘要，饿死也不要妈的卖身钱！"说着，把草标从妈妈身上拿下来，插在自己领子上。冯奎夺过草标扔在地上，狠狠地踩了几脚，仰天长叹："苍天啊！"此时的凄惨与悲凉，非当事人不能体味。

至于插草卖己，则又是另一境界。超市里的洗发水不能给自己上贴条码标签，一个人，却可以在自己脖子后面插上一根枯草，跟跟踉踉走向集市。董永卖身葬父，还有不知名的人卖身葬母，故事结尾往往皆大欢喜，而真实状况却不一定如同讲述者期盼的那样圆满。电影《唐伯虎点秋香》中，唐伯虎和另一个卖身葬全家的人比赛谁更惨，那个人活活把自己打死，这也许最贴近真相。一个卑微的人的生命，只能为才子的风花雪月做铺垫，为富贵者插科打诨。

今天的网络上，时常有一些表示卖灵魂、卖自己的。我没感觉出他们真的到了这一步。外面的世界很大，走出去就能找口饭吃。非要跟别人比赛，谋取更大的利益，那就是你自己的事了。他们把沉重的草标当成了最容易拿到的噱头，草也拿他们没办法。

所谓秽史

二十五史中，排行第十的《魏书》曾经备受争议，甚至被称为"秽史"，即肮脏的历史。据说，《魏书》的编者魏收是南北朝时的大才子，但其品德败坏，政治上随风倒，谁得势他就跟在谁屁股后面，谁倒台他就再踏上一脚。《容斋随笔》里讲，当年魏收受命编纂《魏书》，仗着手中的权力，恣意妄为。和他关系不错的人，被他写成一朵花；跟谁不和，就在书中大肆诋毁。他还扬言："何物小子，敢共魏收作色，举之则使上天，按之则使下地。"谁敢跟魏收叫板？他笔头子一动，就让其进天堂或者入地狱！更过分的是，他在自序中如此描述自己的身世："汉初，魏无知封高良侯，子均，均子恢，恢子彦。彦子歆……歆子悦……悦子子建……二子，收、祚。"亦即，西汉名臣魏无知是魏收的七世祖。有人据此推算了一下，找出了破绽——从西汉到北齐已七百余年，难道魏家一百年一代吗？因此，书成之后，众口喧嚷，很多人来讨说法。有人说自己的家族被写得太坏；有人说，自己的家族很有势力，却被魏收忽略了，魏收是挟私报复。而魏收的两位好友——左仆射杨惜、右仆射高德正因为得到魏收的照顾，投桃报李，下令不准论说《魏书》史事不实，抑制控诉。此事最后惊动了皇帝，经其亲自过问，魏收又修改了几次。但该书始终没公开发行。

不过，后世史学家评价，其实《魏书》还是有可取之处的，比如，它相对完整地记述了鲜卑拓跋部早期的历史；专门记载我国其他少数民族的情况，其中包括《高句丽传》《百济传》《勿吉传》《契丹传》《氐传》《吐谷浑传》《獠传》《西域传》《高车传》等。

要说"史非信史"，二十五史中没有谁能保证自己写得完全真实。绝大多数"史"，都是史家个人意志或当时主政者意志的映射，尽管他们都信誓旦旦标榜自己多么中正。魏收的失败之处，在于他太招摇，大庭广众之下高喊"举之则使上天，按之则使下地"，事实上哪个史家不是这样做的呢？唯独你傻了吧唧说出来。不成熟啊！

❧ 蛇 ❧

蛇在我们的印象里，是通人性的，但蛇之通人性与狗之通人性大不一样，后者让人亲切，前者让人胆寒。我小时候听大人讲，临村某某家的房梁上有一个蜂窝，一天晚上，蜂窝忽然自己旋转起来，就像安了轴承。主人用棍子将其捅下来，结果，从里面爬出一条大蛇，转眼就没了踪影。听得我头皮一阵阵发麻。明知道其中有演绎的成分，但连续几个月，无论走进谁家的屋子里，还是忍不住要往房梁上看，生怕从上面掉下一条蛇来。

蛇之所以被神秘化，估计跟它们不常见有关，狗天天与人类生活在一起，已没有一点神秘感，如果要神化一条狗，想想都搞笑。而蛇不是，它们隐藏在草丛间地缝中，出其不意地出现，出其不意地溜走，来无影去无踪，这时候，人们就会把许多想象添油加醋地安到蛇的身上。

隋朝年间，山西夏县有一户人家，新修了宅子，正要搬走时，忽然从旧宅子里爬出无数条蛇，铺天盖地，稠如蚕丝。住户找来一个术士，让他给想个办法。于是，术士在旧宅四周钉上桃符，手中拿着个鬼画符，念念有词地引导着蛇回到屋里。此时，屋子中央神奇地现出一个盆口大的洞穴，蛇都乖乖地钻了进去。术士让主人赶紧烧水，足足烧了一百桶，然后统统灌进洞中。接着，主人找人来连夜挖洞，结果，在洞中挖出古铜钱二十万贯。这回他可是发了大财。术士告诉他，那些蛇，乃是古铜之精也！

岭南有一种报冤蛇，人若是不小心碰了它，它能跟着你走四五里地。如果打死一条，麻烦就更大了，它们顷刻间就成千上万地云集而来，聚到你家门口示威，爬得满院子都是。那场面，想想都恐怖。

唐开元年间，湖南郴州马岭山上有两条蛇发生了争斗。两条蛇，一黑一白。白蛇长约七尺，黑蛇长约丈余。两条蛇死死纠缠在一起，满地翻滚。不一会儿，白蛇竟然将黑蛇吞了下去，黑蛇比白蛇粗，白蛇就硬往下吞，它的嘴都被撑裂了，黑红的血哗哗往下淌。黑蛇被吞到半截，拼命挣扎，尾巴啪啪甩得山响，最后，它在白蛇的肋骨上咬了一个孔，探出自己血肉模糊的脑袋来。两条蛇在奄奄一息中一起死去。它们死后，本地连下十多天暴雨，山洪暴发，淹没了村屯，五百多户人家流离失所，另有三百多人在暴雨中失踪，不知是不是做了蛇的殉葬品。

✤ 庙庙庙 ✤

如果有心，你会发现一个细节：古代的考生、落魄士子、放逐官员在长途跋涉时，多宿于寺庙中，奇遇也往往在这时候发生。至于皇帝出巡，给寺庙题字、与僧人长谈、在庙中遇到奇人的典故更是不胜枚举。几乎无庙不成书，很多正史、野史故事都发生在寺庙中。寺庙是大背景之一。如果演古代话剧，准备布景时，寺庙一定和皇宫、战场一样不可或缺。

为什么是寺庙而不是旅店？我分析了一下，大概有以下原因：其一，中国历来安土重迁，没有旅游传统，旅店多为倒买倒卖的商人准备，数量少，分布稀。虽有所谓"驿馆"，却是照顾公家人的，具公务员身份才可入住。文化人出外，晓行夜宿，不见得时时遇得上旅店。一村一店、一乡一店是不可能的，一村一庙、一乡一庙倒不离谱。杜牧云："南朝四百八十寺，多少楼台烟雨中。"极言寺庙分布之广。中国上层建筑中，信仰佛教的不少，建造了大量寺庙，里面有大量空余的房间。佛门子弟与人为善，帮路人提供一点方便，顺便供应几顿饭食，不算意外。

其二，古代的考生、落魄士子和放逐官员处境不佳，兜里钱少，能省即省。寺庙不像旅店那样苛刻。有钱呢，就捐点香火钱，没钱呢，也不会逼人太急，和尚甚至还要照顾那些生病濒死的游子，为其送终。

其三，也是最重要的一条，僧人游离于常人社会之外，同时又比道人更世俗化。寺庙既有"姑苏城外寒山寺，夜半钟声到客船"之清幽雅静，又有"清晨入古寺，初日照高林"之畅快淋漓。僧人中藏龙卧虎，不乏高人。"诗僧""武僧"都是常用词语，"诗道""武道"就很别扭。道人与"神仙"二字分不开，炼丹画符、升天、点石成金、采阴补阳等，都是为有钱有闲阶层服务。僧人却可以放下身段，来者不拒，作诗、品茶、谈人生、谈理想，雅俗兼有。文人骚客愿意与其交流唱和，白居易、苏东坡等文豪，身边都有来往过密的僧人朋友。漫说流离失据之徒，即使衣食无忧的文人墨客，没事时也会跑到寺庙里住住，跟和尚谈天说地。时间长了，寺庙自然出现在文人的口中、笔下。

和僧人在一起，有无限的可能发生。因此，读古书读到一个人慢慢走近寺庙的时候，我们就可以说，请注意，大幕渐渐拉开了……

⟡ 陌生的刀 ⟡

秦汉以降，游牧民族凭借来去如风的快马、健壮的体魄和强悍的性格，常常在边境骚扰，让中原政权十分挠头。但到了唐朝，突厥、回鹘、吐蕃等游牧民族遭到中原政权的强大攻击，纷纷降服或被迫迁移。农耕时代，两军作战，主要拼体力。是游牧民族战斗力下降了，还是中原人的体力增强了？或者有其他什么原因？

查阅典籍，你会发现，在唐军与游牧骑兵作战的时候，一种被称为"陌刀"的武器起了很大作用。骑兵的优势是进退迅速、冲击力强，常令行动缓慢的步兵束手无策。于是陌刀应运而生。这种武器，比剑长，比刀直，双刃，势大力沉，类似于长剑、长刀，多数情况下是长柄，也有短柄的，非体格强壮的人挥舞不起。敌人的骑兵来袭时，训练有素的士兵站在队伍前排，每人一把陌刀，形成一道"刀墙"。距敌一百五十步时，弩兵开始射击；距敌六十步时，弓箭手开始射箭；敌人攻入二十步内，弓弩手放下弓箭，拿起陌刀，敌军冲击力越大，反作用力就越大，连人带马一下被掀翻在地。在冷兵器时代，这绝对是极具杀伤力的武器，将对方骑兵的优势消耗殆尽。

《旧唐书》中记载，安禄山之乱时，贼将李归仁以精锐之师来挑战，突入唐营，唐军大乱。大将李嗣业脱衣服光了膀子，手执陌刀立于阵前，上来一个砍倒一个，正面进击者，人马俱残。连杀十数人，终于稳住了阵脚。军士立刻整理阵容，尽执长刀而出，如墙而进。又载，李世民讨伐王世充时，与大部队失散，只有丘行恭一人随行，十数敌骑紧紧追赶。李世民的战马不幸中箭。丘行恭将自己的战马让与李世民，下马执长刀（陌刀）站在地上，巨跃大呼，斩数人，杀出重围，与大部队会合。可以想象，丘行恭若手执匕首或者短刀，是否还有这样的气势？兵器与战士，应该是相互提升，相得益彰的。强大的将士匹配强大的兵器。因此，陌刀对战士的素质要求很高，培养一个陌刀战士需付出巨大代价。此外，陌刀的制作成本也很高，从选料到打造出炉，花钱如流水。物以稀为贵，陌刀成为政府明文禁止私藏的武器之一。

陌刀是汉民族与善骑射的游牧民族在战争中改变自己马少不精的劣势、发挥步兵优势的关键兵器。有人问，既然唐朝的军队可以用陌刀对付突厥外患，宋朝的军队为何却积贫积弱，不用陌刀对付辽国和大金国的骑兵呢？其实，到了宋朝，已经发明了取代陌刀的三尖两刃刀、掉刀、斧钺等武器。这些武器制作更方便，成本降低，且效能更高。可是，辽金骑兵水涨船高，也想出了对付宋朝利器的办法。两军对垒，就是这样一个斗智斗勇的过程，谁也不会等着受死。

陌刀只是众多被淘汰的武器之一。三尖两刃刀、火枪……不是都渐渐被淘汰了吗？终究有一天，人类不需要任何武器。

数学，一边去！

我国历史上的儒学大师、国学大师满坑满谷，但数学家、物理学家、化学家凤毛麟角，能叫上名来的不过祖冲之等几个人，还有几个装神弄鬼的炼丹家，抽冷子干了点与化学有关的活儿，此外简直就是空白。出现这种结果，跟封建社会的选才制度有关。科举考试只考四书五经，大家当然都争先恐后地学习四书五经。如果科举考修脚，我估计中国一定能涌现一批修脚大师。

事实上，我国在唐朝时曾一度把数学纳入了科举范围。显庆元年（656），国子监开办了数学专科学校——"算学馆"，招收学生三十人，设置算学博士和算学助教主持日常教学工作。这样，国子监内就有了国子、太学、四门、律学、书学、算学六个学馆。政府还让李淳风编订了十部算经，即《周髀算经》《九章算术》《海岛算经》《孙子算经》《夏侯阳算经》《张丘建算经》《缀术》《五曹算经》《五经算术》《缉古算术》，统称《算经十书》，作为官方教材。让数学入科举，数学过关就可以做官，这在当时，可说是开了世界之风气。

奇怪的是，到了晚唐，明算科考试停止了。本有可能大踏步前行的数学科目，在中国戛然而止，此后只靠几个民间数学爱好者支撑。停考的原因是，应试的人太少。原来，政府做了个规定，国子博士的官阶是正五品上，算学博士的官阶却是从九品下，是官阶中最低的一级。其间，算学馆停了开，开了停，没有个连续性，学生们也觉得没意思，老师才是从九品的芝麻官，学生还不得憋到二十品去呀！干脆另谋出路吧！

为什么历代当政者都不重视以数学为中心的科学，而只注重玄而又玄的儒学呢？要我看，全是因为数学对于专制制度毫无用处。一样的国学典籍，你可以这样理解，我可以那样理解，每个统治者都能随便发挥，拿来为我所用，将其变成专制统治的护身符。天文学也是如此。编订《算经十书》的李淳风同时还是个天文学家，他居然可以根据天象推断出武则天在四十年后要篡位，但星星的位置跟武则天篡位有什么必然联系？没有，反正天象就这么说。为什么大臣必须效忠皇帝？没有理由，儒家经典就是这么说的，你就得这么做。相比之下，数学就不行了，因为一加一等于二，所以就应该由我当皇帝，这不像话。

为了像话，统治者纷纷把数学扒拉到一边去了。

✑ 大团圆 ✑

河北梆子《大登殿》是一出关于团圆的戏，前面的铺垫全部舍弃，直接进入大团圆：要饭花子薛平贵当皇帝了！其他故事中，往往结尾才能如此，而这出戏里，开局便是高潮。但问题也随之来了——当年鲁迅质疑：娜拉走后怎么办？你抗争啊，你奋斗哇，终于等到一个结局，但结局之后呢？

且看薛平贵，一朝权在手，便把令来行。得意扬扬上得台来，先找到苦守寒窑十八载的王宝钏，封为皇后，再找王宝钏的爹爹王允，当初王允反对女儿嫁给薛平贵——杀！王宝钏的姐夫魏虎帮着丈人对付薛平贵——

杀！王宝钏的妈妈站在女儿一方，支持女儿的抉择——奖！

当然，王宝钏一定要为老爹求情，薛平贵也一定会同意，这才显出猫戏老鼠的乐趣。然后是王宝钏"酸"她老爹："你看那讨饭的花郎驾坐九龙庭，再叫声老爹爹细听儿言。想当年若听父相劝，你看着龙凤衣衫翡翠珠冠，何人把它戴，何人把它穿？"王宝钏的妈妈也来帮腔："你说平贵花儿样，到如今打坐在九龙庭。你说三女受苦的命，万岁封她坐正宫。龙的龙来凤的凤，将老身封在养老宫。养老宫内乐安宁，享荣华受富贵，老相你呀，你是万万不能！"薛平贵也没闲着，他应王宝钏的要求给王允封了个官："你女儿坐了昭阳院，王封你掌朝太师有职无权。"王允垂头丧气地答道："叩罢头来谢恩典，老夫我做的是受气的官。"妻子和女儿事后诸葛亮式的数落，薛平贵玩笑一般的封官，再加王允"无地自容"的态度，都显示出：什么夫妻情，父女义，都不重要，重要的只有实力。当了皇帝，一切都对了，错的也都无所谓了。

但一个人不杀也不行，要不怎么显出皇帝的威严呢！作为反面人物的魏虎，就这样成了俎上鱼肉。魏虎一口一个"孩子他三姨"，对王宝钏说："杀平贵本是岳父他，埋怨俺魏虎为什么？"王宝钏则反驳道："魏虎贼子你好大胆，死在了临头你把人攀。万岁传旨将他斩，杀死贼子报仇冤。"刚才还跟丈夫缠缠绵绵，转眼便声色俱厉。刚刚获封皇后，就迫不及待地跳出来，让丈夫封这个，杀那个，一副越俎代庖、颐指气使的做派。薛平贵乐得配合她，反正天下是咱两口子的了，还不是想怎么就怎么着？所谓大团圆，不过是一场新的血雨腥风的开始。编剧虽刻意正面树立，却仍不脱"我胡汉三又杀回来了"式的咄咄逼人。

薛平贵征西过程中收代战公主为妻，现在找到王宝钏了，薛平贵告诉代战公主："王宝钏坐了正宫院，王封你东宫莫嫌偏。"代战公主不干，要杀薛平贵，王宝钏打圆场："御妹你不要把脸变，听为姐把话对你言。说什么正来论什么偏，咱姐妹一同保江山。"代战公主倒也识相，或许等的就是这个台阶，两人立刻手拉手下去喝酒了。

杀伐、行赏、分赃，日思夜想的"大团圆"，并非团聚之后的温暖、祥和、宽容和爱，只是坐地分赃和重新洗牌的大清算。他们仿佛多日没饭吃的饿汉，撅腚伸脖，狼吞虎咽，吃相很难看。

一个人咬牙切齿地说，我中了五百万，我要怎么怎么样！看着他的满脸煞气，我们只好祝他一辈子别中奖。虚构的《大登殿》虽只是落魄者的意淫故事，但能够长盛不衰，代代相传，恰恰反映了人们潜意识里的阴暗和血腥。

🌿 无限柔媚 🌿

中国历史上有三位著名的宰相，为人处世异曲同工。一是武则天时期的苏味道。刚刚升任宰相时，弟子们问苏味道："如今天下事情繁杂，你老人家如何处置？"苏味道手摸床棱答道："遇事不要决断明白，就像这样，摸棱以持两端即可。"不给出明确答案，可进可退。成语"模棱两可"即出自此处。二是宋朝神宗时宰相王圭。王圭居相位十六年，他每次把各部门的奏章呈送给皇帝时，都跪称："取圣旨。"皇帝批示以后，他跪接道："领圣旨。"出宫时向有关部门传达说："已得圣旨矣。"王圭几乎不做任何决断，天天围着圣旨转，时人称之为"三旨宰相"。还有一位，是清朝的曹振镛。曹振镛最高做到嘉庆朝的军机大臣，职权已相当于宰相。门生问他为官之道，曹答："无他，但多磕头少说话耳。"

上述三人，在处理具体事务上或有自己的独到之处，不一定如传说中这么绝对。但是，不作为，不负责，不担当，留有余地，能推则推，一定在他们身上体现得非常突出。以今天的眼光来看，这样的官员显然不够格，属于被淘汰之列。但奇怪的是，此三人并没因此遭遇不测，相反，比起那些铁肩担道义、敢作敢为的官员来，他们的仕途要平顺得多，稳扎稳打，步步高升，沉舟侧畔千帆过，唯有他们"万里长城永不倒"。时至今日，这样的官员也存在，而且在利益上、升迁上，也不见得比真正干事的人更吃亏。这到底是怎么回事？

上溯回去，打量苏味道等三人的行为，你会发现，他们貌似什么都不负责，其实这本身就是对上司最大的负责。他们只管传达，把所有决策权都置于上司手中。上司跟他们在一起，无须担心大权旁落。作为一个领导，最在乎的是什么？当然是权力了，这是核心利益。不威胁上司的核心利益，其他一切都好办。但他们不提供决策意见，领导要他们何用？很简单，用他们来做缓冲。一旦领导发现决策失误，或者反悔了当初的决定，是不好承认自己错了的，必须把责任推到下面。苏味道等人，自然也不会独揽失误责任，他也要推，但是，他不会推到上司身上，而是推到下属身上。虽然错误实际由领导一人造成，但经过层层分包，所有人似乎都该承担那么一点，责任就得到了稀释。若无苏味道们，皇帝必须直面所有血淋淋的现实问题，错了就是错了，躲不开绕不开。次数一多，威望受损，信任指数下降，位子岌岌可危。苏味道们给了上司最大的回旋空间，让其能够翻手为云覆手为雨。有了成绩全归上司，出了问题归咎于下属。即使最后不得不惩罚一两个最底层的替罪羊，做做样子，但上司心知肚明，绝对不会为难苏味道们。

苏味道们的做派，可以用一个词来概括，那就是"柔媚"。一般情况下，对上司越柔媚，对下属与庶民就越骄横，此二者互为表里，相辅相成。我不相信他们天生贱种，可以轻松自如地受虐于暴烈的上司，可以永远逆来顺受。人的心理是需要平衡的。他们一定会找个发泄的地方。这个突破口，就是下属和庶民。他们的权力并非从庶民手中得来，凭什么要对庶民负责？上司决定他们的命运和前途，他们自然唯上司马首是瞻。他们卑躬屈膝，从上司那里受了委屈，又毫无保留地转嫁到下面去了。到最后，受委屈最大的，自然就是最底层那些无助的人。

当然，上司有时候需要表演一下"亲民秀"，做出严厉批示，指示从快从严处理之类。其实他们和苏味道们根本就是一条线上的蚂蚱。是他们造就和保护了苏味道们。没有上司的专横，哪来苏味道们的柔媚？没有苏味道们的柔媚与颟顸，又哪来庶民的投告无门？这些问题，都有内在的联系。谁也别想一推了之。

王

秦岭以南，湘黔桂一带，气候阴湿，密林广布，常有毒蛇出没。有一种蛇，藏于草中，牙齿倒钩，离人数步之外，猛然出击，快如闪电，一击即中，人被咬后，必须迅速果断处理中毒之处，否则，剧毒就流遍全身，人也会窒息而亡。这蛇便是著名的蝮蛇！蝮蛇之猛，直至今日仍叫人胆寒。但是野史中记载，有一种黄喉蛇，常住在农户家中，喜食毒蛇，尤喜食蝮蛇。吃完以后，头朝下，唰的一下从房檐爬下来。它嘴里流出的沫子滴在地上，地上立刻隆起一块土包，土包里生出一种动物，名为沙虱，可以用来治病。黄喉蛇虽吃毒蛇，本身却无毒，也从不咬人，其额头上隐隐现出两个字："大王"。不过，今人虽然见过蝮蛇，却始终见不到这种神奇的黄喉蛇。

武则天时，涪州虎豹成患，搅得老百姓人心惶惶。有一天，某农户家里忽然闯进一只老虎，把这一家人吓得魂飞魄散。但奇怪的是，老虎进到院子里，并没伤人，而是浑身战栗着伏在地上，非常害怕的样子，仿佛大祸临头。接着，一只更大的老虎跟进来，这只老虎像是普通老虎的膨胀版，轰然屹立在那里，三口两口就把老虎咬死了，咬死之后却不吃它，而是扭头离开了。后来，人们查了查古籍，说这种动物叫作酋耳，专门与虎豹为敌，见一个杀一个，却不从伤人。此后，涪州一带再也没有虎豹出没了。

如果说黄喉蛇是蛇中之王，那么酋耳就是虎中之王了。老虎本来是兽中之王，但因为它没有原则，常与人为敌，人们对之无能为力，就设计出这么一种动物来威慑它。黄喉蛇与酋耳，和龙、凤凰一样，是某一类动物中的王，它们严守操守，认真管理着自己的"子民"，教训"子民"要与人为善，如有违背，杀无赦。至于为什么要与人为善，似乎并没有明确的理由。善良的老百姓，就是用这种方式来进行自我安慰。

武则天禁屠宰

武则天当政时做过的事，历来毁誉不一。但有几件小事，似乎获得了一致的好评。

因为崇佛，武则天下达了禁止屠宰的命令。有一次，武则天派御史娄师德外出。娄师德？没错，就是他，那位提倡"唾面自干"的人，有人问："别人把唾沫啐到你脸上怎么办？"娄师德回答："别擦，也别不高兴，等唾沫干了，就啥事没有了。"但这次跟"唾面自干"没关系，说的是另外一回事儿。娄在饭馆就餐，厨师上了一道肉菜。娄师德问："天下禁止杀牲，怎么还会有肉？"厨师答："豺狼咬死了羊，不吃白不吃。"娄师德说："哦，也对，我吃这样的肉是不犯法的。"过了一会儿，厨师又上了一条鱼。娄师德又问鱼从何来。厨师答："鱼也是被豺狼咬死的。"娄师德大怒道："你是不是没有常识？豺狼怎么会潜水？你可以说是水獭咬死的嘛！"此事传到武则天耳朵里，她并没怪罪，只是一笑了之。

另一次，在东都定鼎门处，翻了一辆运草车，露出藏在其中的两头被宰杀的羊。御史彭先觉调查后，认为负责执法的合宫尉刘缅失职，请求杖责刘缅。羊肉没收，送到南衙供办公的大臣食用。谁知武则天批示道：御史彭先觉建议杖责刘缅，不必执行，将羊肉赏给刘缅吃掉，算是压惊。

再一次，大臣张德家生了个男孩儿，为了表示庆贺，偷偷宰了一只羊招待前来贺喜的同僚。其中有个叫杜肃的，或许是为了邀赏，或许是跟张德有过节儿，偷偷藏进怀中一块肉，离开张家后直奔武则天处告密。第二天上朝，武则天见到张德，问："听说你添了个男孩儿，很为你高兴。但你招待大家的羊肉从何而来？"张德一听，赶紧跪下请罪。武则天笑笑，说了句流传千古的话："朕禁屠宰，吉凶不预；卿自今召客，亦须择人。"意思是我严禁屠宰，但红白喜事除外；以后请客，要选择好客人，免得被小人告发！

多贴心哪！这几句话感动得张德热泪横流，不知说什么好。其他大臣听说了，都夸女皇英明伟大，令人敬仰。

乍看上去，武则天真的是洞悉人情，宽大仁厚。但细想想，背后问题多多。首先，武则天制定的法令，她自己并没认真遵守。这种法令是否合情合理且不去评价，但既然制定了，就是用来遵守的。娄师德明明在纵容随意屠宰，武则天却不闻不问，这种法令还有意义吗？专制社会中，制度之兴无，多自上而下，绝少自下而上的。上面若身体力行，严肃以对，下面必毕恭毕敬，小心谨慎；上面睁一只眼闭一只眼，下面乐得多一事不如少一事，越来越疏忽，直至让制度彻底沦为摆设。所以真正破坏制度的，往往就是最上面一环——是他设立制度，又是他抛弃制度。其次，彭先觉弹劾刘缅，不论彭先觉出于什么心理，即便他是假公济私，但弹劾程序、弹劾内容都没问题，就连被弹劾的刘缅，也自觉罪责难逃，特意穿上厚厚的裤子，准备接受应有的杖责处罚。这种情况下，武则天总得给个正式的答复才对。她不但不怪罪，反倒赏给被弹劾者肉吃，这简直就是拿法律当儿戏，甚至颠倒黑白了。下次碰到官员疏于职守，御史是弹劾还是不弹劾？弹劾，万一武则天再搞幺蛾子，让御史下不来台怎么办？不弹劾，那御史的职责不就被挂起来了吗？制度的设立者视制度为无物，只会让下属缩手缩脚，无所适从。最后，武则天提醒张德"请客要选对人"，这则故事非常迷惑人，在显示她通情达理，反感告密者。但回头望望，她在公布法令时显然没有明确说出"朕禁屠宰，吉凶不预"，如果有此规定，告密者杜肃不会自己往钉子上碰。恰恰因为没有规定，杜肃才以为抓住了机会，举报张德违反法令。从道义上讲，这样做绝不厚道，也不通人情，但他的举报是合法的。而武则天之所以抛出"红白事不在限制范围内"的说法，应属临时起意，欲免除张德之罪。真正的无赖都是这样的——不提出具体明确的制度，只是划出一个大框儿，框儿里面装什么，视具体情况而定。如果丁是丁卯是卯，就没有回旋余地了，这就像商场中搞促销活动时，虽然推出很多诱人的"优惠"，但一定标出"最终解释权归本店所有"的字样。今天武则天可以说"吉凶不预"，明天就可以说其他情况下"不预"。这"不预"那"不预"，最后整个规定都土崩瓦解。

归根结底，封建时代的法令，大多是统治者手中的皮筋，伸缩性极强。它为弱者而准备，为自己不喜欢的人而准备，需要严格执行时才严格执行，需要抛开时，毫不犹豫地抛开，总有一万个理由可以抛开。

好大一坨学问

上初中时，老师给我们讲"仁义礼智信"。什么是"仁"呢？就是友爱、互助、同情。什么是"义"呢？就是正义……我听完了，觉得奇怪，这些还用讲吗？这都是做人的基本道理嘛。那时候，"国学"一词尚未风行。但老师说这是大学问，一定要认真体会才行。我被老师的话吓住了，再不敢出声。

这几天，看到一个故事。武则天时期，御史大夫赵师韫在驿馆中被害，凶手徐元庆投案自首。按常理，凶手抵罪即可结案。但徐元庆称，当年赵师韫做地方官时，处死了自己的父亲。自己为报父仇，隐姓埋名，一直在找机会杀掉赵。现在已达目的，虽死无憾。

我来问你，这事该怎么办？具有高中水平的人凭自己的见识也能给出答案：检点一下当时赵师韫为何杀徐父。如果徐父罪证确凿，赵是依法行事，那么徐元庆就是恶意报复，必须抵罪；如果徐父系被赵枉杀，徐元庆应该先找更高一级的政府投诉。当然，若官官相护，令其申诉无门，以致其破釜沉舟，铤而走险，从人情角度，法律应有回旋，可以少判几年，或者给个缓刑。要是皇帝想借此表明自己深明大义，亦可考虑特赦。反正皇帝有这个权力。

但在当时，这个问题却把武则天及群臣难住了。"孝"，是法律明文规定的。不像现在一样，"是应尽的义务"，而是必须遵守的条例。徐元庆隐忍数年，为父报仇，这是大孝子呀！但他毕竟又杀了朝廷命官，按律也该受惩罚。于是上上下下展开大讨论，甚至一度达成赦免徐元庆的共识，以鼓励民众"尽孝道"。此时，陈子昂写了篇《复仇议状》，其中提道："今倘义元庆之节，废国之刑，将为后图，政必多难；则元庆之罪，不可废也。……元庆之所以仁高振古，义伏当时，以其能忘生而及于德也。今若释元庆之罪以利其生，是夺其德而亏其义；非所谓杀身成仁，全死无生之节也。如臣等所见，谓宜正国之法，置之以刑，然后旌其闾墓，嘉其徽烈，可使天下直道而行。"按照陈的意见，先杀了徐元庆以正国法，然后诏令天下，表扬他的孝心。一帮高级知识分子们热烈赞同陈子昂，于是照办了。后来，柳宗元看出不对头，写了篇《驳复仇议》，慷慨激昂，娓娓道来，内容略同于我上面提到的高中水平的人应该具备的思维，不再重复。

而我在网上搜索"徐元庆"，随手搜到几篇论文，标题分别为《法律与复仇的历史纠缠——从古代文本透视中国法律文化传统》《春秋决狱与原心定罪》《中国传统"伦理法"之检讨》等等。这样的论文还有很多，都是研究徐元庆之故事的。不是说徐元庆不能研究，我总觉得我们的历史负累太多，最大原因乃是我们总在纠缠于常识。人类之所以进步，在于他们逐渐把一些"大学问"灌输到日常生活里，成为人所共知的常识，然后不再饶舌。如果过了几千年，还拿已成常识的东西一惊一乍，将其神圣化、神秘化，乃至奉为所谓国学去顶礼膜拜，你还能有什么盼头呢？

皇帝搞暗杀

皇帝搞暗杀，此话听来有点怪。但在唐朝，代宗李豫还真暗杀过一个人——李辅国。

这李辅国来头可不小，被人列名于中国历史上的"十大著名太监"之中。有意思的是，他先在宦官高力士手下当仆役，发迹以后背叛了高力士。后来，他一手提拔的程元振又背叛了他，正应了"长江后浪推前浪，前浪死在沙滩上"那句话。

李辅国，本名静忠，曾被赐名护国，后改辅国。少时被阉，做高力士门下走狗，后调入东宫专门服侍太子李亨。太子身边的人，当然希望太子扶正。安史之乱发生后，唐玄宗带着杨贵妃逃跑到马嵬坡。将士们都认为杨氏兄妹是乱源，早对其忍无可忍，决定发动兵谏，杀了杨国忠。李辅国也参加了这次兵谏，开始崭露头角。看玄宗岌岌可危，李辅国又建议太子亲带部队到朔方图谋恢复。太子至宁夏灵武后，登基即位，是为肃宗，遥尊玄宗为太上皇。因为拥立有功，李辅国受到肃宗赏识，煊赫一时。他的权力大到什么份儿上呢？这么说吧，他就是皇帝的分身，皇帝的诏书必须由他签署后方可施行，宰相李揆对他执子弟之礼，呼为"五父"。宰相和百官除了例行的朝见外，奏事也需经辅国许可才能面见皇帝。在他的建议下，玄宗被迫移居他处，高力士被贬谪。不久，肃宗病危，张皇后计划谋杀太子李豫，拥立越王李系。李辅国力挽狂澜，与属下程元振合谋，杀掉了张皇后与李系，让李豫顺利即位，是为唐代宗。

两个皇帝出自自己之手，李辅国腰杆别提多硬了。作为下属，他对皇帝说了一句史上最牛的狂言："大家但内里坐，外事听老奴处置。"皇上啊，你闲待着吧，事情都交我办理！唐代宗可不是他爹肃宗，哪里受得了这个！或许，就是这句话，让唐代宗起了杀心。他找来程元振，密谋除去李辅国。程元振也真负责，如此这般这般，给皇帝想了个好主意。一天晚上，有个盗贼潜入李辅国府内，溜进卧室，手起刀落，把李辅国脑袋砍了下来。李辅国的府上那么多家丁奴仆，居然没有阻止住血案的发生。代宗皇帝闻得"噩耗"，下旨赠李辅国为太傅官，予以厚葬，同时行文各地捕捉凶手。其实大家心里都明白，凶手就是皇帝派去的。

有人说，一个皇帝，杀个人还不跟捻死个臭虫一样，干吗要用这种下作手段？但皇帝作为权力金字塔的顶端，也要顾及各个阶层的感受，尤其要顾及自己的脸面。是李辅国辛辛苦苦把他捧上来的，他却忘恩负义把李辅国杀了，这事好说不好听。而暗杀政敌，可以用极小的代价获得最大的利益，效果立竿见影。这种密室政治可说是专制社会的常态，今天还在欢天喜地，明天就血流成河。因为政策没有连续性，也给普通百姓的生活带来了极大的不确定性。但谁会在乎普通百姓的生活呢？

❧ 龙是什么样子 ❧

古籍中有很多关于龙的记载。唐朝韦皋镇守剑南西川时，资州进献了一条龙，一丈多长，鳞甲俱全。韦皋把它装进木匣子，放置在大慈寺殿上，供百姓观看。三天后，这条龙被香火熏死了。此文没有留下过多的细节，好像人人应该知道龙是什么样子。该书中另有一文，说卢元裕年轻的时候，曾在终南山读书。有一天傍晚走在溪边，拾到一块圆形石头，洁白如镜子。把玩多时，忽然掉到地上摔碎了，从里边爬出一条一寸多长的白鱼，落到涧中。那条小鱼像气吹的一样，逐渐长大，不一会儿就长到一丈多。它鼓鬐奋爪，昂首掉尾。于是云雷骤起，风雨大作。现在想来，卢元裕应该是捡到了一个"龙蛋"。

《北梦琐言》中说，李宣做阳县县令时，衙门旁边有一潭，据传有龙居住，鳞角很漂亮。当地人言，龙最爱吃煎熟的燕子。李宣的儿子不爱学习爱垂钓，听说后，就拿了煎燕做诱饵，前来钓"龙"。不一会儿，龙果然出现了，"满潭火发，如舒锦被"。吓得垂钓者魂飞魄散，撒腿就跑。

从"鳞甲俱全""鼓鬐奋爪"到"满潭火发"，都没有一个具体的描述。先人之缺乏科学精神，可见一斑。明成祖时，郑和下西洋，返回时带了一头外国进贡的"麒麟"。当时的画家以写真手法把"麒麟"画了下来，现在我们知道了，原来是非洲草原上常见的长颈鹿。所以，如果古代"龙"出现的时候，有人以写真手法画下来，而不是凭想象给我们虚拟一种动物，那该多好。后人猜测，龙或许是鳄鱼，或许是某种已灭绝的水生动物。"龙是什么"尚无答案，但龙不是什么，《王子年拾遗记》中倒有过描述。汉武帝常常于金秋九月泛舟于琳池之上。一天，武帝以香金为钩，以鲤鱼为饵，钓上来一条三四丈长的白蛟，有人很害怕，以为是龙，但细观察，又无鳞甲。武帝判断道："这不是龙！"命令后厨做熟了赏给大家吃。白蛟肉色紫青，又脆又鲜。

按说，"龙"到底长什么样子，即使无实图，根据历朝历代的文字，综合起来梳理一下，也应该有个结论。但是，先人太没谱了，他们笔下的"龙"反差太大，有的似乎还建立在事实基础上，有的简直就是神话。《通幽记》中说，苏州武丘寺山，据传是吴王阖闾的陵墓。卜有石穴，清水发于其中，深不可测。唐朝永泰年间，一少年经过，见一美女在水中洗澡。美女邀请少年同浴，少年遂宽衣解带入水。几天后，该少年的尸体从水中漂出，干枯得像个木棒。少年的同行者说，水下有老蛟，变作少女吸人血。老蛟者，传说中的龙之一种。一桩惨烈的刑事案就这样变成了神话传说。

❧ 有灵气的动物 ❧

古书中的动物大都是有灵气的，且不说变化成美女来和书生幽会的狐仙，也不说刺猬精、蛇精和老鼠精，其实无须与人沟通，单就是在它们自己的世界里，也有着无数的悲欢离合。《朝野佥载》中说，老虎中了箭以后，知道吃清泥来疗伤；野猪受伤以后，则吃一种叫作甜桔梗的药草；雏鸟被老鹰咬了，赶紧找地黄叶来贴在伤口上。在疗伤的时候，它们也许会暗暗流泪。有人说，做人太累了，做个动物多好，无忧无虑的，什么也不用想。这话听来十分不妥，动物经常挨饿受冻，生离死别，比起人类来，它们经历的生活风霜和心灵的苦痛，只能更多，而不是更少。

《北梦琐言》中记载，张文蔚家的山坡上有一个黄鼠狼洞，住着一对年轻的黄鼠狼和它们的四个孩子。一天，来了一条蛇，偷偷钻进洞中，吞噬了四只小黄鼠狼。黄鼠狼夫妇回到家中，见此变故，急得嗷嗷直叫。本想钻进洞中同蛇搏斗，但洞里空间有限，根本容不下它们。于是，这对黄鼠狼急三火四地扒了许多土，堆在洞口，使洞口变得十分狭小。人们在旁边看着，不明白它俩到底在搞什么名堂。过了一会儿，蛇探出头来，一点一点往外爬，由于洞口太小，它根本转不过身来，公黄鼠狼见状，凶猛地扑上去，拦腰咬断了大蛇！母黄鼠狼则迅速劈开蛇腹，叼出自己的四个孩子，由于被吞下去的时间不长，四个孩子虽奄奄一息，但尚未死掉。黄鼠狼夫妇把孩子平摊在洞外，衔来豆叶，嚼碎了，敷在孩子们的身上。几天以后，孩子们的伤彻底好了，它们又高高兴兴地出现在了山坡上。这场惊心动魄的战争以皆大欢喜而圆满收场。

❧ 变变变 ❧

小时候，每逢夏天，我们常到树下捉一种叫作"知了猴"的东西。这家伙状似屎壳郎，据说油炸后很好吃。但我从没吃过。"知了猴"其实是蝉的幼虫，小学课本中对其变化过程有详细的介绍。从一个笨拙的在地上乱爬的虫子，变成一只轻盈的、可以飞来飞去的蝉，这确实很神奇。此外，蝌蚪变青蛙，蛹化蝴蝶，都是此类传奇中的经典案例。古籍中记载了很多动植物变化的故事，有的靠谱，有的则是扯淡。《酉阳杂俎》中记载，工部员外郎张周封说，百合花用盒子装起来，用泥把缝隙抹严，经过一宿，就变成了大蝴蝶。可以看出，这太想当然了。

内蒙古自治区有一种植物，叫作肉苁蓉，有补肾壮阳之功效。古人都说苁蓉乃是野马交配时遗落在地上的精子化成。很多人也相信了这种说法，医学家陶弘景在其所注的《本草经集注》中就小心翼翼地说："多马处便有，言是野马精落地所生，生时似肉。"

《博物志》中更有想象力："把蜻蜓头埋在向西的门下，就能变成青色的珍珠。"

《酉阳杂俎》中集束性地整理了一批类似传说。比如，道士许象之声称，寒食那天做的饭用盆扣在暗屋的地上，入夏后，饭就会变成红蜘蛛。再比如，那个说百合花可以化作蝴蝶的张周封又说，他亲眼看见墙上的白瓜子变成了衣鱼（也就是蠹鱼，一种吃书的虫子）。还有，蜾蠃（细腰蜂）全是雄性没有雌性，它们如何传宗接代呢？它们把桑虫的幼虫弄来，经过一段时间，就都变成了自己的孩子。岭南一带有种毒蘑菇，夜晚发光，经雨淋后就烂了，变成大蜂子。这种蜂全身黑色，嘴像锯一般，夜晚钻进人的耳朵鼻子里，能咬人心魄。南方山间水沟里有很多水蛆，长有一寸多，颜色是黑的，夏天体色加深，变成虻，螫人很厉害。夏天四处乱飞的大麻蝇，是芋头根变成的……诸如此类，不胜枚举。

古人缺乏科学知识，才得出植物变动物，动物变植物之类的结论。我们必须承认，他们也许真的细心观察了。冷饭无法变成蜘蛛，但因为巧合，蜘蛛在冷饭中产卵，于是有冷饭变蜘蛛的奇观出现；毒蜂并非蘑菇变成，但毒蜂可以在蘑菇下面安家，以蘑菇为食，于是有蘑菇变毒蜂的推断。他们大惊小怪给别人讲的时候，没准儿很自信呢！因为这是他们亲眼所见。当年，孔子亲眼看到颜回煮饭时在偷吃，就严厉批评了他。颜回说，自己发现有肮脏的东西掉进锅里，他将其捞起，正想倒掉，忽然想到一粥一饭都来之不易，于是便把它吃了。孔子感慨地说："啊，我又得出一个结论：眼见并非为实呀。"

❧ 恐惧 ❧

唐文宗大和九年（835），镇守沧州的李彦佐接到诏书，让他带兵渡过黄河听命。李带领的大部队到达济南后，按部就班地分批渡河。当时是寒冬腊月，河面上到处都是横冲直撞的浮冰。一艘战船中招儿了，沉到了河底。而皇帝的诏书就在这艘船上。

丢失诏书，这是大不敬的罪过！大不敬，可能杀头也可能灭门！李彦佐惊惧异常，一夜之间须发皆白，连续六天不吃不喝，体貌消瘦几乎脱了相！怎么办？你说怎么办？

我觉得这是天灾，除了认命根本没有办法。但《阙史》中记载的故事却发生了转折——李彦佐把矛盾转嫁给下属，对他们说："如果找不回诏书，我先杀了你们。"下属说："那也好，但是你要先写一个祈祷书，我们再下河捞取。"于是李彦佐写道："明天子在上，川渎山岳，祝史咸秩。予境之内，祀未尝匮，尔河伯泪鳞之长，当卫天子诏，何反溺之？予或不获，予将斋告于天，天将谪尔。"河伯呀河伯，你要是不把诏书还给我，我让上天惩罚你。接下来，奇迹发生了。轰隆一声巨响，河冰破裂，露出三十丈宽的水面。下属知道祷词起了作用，赶紧下钩。你猜怎么着，诏书捞上来了。

不知你是怎么想的，反正在我看来，"精诚所至，金石为开"之类的鬼话，不过是讲故事的人自欺欺人罢了。事实上，李彦佐是被恐惧逼得神经不正常了。

同一时代，小官僚马侍中得到一只玉碗。用该碗盛水，放半个月都不会变质，且蚊蝇不敢靠近。一个七八岁的小奴喜欢得不得了，把玩不已，结果掉在地上，摔碎了。当时马侍中不在家，其他奴仆见状，大惊失色，七嘴八舌乱作一团。马侍中回来后，发现小奴不见了。他一边鞭挞其他仆人，一边命他们必须找回小奴，自己要亲手杀了这小崽子。三日后，一个女仆扫地时偶尔发现马侍中的床下飘着一条衣带。近前观看，我的妈呀，正是那小奴。他趴在床下，以背抵床，三天三夜不吃不喝而气力未竭。马侍中闻讯赶到，也吃了一惊，小声说："摔碎一只碗，不是什么大不了的事！"

作为旁观者，我很悲哀。我不认为这个孩子天生神力。是恐惧，恐惧让他做出了非人的举动。他知道自己必死无疑。几天后，马侍中果然派人寻机把这孩子打死了。

恐惧的力量大得惊人，非我们这些人可以想象得到。

血证

你见过只有半个脑袋的人吗？

晚唐官员段安节，逃避战乱来到陕西商山一家旅馆，进门一看，妈呀，吓了一跳：一个老太太，脑袋只剩下半截，正坐在那里纺线呢！怎么个意思？段安节手足无措。店主是个中年妇女，走过来安抚他住下，告诉他说："那是我婆婆，你不要害怕。"原来，二十多年前黄巢起义军进攻西安，从此地经过时给了老太太一刀，把头部鼻子以上的部分齐齐削掉。因为还有一口气在，有人用药裹在她的伤口上，包扎好，过些日子，老太太手脚居然可以动弹了。如今，儿女每天喂她吃饭喝汤，生命倒也正常。

连眼睛都被削掉的人，真的能活下来吗？或许当时的记录者有所夸张？不过，老太太的头部受过重伤是确定无疑了。这个伤，明明白白地记录下战乱的残酷和血腥。

明朝正德年间，山东一带流民叛乱。有个秀才被起义军追赶，一路狂奔，忽觉脖子上挨了一刀，头颅耷拉在胸前，他想都没想，端起头颅往肩膀上一摁，继续奔逃，直到累得动不了，躺倒在地上。后来，家人找到他，以为死了，把他抬了回去。你猜怎么着？几天后，他活过来了。脖子上留下一条绕圈的伤痕。见过的人都说，他那道伤，比绳子还粗！

这道触目惊心的伤痕，也是明证。在血腥的时代，草民如何惨烈地自保！

清朝顺治年间，南明残余部队在福建与清军展开拉锯战。漳州被围数日，粮米断绝。平民百姓饿得变成了动物，常常易子而食——你吃我孩子的肉，我吃你孩子的肉。数万人的繁华都市，最后只剩下百余人。据活下来的人说，有个年轻人堪堪毙命时，忽然想到，邻居全家饿死了，何不把他们的肉偷来吃？于是跳过墙去，搬来一具尸体，用刀割开肚子，却见胃中都是一团团没有消化的纸絮！年轻人凝视良久，浑身打战！

比起前两个案例来，这一个简直就是人间地狱！战乱、苛政带给平民的伤害，数不胜数，无穷无尽。

❧ 话说绝，事做绝 ❧

很小很小的时候，一个同学跟另外一个同学吵架。骂到高潮处，自然口不择言。其中一个说，我一辈子不再理你！大意如此，但语气肯定更火辣。旁边有个劝架的，闷声闷气地哼道："小心点，可以把事做绝了，别把话说绝了！"我当时没在意，回到家忽然想起这句劝解的话，越琢磨越冷，从里到外冷。这个劝人的人，太恶心了，不知道他要表达什么意思，让人把事做绝？

历史上，把话说绝的人为数不少，春秋时郑庄公就是一例。当年郑武公有两个儿子，老大叫寤生，老二叫段。武公死后，老大接班，是为郑庄公。可是庄公的老妈武姜喜欢二儿子。老大当了国君，令她十分不爽。于是她和段谋划，准备里应外合，拿下老大，换上老二。但郑庄公有高人指点，很快平定了叛乱，弟弟段出奔共国。郑庄公把武姜安置在城颍，还愤怒地说："不及黄泉，无相见也。"意思是说，等我们都死了的时候再见吧。

可是过了一段时间，郑庄公就后悔了。那是自己的亲妈，再大的仇恨也抹不掉血缘关系。再加上郑庄公本来就是个孝子，跟老妈连面都不见，还怎么尽孝？但自己说过黄泉相见的话，当时很多人都听到了。堂堂国君，说话不算数，太掉价了。万一被人编成歌谣，塞到《诗经》里，还不得遗臭万年？于是郑庄公有事没事就掉几滴泪，一边哭一边唱"世上只有妈妈好"。

一个叫颍考叔的人急领导所急，决定给上司想辙。他对郑庄公说，当初你没有讲"永不相见"，讲的是"黄泉相见"。其实，黄泉这个地方是存在的——请跟我来！原来，颍考叔已经在附近找到一片地下水比较丰富的沼泽，挖了个地道，泉水汩汩而出。颍考叔说，这就是黄泉，你在这里跟老妈见面吧。于是，武姜也被领来，母子二人相见，场面相当感人。故事的结尾是，郑庄公把母亲迎回后宫，从此过上了幸福的生活。

请注意，颍考叔其实是偷换了概念，把本应理解为"死后相见"的命题换成实打实的"黄泉相见"。所以，把话说绝，无所谓，总有回旋余地，若把事做绝了，不给人留任何后路，却是不声不响，是不是更令人恐惧？

✥ 忽然正义 ✥

春秋时，晋国中行文子因罪逃亡，经过一个县城。侍从走累了，对文子说："这里的啬夫（县及县属各级长官）是大人的老朋友，为什么不休息一下，等待后面的车子呢？"文子说："亏你想得出，跑都来不及，还敢去自投罗网？"侍从问其原因。答曰："我爱好音乐，这个朋友就送我名琴；我喜爱美玉，这个朋友就送我玉环。我的所有要求他都答应，从不指出我的过错。可见这是个非常会巴结权贵的人。现在我失势了，他会用以前对我的方法去向新权贵求取好处，赶紧逃吧。"说完，主仆二人慌慌张张地离开。果然，这个"朋友"大义凛然地扣下文子后面的两部马车，献给了新主子。

文子的眼光够毒辣。其实他也不是什么好东西。你想啊，明明看透了对方的品质，还明目张胆接受对方馈赠，和对方勾打连环。单等自己落魄后才揭穿对方，以显示高明，岂不混账？

与此类似的还有五代时的周世宗柴荣。他做澶州刺史时，跟掌管中央财政大权的张美打得火热。两人私下里小动作不断，你来我往，像亲兄弟一样。自然，柴荣提出的各种要求，张美总会设法满足。无论公事私事，柴荣都没少捞好处。后来，柴荣当了皇帝，非但没有对当年的哥们儿给予特殊照顾，反而不咸不淡，从不把重要工作交给他。柴荣的意见很明确，当年你既然敢损公肥私，让利给我，今天你就敢损公肥私，让利给别人。但现在天下是我的，你拿我的财产结交你自己的朋友，我怎么会信任你？

啬夫和张美的见风使舵诚然可悲可耻可恨，他们落下坏名声也是自作自受。其实文子和柴荣等，更是破坏制度的重要一环。他们把所谓原则扔到一边，将自己的利益凌驾于原则以上。设想，如果他们的处境后来没有变化，我们看到的不就是一出狼狈为奸、盘根错节的官场现形记吗？忽一日，时空轮转，其中一个或升了官，或下了狱，立刻摆出大彻大悟的样子，对别人重新定位，更正评价。其实，那些人根本没什么变化，变的只是他们自己。

🌥 吓了两跳 🌥

秦始皇统一六国以后，大搞个人崇拜，每天深居简出，尽量不让臣子见到自己的真面目。距离产生美，同时也产生威严，如果整天耳鬓厮磨，多大的腕儿，也不是腕儿了。他修了一座座行宫，并把这些行宫用复道连接起来，从一座行宫到另一座行宫，都是在复道里行进，因此，他每天到底在什么地方，谁也不知道。秦始皇这个得意呀，心想，就是神仙，也别想探听到我的踪迹！

这天，秦始皇闲着没事，坐在行宫的楼上哼着小曲欣赏街景，不经意间往下一看，只见烟尘飞扬，旌旗遮天，一组车队人欢马叫，浩浩荡荡飞驰而过，四周的老百姓纷纷躲避，躲闪不及的都被撞倒在地，但丝毫不敢反抗。秦始皇吓了一跳，以为有人谋反，忙问手下发生了什么事情。一个宦官说："哦，没什么事，这是丞相李斯出外去办事。""李斯的气派竟然这么大，简直比我还大！"秦始皇心里暗暗琢磨，李斯平时在自己面前总是低眉顺眼的，背后竟然如此张狂，真是一点也看不出来。幸亏我暗中发现了他的行踪，哼，等着瞧吧！

秦始皇还没来得及发飙，你猜怎么着，第二天竟然情势大变了！他再次从楼上看到李斯的车队，只有寥寥几辆车，偃旗息鼓，悄没声儿地顺着街边往前溜，就像一条夹着尾巴的狗！"咦，奇了怪了，我昨天刚发现他的异常，今天就变样了，这消息走漏得也太快了点吧？"秦始皇抬眼看了看身边的三四个宦官，不由得心惊肉跳。他始终认为自己的行踪很神秘，没想到自己的贴身侍卫中就有李斯安插的耳目！

吓了两跳之后，秦始皇不得不琢磨如何对付李斯了。可惜没多久秦始皇就死了。否则，不用劳秦二世和赵高动手，李斯早就被五马分尸了。

高贵的出身

历朝历代的开国皇帝，出生前后都有点状况。他们的妈妈很少跟自己的丈夫联手生儿子，而是专门去配合那些莫名其妙的东西，比如龙啦，神仙啦之类。《汉书》中说，刘邦的妈妈跑到湖边睡觉，梦见和神仙幽会。接着电闪雷鸣，大雨如注，刘邦的老爹赶来观察，见一条龙正跟自己的老婆交合。于是，刘邦的妈妈怀孕了，生了个儿子叫刘邦。后来刘邦激将项羽用自己的老爹煮汤喝，大概因为爹非亲爹吧。《宋史》中说，赵匡胤出生于洛阳夹马营，赤光绕室，异香经宿不散。他生下来后身体呈金黄色，三日不变。真个是怪得很。《元史》中，铁木真十世祖孛端义儿的妈妈是个寡妇，夜里梦见金色神人来到床边跟自己野合。醒来亦有孕，产一子，即孛端义儿。《明史》中说，朱元璋的老娘怀孕后梦见神仙给了自己一个药丸，放在手中熠熠闪光。生产时，满屋红光，邻居以为屋子里起火了，跑来营救。不知这个药丸是否改变了朱元璋的基因，存疑。而《清史稿》的努尔哈赤干脆在他老娘肚子里待了十三个月，才依依不舍地钻出来。他多待三个月，所谓何来？

还有些皇帝，虽没有以上异象，但出世后跟正常人也不一样。《后汉书》中记载，刘秀下生后"隆准，日角"，高鼻梁高额头，其实就是额头上长了个大包。《梁书》中的萧衍"生而有奇异，两胯骈骨，顶上隆起"，右手上有胎里带来的一个"武"字。《陈书》中的陈霸先"身长七尺五寸，日角龙颜，垂手过膝"，双手长达膝盖处，似乎该做一个截肢手术了。《新唐书》中的李渊则长了三个乳头，这不是典型的畸形儿吗？《隋书》中的杨坚更绝，头上长角，身上有鳞，他娘看了一眼，当即吓得把孩子扔在地上了。

以上这些，均出自正史，是后世遵以为本的典籍。当然，也肯定经过了当事人的认同。如果皇帝不同意，主事者说人家有生理缺陷，人家肯定不干。尤其是编造人家老妈给人家老爸戴绿帽子，万一惹恼了天子，可够他们喝一壶的。但到下一代，皇帝们基本不编这种异象了。他们宁可给老爹戴绿帽子，也不给自己戴。我看他们一点也不傻。

﹏棍棒之下，岂有道理﹏

两个故事，都跟打儿子有关。

汉朝韩伯俞，非常孝顺他的母亲，人称大孝子。有一次，他办错了事，母亲拿棍子抽他。刚打了两下，他就哭了。母亲很奇怪："我以前也经常这样抽你，你从没哭过，今天为什么哭了？"韩伯俞说："你以前抽我，我能感觉到疼，知道母亲力气够大，身体康健；而今天我却没觉得疼，母亲应该是体力衰竭了，于是我心里就难过，所以哭起来。"

孔子的学生曾参在瓜园除草，不小心把瓜根弄断了。其父大怒，抄起大杖打他。曾参伏在地上不敢动，任由老爹抽打，被打得昏迷过去，过了很久才醒过来。孔子知道了这件事便责怪曾参说："如果是用小棍子打你，你可以受着，若是用大杖打你，就应该逃开。在父亲的暴打之下，你若死了，就要陷父亲于不义了。"曾参一听，觉得有理，立刻向老师认错，表示改正。

这两个故事，或许是真有其事，但总体上讲，应该是极端的例子，是布道者为了宣传孝道而硬拎出来的正面典型。不过，我们在这里可以把孝道理解为一个代号，那就是话语强权。孝道本身没有问题，但它所代表的强权，却是一种罪恶——做父亲的把你打死，不是可惜了你这条生命，而是父亲将要成为不义的人，他的名誉损失大于你的生命。

布道者在讲孝道时，先给父母手中放上一根棍棒，打你，是他的本分，不打你，是他的仁慈。总之，你只有受着的份儿。而且，你受着的时候，也不能只是受着，必须有个眼力见儿，要体谅打人者的辛苦，小心别让打你的人受伤。还有比这更不讲道理的吗？但我们的老夫子就能从中找到曾参的漏洞。最有意思的是，当孔子给学生论述其中之理时，学生居然连连称是，承认自己错了。

在今天，子女对父母的这种愚孝几乎无处可寻，但其遗毒却在流传。棍棒下的道理，说穿了就是谁拿着棍子谁有理。那还有什么可讲的呢？

谶语

谶语可能是中国历史上独有的玩意儿，其意义大概相当于事前的征兆，所谓"一语成谶"，就像地震前的鸡飞狗跳、井水上泛等。这跟算命先生有意识地去进行预测还不太一样。

最著名的谶语应该算东汉末年的"苍天已死，黄天当立；岁在甲子，天下大吉"了。其时，张角的黄巾军正在悄悄聚集，他们秘密约定在甲子年（184）三月五日，各地同时起义。为了造势，事先编了这个歌谣，广为传唱。但人们并不知道这首歌谣是谁编的，就好像它是从天上掉下来的一样。这是谶语的共性，无缘无故，空穴来风，而且似乎不知所云。但是，当一件大事发生以后，人们跟谶语一对照，恍然大悟：哦，原来上天早就给下了预言。

其实，所有的谶语都是时人编出来的，他们躲在幕后，怀着各种各样的目的编出一个个似是而非的歌谣。正所谓"明枪易躲，暗箭难防"，《朝野佥载》上记载，徐敬业准备起兵讨伐武则天时，想拉宰相裴炎入伙。他让骆宾王想个办法。于是骆宾王编了个歌谣："一片火，两片火，绯衣小儿当殿坐。"教给孩子们念，故意在裴家庄园周围传播，裴炎听了，心中一个劲儿地琢磨："这是怎么回事呢？"最后，有人说他被谶语所蛊惑，跟着徐敬业一起反了。也有的说没反，但无论反与没反，对裴炎造成了巨大的精神压力的确是事实。

《汉书》记载，汉成帝时，有这样的童谣流传："燕燕尾涎涎，张公子，时相见。木门仓琅根。燕飞来，啄皇孙，皇孙死，燕啄矢。"不久，汉成帝和富平侯张放出游作乐，见到舞女赵飞燕，立时被迷住了，后来立其为皇后。赵飞燕掌权后又与自己的弟弟谋害后宫诸皇子，童谣里所说的一切几乎一一应验了。但是这样的记载，你信吗？如果不是后人的敷衍，那就一定是时人在赵飞燕惑乱后宫时，看出苗头，才编出此谣给予讽喻的。

谶语为什么一定要通过小孩子的嘴去传播呢？也许因为小孩子喜欢朗诵顺口溜吧！不管什么内容，只要好玩，就口口相诵。同时，因为年龄幼小，记不住第一个教给他歌谣的人是谁，教唆犯（也就是那些谶语制造者）易于逃脱追究。所谓谣言，本是民间流传的歌谣或谚语，结果成了以假乱真的代名词。这样久而久之，就形成了对童谣的迷信心理。买彩票时，让孩子们随口念几个号，认为这样容易中奖；过年时，逗弄自己的孩子，希望他们说出几句吉利话来，如果孩子不经意间蹦出几个晦气词，大人们就会丧气好几天。

谣言、谶语、童谚，都乃心理战术之一种，打击别人，同时给自己壮胆。三十六计中应该有这一条，不知是"指桑骂槐"，还是"借刀杀人"？

✨ 吹口哨 ✨

魏晋时，自认为是大腕儿的人都善于"长啸"，其实就是吹口哨。现在的我们，已经想象不出"长啸"该是个什么样子，但声音一定很大，半夜听到，估计会很恐怖。好在这些人都喜欢隐居，若在城市里，不告他们扰民才怪。竹林七贤中的阮籍便是这么一位，该人历来古怪，跷足披发，白眼看人，吹起口哨来，百米以外都能听到。有人跟他说，苏门山上出现了一个真人，很厉害。阮籍一听，立刻来了精神，上山去会这位"真人"。

到了山上，果然看到一人，抱着膝盖坐在石头上，雕塑似的。阮籍走到他跟前，一屁股坐下，开始侃侃而谈。阮籍先谈上古，黄帝、神农等等，都被他评论了一番。你知道，魏晋的人是讲究清谈的，这些东西对阮籍当然是轻车熟路。可惜，那人昂着头，毫无反应。阮籍接着又谈起夏商周的事情，指点江山，粪土万户侯。人家还是不搭理他。于是，阮籍拿出看家绝活儿，大谈儒学道教。边谈边没有底气地瞅着"真人"，别说，这家伙真沉得住气，依然佛似的入定。阮籍有点不耐烦了，对他吹了声口哨。对方笑了，说："可以再来一次。"阮籍就又吹了一次。

玩到这儿，阮籍似乎没了兴致，于是走下山来。约莫走到半山腰，听到上面发出响声，好像几部乐器同时奏起，树林山谷，到处都是回音。回头一看，原来正是那人在吹口哨。

对于学问家来说，你可以完全不跟他谈学问，但你一定要谈他引以为自豪的特长，那是他的痒痒肉。而糊弄高人最好的办法就是装聋作哑，你不说话，原因有两种：一种是你很懂，不屑于跟他谈这个；另外一种是你根本就不懂，没法跟他谈这个。但如果你搔到了他的痒痒肉，把他蒙住，他就会认定你是前者。所以，这是一劳永逸的捷径。你可以想象，阮籍回去后，肯定跟他的哥儿们大惊小怪："昨天我真是碰到高人了，口哨吹得比我还好。"

⌇ 谢安做官 ⌇

名士谢安居于乡间，除他之外，家中的所有兄弟均已经做了官。布衣与官宦在别人眼中自然不同，但谢安安之若素。他的老婆有点生气，便阴阳怪气地问他："男子汉大丈夫，一人之下万人之上，那才叫有出息，天天像个虾米似的缩在自己家里，算什么东西！你说，一个男人，是不是应该像你的兄弟们一样？做人嘛，就要有身份。"谢安认真地听她讲完，点点头，捏着鼻子说："你算说对了，我怕的就是终归有一天也免不了走这条路！"

原先读书的时候，大家在一起指点江山，粪土当年万户侯，喝酒喝高了的时候，就说："将来有了钱一起去走遍中国吧！"哥儿几个一谈起来热血便往上涌。无牵无挂地浪迹江湖，四海为家，爽！也有的担心："万一咱们进了单位，被套上夹板，可怎么办？"

这种心态，和谢安此时的心情几乎一致。谢安后来终于忍不住找到桓温，在他手下谋了个官职——要知道，是他主动去找的呦。看来，谢安预言自己"恐不免"，还是理智而客观的。

做官的日子，谢安很怡然。一天，桓温拿出一味药，考校自己的属下："这药名叫远志，但它还有一个俗名叫小草，为什么一物有两个名称呢？"谢安还没来得及回答，他旁边的郝隆一下子站起来，抢着回答："我知道，这药在山中时叫作远志，采出以后，就叫小草了。"说完，意味深长地看着谢安，谢安也挺自觉，把个脸憋得通红，那神情好像在说："我知道你是讽刺我。我同意你的意见。"

我不知道你身边有没有像郝隆这样爱抖机灵的家伙。郝隆有两种可能：一种是出于嫉妒，或者是谢安阻挡了他的前程，讽刺老谢几句，解解气；另一种可能是他自以为是你的真哥儿们，要让你沿着他的方向去实现他最初的梦想，你是否能吃饱饭，跟他无关。不过，总之一句话，谁碰到这样的人也没招儿。

❧ 我是吃素的 ❧

南北朝颜之推在《颜氏家训》第十六篇有几个小故事，讲述了君子远庖厨的思想：见其生不忍其死，闻其声不食其肉。凡是生物没有不爱惜自己生命的，一定要努力做到不去杀生。好杀生的，临死会得到报应。因此，这些小故事主题先行，完全吻合其主旨。比如，江陵有个姓刘的，以卖鳝鱼羹为生，后来生了个儿子，鳝鱼脑袋，身子以下却跟人完全一样；梁朝时候有一个人生活品位较高，且相信科学，听说鸡蛋白能美发亮发，保持不掉头皮屑，于是每次洗头都用掉二十多个鸡蛋，后来他病死了，临死时只听得头发之中有上千只鸡雏发出啾啾的鸣叫；齐朝有个大臣，喜欢吃牛肉，而且一定要自己亲手宰杀的才行，他到三十岁的时候，有一天梦见成群的牛向他飞奔而来，后来便觉浑身像刀割一样地疼，于是在痛苦中呼喊着死去了；有只羊在被宰杀前跑到一个客人面前，跪在地上求救，客人狠心地将它推开，待这只羊被杀煮熟以后，客人吃了一块肉，立觉全身难受，开口说话，竟然是咩咩的羊叫，叫了没几声，也见了阎王。

这些故事，是没有什么说服力的，如同我们小时候晚上不好好睡觉，家长便会吓唬我们"赶紧睡觉，大老虎来了"或者"大耗子来了"，反正是小孩子怕什么，家长就说什么来了。长大以后，逐渐知道动物们不会配合奶奶的恐吓随时到来。同理，吃什么肉就变成什么，也是一种非常小儿科的恐吓，稍微有判断力的人就知道其荒诞不经，不足为信。但颜之推为什么要郑重其事地把它写进家训中？其中一个原因是：颜之推是个佛教徒，对因果报应坚信不疑。此外，这些故事还透露出古人极其反感虐杀的隐秘心理。

❧ 防不胜防 ❧

古代的皇帝相信谶语，就连英明神武的唐太宗李世民也不例外。他上台不久，听到民间流传着这样一句话："当有女武王者。"有个女的，姓武的，要当皇帝了！宫中的太史，即那些御用"大仙儿"，也占出了"女主昌"三个字。李世民心里犯起了嘀咕，四处踅摸哪里有这么个人。

这天，李世民举行宫廷盛宴，请了很多文臣武将，大家开怀畅饮，大行酒令。不知那天行的什么酒令，反正需要每个人都报出自己的小名来。轮到左监门卫将军李君羡了，他憨憨地说："俺小名叫'五娘子'，大家不要见笑，呵呵。"大家一听，果然都笑起来。李世民心里却翻了个个儿！"五娘子"，男人取了女人名，而且带个"五（武）"字！

提起这李君羡，也是颇有来头，当年他曾和尉迟恭一起挫败过突厥军队的奇袭，深得李世民信任。李世民赶紧叫人去查李君羡的祖宗八辈儿，这一查不要紧，发现他老家在武安县，封地为武连郡，而且小名又是女性特点的"五娘子"，敢情李君羡就是那个"女武王"。李世民心说："好家伙，我差点被他骗了，没想到这么一个不声不响的闷人，居然就是睡在我身边的'刺头'。"

这位唐太宗果然有开国皇帝的气魄，立刻找了个由头，把李君羡贬到外地，然后又说他私通妖人，按罪当斩！咔嚓，斩了！

唐太宗心里一块石头落了地，自以为李氏江山从此千秋万代，再无干扰。殊不知，那时算卦的"大仙儿"还没有这么高的道行，他们说的"女武王"，就是纯粹的武姓女性将会称王。李君羡的存在，好像是专门为武则天打掩护的，他这一死，迷惑了唐太宗，成全了武则天。

后来，武才人成了"大周皇帝"，为感谢李君羡，特地为他平了反，说那是一桩冤案。

忽悠，接着忽悠

唐太宗李世民出去游玩，站在一棵树下，说："此乃嘉树！"旁边的权臣宇文士及忙跟着说："不错不错，这确实是一棵空前绝后前无古人后无来者无法比喻无法形容的好树！"李世民看宇文士及那副一本正经的样子，鼻子里哼了一声说："魏徵常常劝谏我离巧言谄媚的人远一点，我还不知道这样的人是谁，现在我明白了，原来你就是这样的人！"此话一出，大家都震惊，而宇文士及却并没害怕，他叩头认罪以后，神态从容地说："南衙各署的官员们常常在朝廷上当面指摘你的过失，和你争论，因此惹你生了不少气。不错，他们也是为了朝廷，出发点没什么错。现在我有幸陪侍在您的身边，如果再不稍微顺从你一下，你身为堂堂一国之君，还有什么意思呢！"李世民一想，这话说得在理，遂转怒为喜。

其实，宇文士及在这里偷换了概念，毕竟唐太宗只是在赞美一棵树，不涉及立场问题。要是他赞美一个人，赞美一件事，宇文士及也毫无原则地跟风，他就确实成了魏徵描述的那种奸佞之人。而宇文士及的话明显暴露了自己的意图：让皇帝高兴就行。可以想象，真要是皇帝问起国计民生的大事来，宇文士及也会顺着皇帝的意思爬杆。可惜呀，李世民这样的举世明君还是被宇文士及的话打动了！

宇文士及也许比谁都明白，主宰自己命运的只有唐太宗一个人，因此只要把李世民忽悠住，其他一切都可摆平，自己就不愁在宰相的位置上待得更长久。

唐德宗时代的"卢杞事件"更充分证明了这一点。唐德宗贬了卢杞的官，却还常常想念他，后来便想把卢杞的官职再稍微提一下。朝臣们听说了都很恐慌，纷纷上书劝阻。德宗很不理解："卢杞真有这么坏吗？他到底坏在什么地方？"大臣李勉说："天下的人都认为卢杞奸邪，而唯独陛下一个人不知道，这正是他的奸邪之处！"

面饼

　　宇文士及出身豪门，从小娇生惯养。其老爹有钱有势，经常跟儿子们说："可劲造，猪肉炖粉条子可劲造！天下这么乱，咱家的荣华富贵保不齐什么时候就完了，趁着现在有，多吃一口算一口。"士及这孩子聪明，一听就懂，一学就会，立刻领悟了老爹的苦心，好，吃白菜时只吃白菜心；吃炸酱面时，只挑酱里的肉末吃。老爹很自豪："记得若干年前的一位哲人说过，培养一个贵族需要三代的努力，看咱这小子，一代就成贵族了。牛！"

　　那个年代，用手帕的人很少。士及吃完饭，都要用新蒸的面饼擦嘴上的油，擦完之后扔在地上。面饼柔和、细腻，抹过肉体的刹那，仿佛歌伎柔柔的手在抚摩他，这让他深深体验到物质的可爱。

　　动荡的世界终于安定下来，隋朝被李氏父子推翻，接着，李世民杀兄灭弟，执掌了天下。当年的纨绔子弟宇文士及则成了唐太宗手下的红人。尽管有着这样那样的非议，但士及凭着自己的机智和乖巧，还是稳稳地站住了脚跟。唐太宗提倡进言，他就适时地进言，唐太宗提倡让利于民，他就跟着嚷嚷让利于民，唐太宗告诉大家要节俭，士及就说，我最节俭了，饭粒掉到桌子缝里，我都要拿针把它抠出来！唐太宗鄙夷地说："就你这种纨绔子弟……嘁，骗鬼呢！"士及信誓旦旦："真的，这是真的！"

　　这天，唐太宗举办了一个小型宴会，来宾都是自己的亲人。宇文士及站在旁边侍宴。唐太宗说："喏，你把熏肉切一下。"士及手起刀落，唰唰唰，切得整整齐齐，码到盘子里，端上桌来。然后，他下意识地拿起一张面饼，撕下一块，轻轻去擦手上的油。唐太宗看见了，没有吱声，冷眼打量着宇文士及，心说："小子哎，这回我可抓现行了！"面饼和宇文士及的油手摩擦着，显得和谐而温馨。他好像忘记了这是在皇宫里，而是觉得正在自己家中。但是，他的心里忽然激灵了一下子，于是不动声色地擦完，把面饼放进嘴里，大口大口地嚼着，香甜极了……

自爱

　　画家阎立本曾经当过唐太宗李世民的主爵郎中。一天，唐太宗和自己的近臣们在春苑池里坐船游玩，看见池塘中鲜花盛开，鸟儿纷飞，不禁连连拍手叫好。为了记录下这一美妙时刻，他让大臣们写诗作对，同时下令召阎立本来画下它。也怪皇帝身边的人孤陋寡闻，居然不知道阎立本是什么职位（也或许，这个级别的人在皇帝仆从眼中根本不算个什么官）。总之，皇令即出，只听阁外一阵传呼："请画师阎立本入内！"阎立本闻听，满头大汗地赶来，二话没说，伏在池边挥笔作画，羞得满脸通红。回到家里，老阎语重心长地对儿子说："我只凭着绘画受赏识，却亲身做着奴仆做的事情，再也没有比这更耻辱的了。你要牢牢记着，千万别再从事这个行业！"

　　其实，后来阎立本青史留名，是靠了他这自认为掉价的手艺。其他人，漫说一个小小的主爵郎中，就是历朝的宰相，也多如过江之鲫，又有几个让人记住姓名的？有自爱心，不是件坏事，但你如何才能爱得圆满？

　　古人讲究为尊者讳，父祖和上司名字里出现的字，自己在提及时就要避开。但有些人，不仅避讳尊者，连自己的名字都避讳。其中最有名的是北宋那位应天府知府田登。民间点灯，而他自己的名字里有个"登"字，便大笔一挥："依例放火三天。"倒是避开自己的名讳了，但也留下了"只许州官放火，不许百姓点灯"的千古笑话。这个故事的结局是，有人把这件事告到皇帝那里，田登被罢了官。皇帝的名讳是必须要避的，一个知府要避自己的名讳，那就有点可笑。这才是真正的"只许州官放火，不许百姓点灯"，皇帝以下，无人可以自爱。田登之所以可悲，在于他太不明了自己的分量。

　　当事人不明了，但是旁观者明了。宫廷乐府副长官徐申出任常州地方长官，有个押运生辰纲的使者东西被盗，便写了状子申请收捕盗贼，徐申始终不办。这个人申请再三，仍被扣压。使者方才明白是触犯了对方的名讳。这使者也不是省油的灯，立即去面见徐申，说："我屡次申报遭遇盗贼，而你不依照申报去处理，我将申报提刑，申报转运，申报廉访，申报师府，申报省部，申报御史台，申报朝廷，直到身死方才罢休！"围观的人都忍俊不禁。在使者的眼中，你算个什么东西！你又不是皇帝，还真拿自己当盘菜了。我偏不拿你当菜，你能把我怎么着？

其实，皇帝又怎么样？他们也只能在名讳上玩玩手腕。大敌压境，外辱来袭时，一样跟人家卑躬屈膝，甚至自称儿皇帝。

⬡ 大足 ⬡

装神弄鬼者，心中必有所图。无论装神还是弄鬼，都是利用人们的恐惧心理，你信什么，他就搞什么。百姓怕鬼神，他就装鬼神。古时帝王，大多笃信祥瑞，人们就搞出各种祥瑞来谋私利。武则天当政时期，有人在洛河中挖出一块白石条，上面写着八个紫色大字"圣母临水，永昌帝业"。此时武则天正在当政，一看，哦呵，这是表扬自己呢，于是献石者升官，置永昌县以志此盛事。接着，山西文水县在山谷中也发现了一块石头，上书"武兴"字样，不消说，还是夸武则天的，于是，文水县改为武兴县。此后，全国各地纷纷发现石头，上面写着各种各样的恭维之词，就连武则天这么信祥瑞的人都产生怀疑了："喊，想拿我开涮？门儿都没有哇！"于是，各地与石头有关的祥瑞不复褒奖，自然也就再没人献了。

献石头属于比较笨的一种方式，历代多有其例。还有一些刁钻的，不显山不露水。大孝子郭纯的母亲去世了，郭纯常常爬到坟上大哭，让人称奇的是，每次哭时，群鸟云集而来，像是被他的孝心所感动。州官上报到皇帝那里，皇帝重重奖赏了郭纯。还有一个孝子王燧，不仅兄弟和睦，而且家中的猫狗也非常和睦，甚至，猫和狗这样的冤家互相给对方的孩子喂食！理所当然，王燧也得到了奖赏。其实，这些并不奇怪，有人揭发说，郭纯哭母时，都要在坟上撒些鸟食。后来，鸟儿们产生了条件反射，一见到他哭，就以为要开饭了，纷纷飞来。王燧更绝，家中的猫和狗同时生了崽子，他把猫崽儿放进狗洞，把狗崽儿塞进猫窝，这样，猫崽儿从小习惯了狗奶，狗崽儿则惯吃猫奶，时间一长，自然形成猫狗互饲的奇观。

上有所好，下必甚焉，皇上想骗臣子，臣子想骗皇上，最后不知是谁骗了谁。不过，单从技术角度考虑，祥瑞这东西还是非常检验智力的。要想比别人更奇，则需异想天开，突破常人的想象。武氏主政时，监狱的犯人们听说了武则天的癖好，也搞了个祥瑞出来。月黑风高的深夜，多个犯人齐心协力，在墙角挖了一个酷似脚丫子的大坑，然后，"一，二，三"，一起大声喊叫起来！狱卒赶紧跑来，问发生了什么事，犯人们说，刚才来了一个圣人，身高三丈，金黄的脸膛，对我们说："你等都是冤枉的，不要害怕，天子很快就会赦免你们！"狱卒用火把一看，果然见到一个巨大的脚印！此事迅速上报到武则天那里，武则天一想，天命难违，那就大赦天下吧！后来，她越琢磨越紧张，又下令把这一年改元为"大足元年"。

❧ 装相 ❧

李隆基还没当皇帝的时候，有一次出门打猎，马受惊了，带着他跑入一户百姓家中。几个年轻书生正坐在院子里饮酒聊天，见进来一个陌生人，便客气地起身作揖，请他一起饮酒。李隆基也没说话，大大咧咧做到了主位上。书生们并不知这就是未来大名鼎鼎的唐明皇。其中一人不高兴地说："我们正在行酒令。您能行酒令，才能喝酒。"李隆基问："怎么个玩法？"答曰："以祖上官职的大小排位，谁的老子官大，谁就先喝。"李隆基笑了，说："那你们把酒端过来吧！"众人曰："愿闻贵祖官爵。"酒来，李隆基一饮而尽，深沉地说："我的曾祖父是天子，爷爷是天子，父亲是天子，我现在是太子。"言未尽，已上马飞驰而去。众书生都傻了。

李白也碰到过类似的事。他醉酒后骑驴闯入华阴县衙。知县正在办公，忙让衙役把他抓起来。知县问："你是什么东西，敢到这里来撒野？"李白说："我写个供状吧。"衙役拿来纸笔，李白也不写自己的名字，只写道："皇上给我调过羹，贵妃给我捧过砚，高力士给我捶过腿。天子门前尚容我走马，华阴县里却不许我骑驴！"知县大惊，忙站起来行礼，不知李翰林驾到，失礼失礼！李白也不答话，跨上驴扬长而去。

李隆基和李白，大概有种猫对老鼠的从容和戏谑吧？突然揭出谜底，看别人目瞪口呆，简直酷毙了。古代的小人物没见过什么世面，常常这样被吓一跳。王安石曾经到某山寺散步，见几个人在谈诗论赋，便坐到一旁聆听。忽然有一人发现了王安石，问道："你也了解学问吗？"答道："是的，懂一点。"再问："敢问您贵姓。"再答："安石姓王。众人都傻了。"

⁓ 浪漫 ⁓

前些日子，在超市里买东西，找回张一元的纸币，上面用钢笔赫然写着一个"征婚启事"，该启事介绍了征婚者的身高、年龄和性别，还留有电话号码。我要求收银员给我换回去，我怕花钱时人家以为是我写的。在钱币上写征婚启事，往大了说，是违法，往小了说，是讨厌。寻找配偶的方式有很多，为什么非要选择这种令人讨厌的方式呢？比如你可以到大海里去放漂流瓶，在全世界寻找有缘人；也可以到网上发帖子，寻找志同道合者；还可以参加电视台组织的速配节目，和一见钟情者喜结良缘。总之，方式多样而且人性化。相比之下，古人可没现代人这么幸福。

唐开元年间，皇上要赏赐戍边的战士衣物。为显重视，玄宗皇帝命令自己后宫的宫女亲自缝制。衣服发下去了，一个战士在自己的短袍中发现了一首诗，诗曰："沙场征戍客，寒苦若为眠。战袍经手作，知落阿谁边？蓄意多添线，含情更着绵。今生已过也，重结后身缘。"这不明摆着是一首故意误打误撞的情诗吗？战士读着情意绵绵的诗歌，想象着对方被情感憋得难受样子，暗暗动心了。可是，如何才能跟这个多情少女取得联系呢？战士灵机一动，把这件事上报给了主帅。主帅在官场上都混成老油条了，只要下属呈报上来的事件，都一个不落地上缴到皇帝那里。不是他们喜欢拿针当棒槌，而是生怕让同僚抓住什么把柄。他们明白，自己擅自处置的哪怕一件鸡毛蒜皮的小事，都可能被添油加醋成政治事件。

果然，唐玄宗就得到了奏报。他拿着情诗到后宫去询问："这是谁写的呀？是谁写的尽管说，我不会怪罪的！"话音刚落，宫女何氏站出来说："皇上，是俺写的，小女子知罪！"老皇上忽然沉默了，半晌不语。所有的人屏住呼吸，汗不敢出，静等着事态的发展。然而，老皇帝笑了，他用手轻抚着何氏女的头说："你这小妮子，还挺浪漫的哩。既然如此，我就成全你的好事，把你嫁给那个小兵！"呵，这可真是件天大好事！宫女们从花枝乱颤的时节入侍，直到满头白发老死在宫中，这期间除非有意外发生，一般情况下，终生都不可能婚嫁。情诗的真正作者恨得差点要抽自己大嘴巴子。但一切都晚了，善于见机行事的何氏捡了个大便宜。大人物嘛，喜欢在这种不疼不痒的小事上成人之美，要不靠什么制造千古佳话？

戍边士兵和何氏宫女，两个善于揣度大人物心理的伶俐人啊，祝贺你们终成眷属。你们冒着天大的风险成就了自己的浪漫，比起那个在纸币上发布征婚启事的人来，简直聪明绝顶。

斗雷公

《西游记》中，孙悟空常常被人骂为"雷公脸"。这样推算，雷公就该是一副尖嘴猴腮的模样了，但按唐传奇中的记载，却并非如此。

唐朝元和年间，南粤海康县总下不下雨。一个叫陈鸾凤的愤青说："咱们这里是雷公的老窝，天天好吃好喝供着他，现在都旱成这样了，雷公却跟没事似的，实在不像话，我一定要教训教训他。"怎么教训呢？说来稀奇，就是把黄鱼和猪肉夹在一起吃。神仙大概都有些古怪的禁忌，据说雷公就特别讨厌别人边吃黄鱼边吃猪肉，见到这样的人，立马劈他一下。这天傍晚，陈鸾凤手拿砍刀，嘴里叼着黄鱼和猪肉，跑到田野里跟雷公叫阵。不一会儿，天空中阴云密布，暴雨倾盆。雷公果然来了。陈鸾凤挥舞着大刀，朝天空一阵猛剁，咣当一声，雷公竟然应声掉下来，细一看，雷公的左腿已经断了，血流如注。

于是陈鸾凤宣称自己打败了雷公，请村民们出来观看。那么，雷公长什么样呢？村民们看到的是一个又像熊又像猪的东西，长着肉乎乎的一对角，青色的翅膀，手里拿着短柄的石斧，躺在地上直哼哼。村民们一见，都吓坏了。这时陈鸾凤显得益发英勇，要把雷公宰了吃掉，村民们急忙制止住他，说："人家毕竟是神仙，他在暗处，你在明处，你没法跟人家斗，再说，你们冤冤相报，我们也要受连累。"这样，陈鸾凤才罢手。

又过了一会儿，云雷翻滚，闪电频频，雷公裹着断腿，腾空而去。也怪，从此之后，本地再发生旱情的时候，只要陈鸾凤出来叫骂一阵，一定会闪电惊雷，大雨滂沱。看来，雷公是彻底被陈鸾凤斗败了，斗服了。

这个故事显示：雷公并非长得尖嘴猴腮，而是肥头大耳，孔武健壮。但是，几十年后，垂垂老矣的陈鸾凤却对子孙爆了一个猛料："我当年哪里杀伤过什么雷公，不过是一头在雨中狂奔的山猪而已。之所以总能求雨成功，皆因我经验丰富，晓通阴晴，跟雷公无关。"

人之将死，其言也善，但陈鸾凤这番话着实叫人丧气。他要是把这个秘密带到坟墓里去该有多好，最起码，也别让我们知道雷公就是一头山猪哇！

第二章
五代十国、宋朝

健康的历史来自健康的人格；健康的人格离不开健康的生活环境；
我们今天想要的，有些，古人似乎早做到了。

免死金牌

　　五代十国时，朱友谦帮助晋王李存勖灭了后梁，建立后唐。李存勖一高兴，赐给朱友谦一块丹书铁券。

　　丹书铁券者，又名"金书铁券""金券""银券""世券"等，俗称"铁券"，也就是民间常说的"免死金牌"，是古代帝王赐给功臣世代享受优遇或免罪的凭证。

　　后来，李存勖身边的伶人陷害朱友谦，说他要谋反。李存勖也觉得朱友谦势力太过强大，应该除掉，于是杀掉朱友谦，并派夏鲁奇去追杀朱友谦全家。朱友谦的妻子张氏不服气，拿出免死金牌给夏鲁奇看。夏鲁奇心说，皇帝下了新鲜的命令，以前的不作数了。他自己食言，关我屁事，我是打酱油的。杀！

　　要说也怪，历史上不少皇帝像李存勖一样，都信誓旦旦给臣下发过铁券，最后都食言了。刘邦给韩信、英布发过，然后灭了他们全族；朱元璋给李善长发过，上写"兹与汝誓，除谋逆不宥，其余若犯死罪，汝免二死，子免一死，以报汝勋"，然后也灭了他全族。我猜不出，他们当初给自己最亲近的大臣颁发铁券时是怎么想的，莫非铁了心要证明自己是个言而无信的小人？当然不是，他们一定还有别的企图。先来分析一下，这张铁券到底是限制谁的呢？看上去，铁券似乎是为了限制皇帝自己，但皇帝翻手为云覆手为雨，想怎么样就怎么样，想让谁死谁就得死，谁限制得了他们？要说唯一有约束力的，是其他官员。比如，给甲颁布了铁券，除非经皇帝授意、允许，乙丙丁是不能对甲下手的。甲是皇帝的贴心人，偷偷摸摸杀了他，或者侮辱了他，就是打皇帝的脸，皇帝绝不允许这种事情发生。宋神宗时，大理寺丞贾种民到枢密院同知吕公著家中调查案件，命令吕公著的儿子站在院子当中，言语恐吓以逼供。神宗知道后，震怒道："贾种民算个什么东西。胆敢凌辱大臣。撤了他！"于是，贾种民被撤职了。所谓铁券，就是皇帝给这些不长眼的人准备的，必须让他们知道皇帝的红人不可欺。

因此，铁券名义是保护受券人，但潜意识里还是为了加强皇帝的权威。只有皇帝可以处死甲，别人没这个权力。在专制社会里，无论看上去多么人性的东西，其主要的用途都是要加强专制，而非消解专制。

ஃ 中毒 ஃ

我如果说，这个人中毒了，中的什么毒？大麦毒！你是否觉得不可思议？大麦是一种普普通通的粮食，怎会有毒呢？

《洞微志》中记载，后周显德年间，齐州有人得了狂病，常跟人讲，在梦中见一红裳女子引领自己入宫殿，并令自己唱歌，歌词大意为："五云楼阁绕玲珑，仙府由来是此中，惆怅闷怀言不尽，一丸莱菔火吾宫。"一个道士路过此地，听说了这个人的症状，告诉他："你中了大麦毒。莱菔者，萝卜也。歌中已经把治疗方法提供给你了——多吃点萝卜。"此人对症下药，大吃萝卜，果然病愈。

是不是有点神奇？但如果我跟你这样解释，你就明白了：大麦里面富含蛋白质，却不易消化。若顿顿吃，天天吃，就会积在肠胃里，古代称此为"面积"，类似于我们常说的消化不良。萝卜是干什么的，帮助消化的呀！天津地区民谚："萝卜就热茶，气得大夫满街爬。"至于梦到红衣女子、唱歌之类，基本属于扯淡，是为烘托气氛的，与主题无关。

我再讲某某中了"豆腐毒"，你就不会觉得奇怪了。《医说》中记载，人有好食豆腐者，因中其毒，医治无效。有个医生应邀出诊，中途听见两口子吵架。丈夫说，老婆早晨做豆腐，误将萝卜汤放进豆腐锅中，以致豆腐散了花，不成其为豆腐。医生一想，哦，萝卜汤可以消解豆腐……到了病人家，命其大喝萝卜汤，遂愈。看来这医生也是个没谱的家伙，半路上幸遇良方，否则还不知道怎么骗病人呢。不过我想劝那位病人，少吃点豆腐就行了，何苦非要吃出病来，再找人来治！

我小时候中过"杏毒"。夏日，生产队里难得红杏大丰收，每家分了一篮子。父母有言："只能吃一点，不要多吃。"我和弟弟以为爹妈小气，根本不听他们命令，自顾自地大吃起来，篮子被吃个底朝天。那时一年到头也没什么可吃的，我和弟弟肚子里可用清汤寡水来形容。爹妈看我们吃得开心，没好意思制止我们。到了晚上，我和弟弟上吐下泻，场面相当惨烈。此后，我的生活字典里抠掉了一个词：多吃多占。

到了这里，我们可以提升到哲学高度来看待中毒问题了：所谓中毒者，过量也。吃少了，用少了，中不了毒；多吃多占，再好的东西都会变成坏东西。"世间凡物皆有毒，饮食拿用需有度。莫以人生当豪赌，自己监督自己吧。"

❧ 证据 ❧

北宋宰相张士逊一度被贬为山南东道节度使，获罪原因，不过是没参加议论朝政的会议。如果不是范仲淹极力弹劾，仁宗皇帝也不会下此狠心。

几年后，张士逊重得仁宗信任，不仅官复原职，还封了郓国公。一天，仁宗对张士逊说："范仲淹曾有一奏疏，内容是倡议废掉我，你找机会替我收拾了他。"张士逊说："嗯，这的确是死罪，但你的证据呢？"仁宗答："我没见到那份奏疏，可有人告诉我亲眼见到过。这事假不了，符合他的性格，你先给他定个罪再说。"张士逊说："这罪太大了，不能轻易下结论，没证据可不行。麻烦皇帝再调查调查。"几个月后，张士逊问仁宗找到证据没有，仁宗说："虽然我没见过奏疏，但很多人都说有。你看着办吧。"张士逊说："对不起，这罪我定不了。你上嘴唇一碰下嘴唇，人家的命可就没了，皇帝要带头遵纪守法，拿证据说话！"

一句话把仁宗说乐了。张士逊趁机进言，范仲淹现被发配在外，他肯定知道自己受到了猜忌，不如提拔他一下，或可稍慰其心。仁宗频频点头，说："当初范仲淹弹劾你，你现在保他。唉，都像你这么厚道就好了。"

这则逸闻，见于宋朝王巩著《闻见近录》，史实与逸闻或许有些出入。有史料认为范仲淹不过是介入了仁宗的继承人之争，不可能跟皇帝本人较劲儿。不管怎么说吧，被范仲淹弹劾过的张士逊，在范仲淹危难时，的确伸手拉了他一把。

所以，这个故事明着是说"证据为王"，暗里要表述的，还是人心。人心摆得正，证据就重要；人心摆不正，没证据都能捏造。

有一个外国故事。嫌犯的辩护律师对陪审团说："我的当事人没有杀人，被害人也没死，三分钟后他就会来到这里！"陪审团成员大吃一惊，一起往门口看。三分钟后，律师说："你们不能判我的当事人死刑。刚才我只是做了个假设，结果你们都转头看着门口，这说明什么？说明当前的证据不足以证明我的当事人杀害了死者。你们其实也是半信半疑的。"两小时后，陪审团判决嫌犯死刑。证据是，当时所有人都往门口看，唯独嫌犯没有。

总有证据显示一个人做了什么，你想逃也逃不脱。而那些捏造证据陷害别人的人，终归也是多了一份恶人的恶证据。只有像张士逊那样，把证据高举在良心之上，才能保证证据的中正、严肃，人们也才能更信服证据。

☙ 北宋的两次复辟 ❧

宋代出于各种各样的原因，多次发生皇帝无法亲政，由皇太后或太皇太后垂帘听政的状况，但最后权力都顺利交到了皇帝手上。其中两例比较典型。

一是仁宗死后，他的侄子英宗即位。据说英宗伤心过度，身体虚弱，无法打理朝政。其实是英宗根本没想到自己会当皇帝，一时接受不了这个事实，精神有点错乱，紧急治疗后才恢复正常。在此期间，仁宗的妻子曹太后垂帘听政。这一垂帘，就垂出了甜头，再也不肯撒手。宰相韩琦见状，搞了点儿手脚。他把十几张批示好的文件拿给曹太后看，曹太后说：

"嗯，批得挺好，发下去执行吧。"韩琦说："这不是我批的，是皇帝批的，看来他能够独立管理国家了，我请求退休。"曹太后说："国家还指望你们这些老臣呢，你不能退，要退也是我先退。"韩琦一听，马上从袖子里掏出事先写好的诏书，高喊："皇太后圣德光大，今天让皇帝复辟，诏书在此，请付外施行！"曹太后还没反应过来，韩琦又命令左右："撤帘！"太后也识相，马上转身离去。另一位大臣富弼走进来正要向太后奏本，抬头一看，帘子卷起来，只剩英宗一个人坐在那里。富弼这个气呀，差点跟韩琦动手。韩琦说："我可不是故意的，话赶话赶到这儿了，若不见机行事，皇帝亲政遥遥无期呀！"

富弼无奈，只得认可既成事实。

另一次，是十岁的宋哲宗即位后，英宗的妻子高太皇太后（哲宗的祖母）垂帘听政。一连九年，哲宗天天陪高太后在朝堂坐着，一言不发。高太后说："大臣们奏事，你心中到底怎么想的？为何如此沉默？"哲宗答："娘娘已经处理完了，孩儿不便插嘴。"直到高太皇太后死前，英宗才开口说话，命令卷起帘帐。后来，哲宗跟大臣们谈起垂帘听政这些年的事，常酸酸地说："朕只见臀背。"你们都面向太皇太后跪着，我只能看到你们的屁股，哼！

因为在皇帝复辟问题上认识不同，韩琦去世后，富弼连他的葬礼都没参加；而哲宗上台后，也立即推翻了高太皇太后的政策，撤换了一批老臣。这些，都算是复辟的代价吧。相比之下，清王朝的垂帘听政就诡秘得多。慈禧太后为了保住自己的地位，动辄就让别人人头落地，甚至把同治和光绪（一个亲生儿子，一个是亲外甥）都折磨致死。在腥风血雨的封建社会，百姓实在没什么过多的期待，凡事能够平顺交接，不要死人，不要引起社会动荡，就足够让人欣慰了。

李稷·文彦博·尴尬

北宋李稷是个能吏，在漕运方面有一技之长。但据说此人相当傲慢且不识趣，邵伯温在《邵氏闻见录》中记载了他的两件糗事。

李稷随军征西夏的时候，一天早晨，大帅种谔正蒙头大睡，忽然被阵阵鼓声惊醒。按当时规矩，只有最高贵将领才可享受鸣鼓致敬的待遇。种谔跑出门一看，原来是李稷正耀武扬威地经过。种谔小声问负责鸣鼓的将官："军中有几个大帅？"将官答："只有您一个呀！"种谔说："大帅还没升帐，你却为一个小小的粮草官鸣鼓，这不是失职吗？好吧，借你的人头一用。"接着，命人把鸣鼓官推出去斩了。李稷目睹了全过程，两股战栗，汗不敢出。

李稷早在北京负责漕运的时候，也被文彦博恶搞过一次。文彦博接替韩琦担任北京留守，甫一到任，就告诉手下："听说李稷对韩琦很不尊重，而韩琦从不跟他一般见识，但我非得教训教训他不可。"几天后，李稷前来拜见。等了好久，文彦博才慢吞吞地走出来，跟他说，当年你老爹在我门下奔走，咱们算是故人，你也不用太客气，行八拜之礼就行了。李稷没办法，只好行了当时最大的礼——八拜之礼。

还是这个文彦博，驻守北京时，手下有个叫汪辅之的转运使，性格急躁。汪向文彦博汇报工作，文彦博翻翻文件，未置可否，转身到后宅溜达去了，半天才返回。其间，汪坐卧不安，抓耳挠腮。下次，汪辅之按规定要检查府库，派人向文彦博讨要钥匙，办差人回来禀报，文大人正在举行家宴，没空拿钥匙，让你等着。气得汪大人一巴掌拍在书架上，把书架都拍碎了。后来，汪辅之秘密上奏宋神宗，说文彦博不务正业。宋神宗果然够"神"的，居然批示道："文彦博向来抓大放小，这等小事何劳他费心？你汪辅之不过一小小的臣子，怎能如此无礼！"然后直接把批文送到文彦博手上。结果……结果就可想而知了。

一个人为什么要让别人尴尬呢？李稷让别人尴尬，自己遭遇了更大的尴尬。看他扬扬自得的样子，平时对待下属似乎也好不到哪儿去，文彦博修理他，似还情有可原。但汪辅之除了性格急躁外，真看不出还有什么毛病，文彦博修理他，所为何来？不就是依仗自己在皇帝面前吃得开！小人物让别人尴尬，只为证明自己的存在；大人物让别人尴尬，却为显示自己的派头。相形之下，李稷敢于在比自己强势的人物面前摆派头，虽然遭遇了尴尬，但人格上也比颐指气使的文彦博强得多。

天门阵是什么阵

　　两部电影中的战争场面让我震撼。一部是《亚历山大大帝》，亚历山大带领几万人，向波斯皇帝大流士指挥的百万大军发起攻击，最后竟然是亚历山大获胜；另外一部是《赤壁》，孙刘联军和曹军你来我往地展开对攻。两部电影中的"阵法"尤其吸引眼球，指挥者一挥旗子，大队人马如同潮水般涌来或者退走，静如处子动如脱兔。我想，古人真牛啊。但我也知道，这些"阵法"都是今人演绎的，真的古代战争肯定不能像电影中描绘得这么好看，这么紧凑和秩序井然。

　　我们的先贤，喜欢云山雾罩，以大而无当的概念或名词来描述事物，像什么八卦阵、太极图之类。戏剧中，还有穆桂英大破天门阵。天门阵是什么东西？听完整部《杨家将》，都搞不明白天门阵高明在哪里。所以，我猜测根本就没有这么一种像万能钥匙一样的阵法。古代的以少胜多、转败为胜一定有其偶然因素或其他原因，与所谓阵法关联不大。否则，为何不一五一十、原原本本地记录下来，让后人可以照搬？这样的唯一好处是，给了后人想象的空间，他们可以根据自己的需要进行填空，怎么填都不算过分，端出机枪都无所谓，只要观众喜欢。

　　沈括在著名的《梦溪笔谈》中提到了"阵法"，读完不禁哂然。宋神宗熙宁年间，皇帝命令六宅使郭固等讨论九军阵法，并写成书，以便颁发给各路统帅府施行。郭固参考了不少古代兵法，终于写成。里面提到，将九军合成一个营阵（行进时称为"阵"，驻扎时称为"营"），其外只用一个驻队环绕守卫。若按古代计算方法，每人占地两步，马占地四步。沈括质疑，十万人的军队，纵横十里地，到哪里找那么大且无山丘、溪涧和树木等障碍的地盘呢？再说九军都被一个驻队做成的"篱笆"围着，军队再也不能分开行动，仿佛九个人合起来被一张皮包着，互受牵制，不能自由行动，如何作战？此外，古代阵法上还有"面面相向，背背相承"的说法，郭固对此的解释是"阵中士兵都侧面站着，每两行士兵构成一条巷道，使他们面面相对"。沈括问，这样的军队如何作战？

后来，沈括建议，别按郭固的阵法演练了，让九军各自为阵，各自占据有利地形，各军派驻各自的守卫部队。战鼓一响，军队收缩或展开，集结或分散，都能浩浩荡荡而有条不紊地进行。九军各自的营阵合起来成为一个大阵营，当中分出四条通道，构成"井字形"。这样的九军也符合"面面相向，背背相承"的说法。皇帝认可了沈括的解释。

沈括"阵法"大概是比较贴近实际、比较详细的一种记录了，但正因其详细，也让人看到不过如此，实在没什么稀奇，跟我们在电影上见到的宏大场面完全是两码事，我们还是无法明白"阵法"之无往不利。

☙ 笨蛋，我说的是技术 ❧

宋朝费衮所著《梁溪漫志》中讲了两个跟贼有关的故事。

其一，高邮有个叫尉九的贼，脚下功夫了得，一夜可行数百里，跑起来仿佛脱缰野马。尉九晚上偷盗，白天开饭馆。这天，一个道人找到尉九的饭馆，对他说："楚州城里有个富户，家财万贯。我已经踩好了点儿，跟我一起做一票怎么样？"尉九沉思片刻，点头答应，让道人先去楚州城等着。接下来，尉九找碴儿打了仆人一顿，仆人不服气，大哭大叫，招来了捕快。捕快把他们带进官府，准备第二天审问清楚再做处理。傍晚，尉九塞了个红包给捕快说："这里住宿条件太差，晚上让我回家睡觉吧，反正我是本地人，也跑不了。"捕快见钱眼开，就偷偷把他放了出去。尉九一路狂奔，二更天便赶到楚州与道人会合。两人约定，道人放风，尉九在里面行窃。尉九钻进屋子，先捡笨重的财物装了一包，扔出窗外，道人赶紧捡起来。尉九又把棉被整理成人形扔出去，道人以为是尉九跳出来，心说："小子，你去死吧！"一刀砍了过去！其实，尉九早拿着那些轻便而贵重的财物从后门跑出，狂奔回高邮了。清晨，道人背着笨重的赃物在城门口被捉，审问后自承同谋者尉九。楚州官府马上到高邮官府来要人。高邮知县说："你们神经病吧？尉九因为和仆人争端，一直关在牢里呢！他怎么能参与偷盗？"

最后，道人一个人伏法了。

其二，有位富豪宿于旅店，旅店正对着一个染坊。这天下午，富豪坐在窗前，美滋滋地喝着茶水欣赏街景，忽然发现几个人在窗外走过来走过去，且不断地偷眼打量对面染坊。富豪有点纳闷。一人悄悄走到富豪跟前，伏在他耳边说："我们要把这家染坊晾在外面的布匹偷走，你安静点，别声张！"富豪说："我是看热闹的，你们偷东西关我屁事。鬼才多嘴呢！"那人拱拱手走了。富豪想，染坊的布就晾在大街上，这人来人往的，光天化日之下，我倒要看看你们怎么偷！于是，富豪抿着茶水，饶有兴趣地看现场直播。那几个人时时经过，或左或右，渐久渐疏，傍晚都不见了。富豪说："嘿嘿，果然是妄人！白忙活。"回转房内收拾行李，才发现所有的财物都被人拿走了。

❦ 儿子眼中的蔡京 ❦

历数中国史上所谓奸臣，北宋宰相蔡京一定排在前十名。

蔡京的儿子蔡绦著有《铁围山丛谈》一书，其中大量提到父亲蔡京其人其事，既有生活趣闻，又有大是大非问题，有助于我们了解到蔡京的另一面。

蔡绦，字约之，别号无为子，《铁围山丛谈》是蔡京被贬、蔡绦受牵连流放白州时所作笔记。白州境内有山名铁围山，位于今广西玉林西。

史书上提及蔡绦的身份，说法不一，有的说他是蔡京的次子，有的说是季子（最小的儿子）。但可以确认的是，他跟父亲蔡京关系不错。蔡京的大儿子蔡攸则相反。宋徽宗时，蔡氏父子争权夺利，蔡攸探望蔡京，摸其脉搏，马上跑到皇帝那里说："蔡京身体不好，让他告老还乡吧！"而童贯和蔡攸去蔡京府第收取蔡京的辞职书时（其实是强行令其辞职），蔡京惊慌失措，竟然同时称呼童贯和蔡攸为"公"，"公"乃子侄对父祖辈的尊称，可见蔡京、蔡攸之隔膜。而《宋史·奸臣传·蔡京》中记载：宣和六年（1124）蔡京七十八岁，"目昏眊不能事事，悉决于季子绦。凡京所判，皆绦为之，且代京入奏"。对于蔡京来说，蔡攸是逆子，蔡绦是孝子。

孝子眼中的父亲是个什么样子呢？来看看《铁围山丛谈》中的记载。

1. 琐事一箩筐

蔡京（书中尊称其为"鲁公"，蔡京曾被封为鲁国公，故有此称）机智，有办事能力。元祐年间，蔡京驻守维扬，经常有客人到其家吃饭。夏日的早晨，八个客人本来计划吃凉饼，也已经传达给厨房，不料又有人断断续续来到，先后达四十人。客人坐在大厅里，窃窃私语道："都说蔡四有手段，今天看他怎么办！这么多人吃饭，他做得过来吗？"不一会儿，仆人端饭上桌，凉饼全部切成了面条，每人一碗过水凉面，加上精美调料，十分爽口。一时传为美谈。

崇宁年间，有个小偷进到皇宫里，其足迹从寝殿北开始，过后殿往西南，经过诸嫔妃的寝宫，由崇恩太后宫出去，如入无人之境。次日清晨，当值者才发觉。皇帝大怒，产生极度的不安全感。时蔡京当国，说："赶紧控制住所有善于搭桥建梯的人，仪鸾司可有逃逸者？"当值者答："仪鸾司只有一个叫单和的不见了。"鲁公："马上将单和捉来。"三天后，单和被擒，浑身上下搜出无数金银。经查，单和善造飞梯，是仪鸾司首席搭梯师，经常出入禁地，颇知其中曲折。当夜，单和用绳子搭成软梯，进到内宫。由小偷足迹联想到梯子和内鬼，在今天属于推理之常识，但在宋朝，也显示出蔡京的智谋。传统戏曲《包公断后》中，要饭婆自称是仁宗之母李太后，包公问："那你有什么证据呢？"太后赞道："爱卿果然有韬略，胆大心细智谋高。"说完拿出真宗送自己的信物给包公看。"要证据"本为问案第一要义，却被赞为"智谋高"，可见社会进步乃一波一波完成。

上述两例，似难虚构。而后人和蔡京的政敌们，因为在政治上否定其人，对这些可以给主人公添彩的小事一般不愿讲也不屑于讲。有些趣闻，发生在任何人身上都有可能，但效果不一样。没有利害关系的人们，一般不在乎这些，他们需要了解真相。蔡绦的记述，也算弥补了一个空白。

北宋秘书省的才子，每年都要组织曝书会。所谓"曝书"，本为春秋两季晾晒图书之俗，至宋代，由君臣去馆阁观书逐渐演变为一年一度的图书展览性质的文化盛会，"岁于仲夏曝书则给酒食费，谏官、御史及待制以上官毕赴"。侍从皆集，按官职大小就座。当时蔡京为中书舍人，其弟蔡卞为给事中，职位高于哥哥蔡京。蔡卞说，曝书会本质上是民间活动，不要太拘泥，还是按兄弟次序就座吧。蔡京因而上座。以后，曝书会按年龄大小就座成为惯例。

成惯例的还有一件事。宰相们吃公务餐时，每上一道菜，必有一官员站在旁边报菜名。有一道名为"菜羹"，估计就是菜汤。因为"菜羹"与蔡京音似，改称为"羹菜"，就这样一直称呼下来。看上去，似乎是"只许州官放火，不许百姓点灯"的另一版本，但若不上纲上线，从为尊者讳的角度考虑，似乎也没什么，称为佳话亦无不可。

在儿子眼中，父亲既有小聪明又有大智慧，还会犯些自以为是的错误。政和年间，有个人被诉谋杀了亲生父亲。证据齐全，司法机关"依法结案"。当是时，百姓安居乐业，对外息战罢兵，堪称盛世。子杀父这类行为被宋徽宗和蔡京认为是朝廷的奇耻大辱，不想外泄，于是命犯人在狱中自尽。七八年后，忽有一个老头儿到官府来问："我出外很长时间，听说有人妄诉我子杀父。到今天还没见我儿子返回，我担心儿子被官府冤枉，特来询问儿子的下落！"此时，司法机关的僚属基本换了一茬，蔡京也因事被罢官，没人知道那个年轻人的下落，此事一拖再拖，不了了之。

蔡绦感叹道："信乎，狱讼之不可不慎者。故著之。"

2. 蔡京与怪力乱神

中国历史上的怪力乱神崇拜，到了宋朝达到一个新的高度，皇帝带头，百姓效仿，蔡绦也不免把父亲和鬼神联系在一起。

蔡京任开封府尹时，开宝寺失火。该寺殿舍雄伟高大，很难爬上去。当晚，烟焰弥漫，火光冲天，人们四散奔逃。只有一个和尚在屋顶上做救火状，蔡京大喊："当心性命，不宜靠前。"和尚好像没有听到，自顾自地在那里奔忙。不一会儿，屋子烧塌架，人们眼见和尚坠入烈焰中。俄尔，忽见和尚又站到了另一个房顶上，继续救火。蔡京高呼："你一个人太危险了，赶紧下来与大家一起想办法！"屋子瞬间又烧塌架，和尚再次坠入火中，如是者三四次。第二天清晨，大火逐渐熄灭，人们猜想和尚必死无疑。蔡京令人检点人数，发现该寺和尚一个都不少，唯独福胜阁下一个罗汉雕像面容焦黑，汗珠如雨。观者啧啧称奇，认为这就是昨夜那个勇敢的和尚，遂命名其为"救火罗汉"。后来游览福胜阁时，蔡京还特意指给儿子看。

扬州芍药甲天下，有一品种名为"金腰带"，十分难得。扬州人认为

"金腰带"是祥瑞，将其插在身上的人可以当宰相。昔日韩琦以枢密副使官衔出镇维扬，一日，"金腰带"忽然绽开，韩琦找来最相好的三个人共赏。其一为王禹玉，时为监郡；其一为王安石，时为韩琦幕僚；还有一人，因病未到。正好司空吕公著来拜，请其一同入席赏花，并采下来插于腰带。此四人，后来皆为宰相。蔡京镇守扬州时，金腰带又开，蔡京采之，插在头上。不久，蔡京的弟弟蔡卞亦镇维扬，恰逢金腰带盛开，维扬人大喜，折而献之。因为采摘太急，花开未全，蔡卞为之怅然。后来，蔡京当了宰相，蔡卞只当到枢密使。

蔡绦似乎想说，老天都在帮蔡京，他的得意人生、荣华富贵，并非凭空而来。

还有更稀奇的。蔡绦说，政和年间，中华大地上繁花似锦，祥瑞遍地。各地呈上的灵芝虫草之类，动辄上万。汝海临近诸县，山石皆变成玛瑙，四处乱滚，甚至滚到皇帝的轿旁。长沙益阳县的山间小溪里流出黄金，重达十余斤；后又出一块，四十九斤。还有的地方，山体崩塌，流出水晶，用木匣盛装，每匣五十斤，共装了上百匣。各地官员呈上奏章与祥瑞，说这都是因为皇帝的英明领导，皇帝和蔡京"皆有惭色"。

这明显是扯淡了。"上有所好，下必甚焉"，各地官员不过是迎合上意罢了，皇帝和蔡京居然真以为自己能怎么怎么样，甚至假惺惺地"有惭色"，真真让人恶心想吐。

要说蔡京父子没有正常思维，也不尽然，他们对这种怪力乱神其实看得很透。徽宗时，南昌有个叫王仔昔的，据传见过东晋的许逊真君，得授大洞隐书，能知人祸福。皇帝很喜欢他，让他住到蔡京家中，蔡京说："微臣位列当朝宰相，而家中养着稀奇古怪的方士，好像不太合适。"徽宗认为蔡京说得有理，迁其住进上清宝箓宫。

蔡绦甚至说，阴阳家很多都是蒙事的，看人下菜碟儿。他举例说，蔡京出生于"庆历之丁亥"，"月当壬寅，日当壬辰，时为辛亥"。他小时候，没人认为这个生日有特殊之处，及至成为宰相，方士们争说该时辰出生的人格局甚高。京城顺天门附近有个姓郑的，以卖粉为业，十分有钱，俗号"郑粉家"。郑家生一子，生日时辰与蔡京相同，其家大喜，认为孩子长大后一定大富大贵。郑氏子亦以之自豪，吃喝玩乐，放荡不羁，一日与歌姬浪子们骑马逛街，马匹受惊失控，郑氏子坠入水中，活活淹死，年仅十八岁。

蔡氏父子对怪力乱神的态度，恰恰映射了当政者的矛盾心理，既想利用之，又怕万一控制不住，成为老百姓推翻政权的武器。事实上，历史上不少成功者就是这么干的。当政者一方面郑重其事，在需要的时候，承认并宣扬怪力乱神；一方面时不时地贬抑之、嘲笑之，力图使之伸缩有度，以免弄假成真，尾大不掉。

3. "好人"蔡京

下面，该提到蔡京的人品了。即便在外人眼中蔡是大奸大恶之徒，儿子蔡绦也要给出一个明确的说法，并且提供例证。古语中有"生子当如孙仲谋"，我看这句话可改为"生子当如蔡绦"——以蔡京为正面人物进行记述，蔡绦做到了。

首先，蔡京是个大度的人。"鲁公宇量迈古人，世所共悉也"。元符年间的某天，王公大臣一起游湖览胜。凑齐以后，次第登舟。蔡京刚靠近龙舟，一阵风来，龙舟忽然自行离岸。蔡京收足不及，一头栽进水中。众人大骇，疾呼救人。施救者刚游过来，蔡京已经抱着木块浮至岸边。进到屋中，蔡京尚一身淋漓。同僚蒋颖叔说："蔡兄幸免潇湘之役。"蔡京既不责怪别人，也不认为这个玩笑无聊，而是脸不变色心不跳，呵呵笑着答道："几同洛浦之游。"大家都佩服蔡京的气度。

一日，大司寇刘赓到蔡京家中拜访，见魏汉津坐在蔡京对面。魏汉津是个音乐家，脸上被刺过字。在宋朝，刺字是对违法犯罪者的惩罚。蔡京让刘赓坐下，刘赓却不肯。他说："蔡先生也算百官之仪表了，怎么能和黥卒对坐？"蔡京大笑，向魏汉津施了个礼道："先生请回吧。"蔡绦认为，魏汉津虽是皇帝面前红人，但毕竟是个"黥卒"，百官皆瞧他不起，而蔡京竟能包容他，可见蔡京之度量。

蔡绦的角度很有意思。其实，蔡京之"包容"，或许正在"奸人"之奸。只要皇帝的红人，他都不怠慢——这样也解释得通吧？

蔡京的另一品质是"恭谨"。蔡京升为太师，亲朋好友络绎不绝前来祝贺。蔡京毫无得意之色，神态与平常无异。他说："我当官这么久，风也过，雨也过，一切都看明白了。今日位极人臣，不过像掷骰子一样，掷到了我头上。人间荣辱皆如此。"崇宁五年（1106），蔡京罢相，刘逵当政。刘逵屁股还没坐热，蔡京复位，而刘逵被黜。（皇帝就是这么爱折腾！）刘逵离职前，跟自己的朋友们说："没关系，我还不满五十岁，蔡太师已经年过花甲，看谁熬得过谁！"不久，刘逵病逝，蔡京告诫子孙们："刘逵已成白骨，而我犹享荣禄。人心用得不是地方，就容易出事呀。你们可要当心。"

大观初年，蔡京守边有功，皇帝准备封赏。但蔡京已在一人之下，万人之上，无官可迁，皇帝遂赐以排方玉带。这排方玉带可大有讲究，佩戴者可以随时靠近皇帝的驾辇。蔡京惶惧不已，竭力推辞，并引用唐朝韩愈的诗："不知官高卑，玉带悬金鱼。"称唐人早有先例，玉带上悬挂金鱼的人才能靠近皇帝驾辇，其他人无权接近，后人也应照此施行。这样，蔡京就把自己排除在外了。皇帝同意了蔡京的建议，此规遂成惯例。

正因为蔡京"品质高尚，才华横溢"，他才能得到前辈的器重和抬举。神宗熙宁末，王安石常常对年轻的蔡卞说："天下没有可用之才啊！不知将来谁能继承我执掌国柄？"然后掰着手指头自言自语："我儿王元泽算一个！"回头对蔡卞说："贤兄（指蔡京）如何？"又掰下一指。沉吟良久，才说："吉甫（指吕惠卿）如何？且算一个吧。"然后颓然道，没了！

在王安石眼中，治国安邦之人，仅此三人而已。牛不牛？当然牛！

吕公著当政时，蔡京刚刚罢官进京。吕邀请蔡京到自己府中，让子孙站成一排在旁边侍候。吕说："蔡君，我阅人无数，没有一个比你强！"以手自抚其座，道："君日后一定坐在这个座位上，我把子孙都托付给你，希望不要推辞！"

我倒不认为以上故事是编造的。起码，应该有真实的影子。单从以上事件看，蔡京还真与传说中的十恶不赦不搭界。但他为何口碑这么差呢？我想，概因他当政时老百姓过得太苦了。奸臣当道，常常祸国殃民，但在专制社会中，"祸国"是祸害当朝，若只钩心斗角，争权夺利，朋党残杀，在老百姓口碑中尚有回旋余地。但"殃民"这事儿就大了，百姓的利益乃社会核心利益。蔡京把老百姓折腾得太凶，他派朱勔在江南一带搜刮珍奇异宝、名花古木，朱勔及其爪牙横行霸道，拆墙破屋，弄得民不聊生。你怎么让人说出一个"好"字来？

4. 除了蔡京，都是奸臣

提到蔡京，就不能不提到童贯，也不能不提到王黼、梁师成、朱勔和李邦彦。这六个人勾结在一起，狼狈为奸，时称"六贼"。蔡京和他们的关系，错综复杂，怎么择也择不清，蔡绦是回避不了的。在《铁围山丛谈》中，蔡绦不但提到了这些人，而且态度鲜明，非常高调，绝不闪烁其词。他的定位是，除蔡京外，其他人都是奸臣，父亲与他们不是一路人。父亲早就看透了他们的奸臣本质，与他们进行过针锋相对的斗争。

蔡绦这样描述其他几个人：童贯彪形燕颔，略有胡须，双目炯炯，不像个宦官。王黼也很帅，面如傅粉，但须发和眼珠是金黄色的（莫非有胡人血统？存疑），其人嘴大，张开来可以把拳头放进去。我（蔡绦自称）认识王黼时，他还没有像后来那么得志，蔡京也不很喜欢他。王黼讨好当时的丞相何执中，得以晋职，后改事丞相郑居中，狐假虎威，并像儿子一样追随宦官梁师成。蔡京想遏制他也遏制不住了。

蔡绦说，宋朝宦者之盛，莫过于宣和年间。宦官童贯和梁师成分别执掌军权和政务，一武一文，各自扶植自己的党羽，势同水火。百官担心得罪其中任何一个，上朝请示都要由宦官引领，他们领到谁那里就请示谁。其时，宦官已有人被封为太保少保、节度使、正使承宣观察等高职。朝中大臣，皆拜到宦官门下，不以为耻反以为荣。蔡京在家中常自叹息，以至潸然泪下。

在蔡绦看来，蔡京与其他奸臣最大的分歧在于北伐。童贯和王黼主张联合金国灭掉辽国，而蔡京认为宋朝与辽国签订过和平协定，百年不启兵衅，万一灭辽联金，不啻引狼入室。后来，金国果然撕毁与宋朝的和约，进犯宋地。梁师成抱着宋朝和辽国、金国前前后后缔结的各种文牍给徽宗过目。徽宗说："北伐一事，他人皆误我，唯独蔡太师自始至终反对。事已至此，是否该请教请教他？"梁师成凑到皇帝身边"耳密奏久之"，徽宗遂默然。看来梁师成没说什么好话。蔡绦感叹道，呜呼，假如不是小人阿谀罔上，国家不至糜烂若此。

蔡绦还记载了父亲与这些奸臣若干具体的较量。蔡绦有个好友，名叫吴岩夫。吴岩夫曾写过一封信，推荐了一个贤才，托其外甥周离亨转交蔡绦。周离亨反而将信密送王黼处。后来，因为北伐的事蔡王反目，王黼就把信拿给徽宗看，说吴岩夫妄荐台臣于大臣子弟。徽宗震怒，蔡京因此受到压制。此外，宣和四年（1122）宋辽开战后，开支巨大，入不敷出。王黼听信奸人建议，采取"免夫之制"。亦即农民应该出夫的，只要交钱就可以免除夫役。蔡京对此十分不满，痛哭流涕地对皇帝说："今日大臣干的事，不是成全陛下，是祸害你呀！陛下圣明，泽及四海。以前只是通过地租或从商人手里取钱，现在大臣从穷百姓口中敛财，后患无穷矣！"皇帝虽有醒悟，只是圣旨已下，不好朝令夕改。自此，王黼动辄收钱免夫，先后收取六千二百余万缗。这些钱，不到三年时间仅剩六百万缗。有二千二百余万缗对不上账，据说都被王黼私吞了。

蔡绦的褒奖和贬抑，与当时社会的主流声音几乎一致。大家都说童贯、梁师成、王黼是奸臣，好，我也这么认为；大家都说当时不该北伐，好，我父亲就是这么想的，这么干的。怎么样，我父亲还是坏人吗？蔡绦采取了坏人洗白自己的常用手段，即：顺应潮流，不逆流而上，通过抨击大家公认的坏人，把自己和好人画上等号。但还是那句话，你们争斗得再厉害，也不过是狗咬狗，一嘴毛。

❧ 史上最牛词臣 ❧

汪藻，又名汪彦章，曾被称为"南渡后词臣冠冕"。词写得好，不一定代表人格高尚。汪彦章最为人诟病的，是他写了两篇关于李纲的文章。当初，李纲大权独握，力主抗金，得到宋高宗的支持。汪彦章作《贺李纲右丞启》文，内云："精忠贯日，正二仪倾侧之中；凛气横秋，挥万骑谈笑之顷。国须贤立，天为时生……义动三军，人皆奋死；气吞异类，寇辄请盟。身且九殒一生，国则崇朝而再造"，"士讼公冤，亟举幡而集阙下；帝从民望，令免胄以见国人"。总之吧，李纲是国之栋梁，离了他就不行！后来，皇帝为讨金军欢心，决定罢免李纲，让汪彦章起草诏书，汪彦章义正词严地指出："具官某（李纲）空疏而不学，凶慝而寡谋，志轻天下而自谓无人，权震朝廷而不知有上；靡顾国家之大计，但营市井之虚名。专杀尚威，伤列圣好生之德；信狂喜佞，为一时群小之宗。"你得承认，单就文采来说，实在高妙；但态度之急转直下，又让人瞠目结舌。

其实，早在赵构即位之时，汪藻就干过这么一票。他代皇后拟诏，话里话外透着对张邦昌的表扬："众恐中原之无统，姑令旧弼以临朝。虽义形于色而以死为辞，然事近于危而非权莫济。内以拯黔首将亡之命，外以抒邻国见逼之威；遂成九庙之安，坐免一城之酷。"是张邦昌临危受命，帮助大宋接续了香火。后来赵构坐稳江山，开始铲除异己，汪彦章又拟斥责张邦昌的诏书："以死偿节者，臣子之宜。求生害仁者，圣人所嫉。倘或志存于躯命，则将义薄于君亲。具官某身受国恩，位登宰辅。方宗社有非常之变，乃人臣思自尽之时；而不能抗虎狼强暴之威，徒欲为雀鼠偷生之计，陷于大恶，所不忍言。虽天夺之明，坐愚至此；然君异于器，代匮可乎？"你这个无耻之徒，当初为什么不以死殉国，反而苟且偷生？张邦昌无话可说，只好自缢而死。

有人据此认为汪彦章毫无原则，堪称文人无行的代表。但大家忽略了一个细节，汪是皇帝的御用秘书，他说的话不一定是他自己想说的话。作为整个链条中的一环，以笔为剑，推波助澜，煽风点火，行为诚然鄙陋，但最让人惊悚的还是他的上司。政客无情，翻手为云覆手为雨，一会儿说东，一会儿说西，自己打自己嘴巴，眼都不眨一下。而写手能够做的，就是在上司意图的基础上变本加厉，再重一码。上司说一个人好，他们就要说，好，好得没边儿了！上司说一个人坏，他们就要说，坏，坏透腔了！他们一定比上司更决绝，更坚定，以此证明上司判断正确。他要揣摩上意行事，而非民意。当然，如果上司判断失误，出现反复，最后被扣屎盆子的，多是写手和属下。

汪藻写过一首著名的《点绛唇》："新月娟娟，夜寒江静山衔斗。起来搔首，梅影横窗瘦。好个霜天，闲却传杯手。君知否？乱鸦啼后，归兴浓于酒。"有人说，所谓"乱鸦"，是讽刺秦桧群党的。秦桧读了这首词，开始打击贬斥汪藻。然而，这究竟是不是后人为替汪藻正名而敷衍的故事，已经无从考证。

复仇的儿子

南宋时，一个叫元城的人晚上做梦，梦见一位道士向自己鞠躬施礼。不久得到家书，说他老婆生产了。回家一看，新生儿子有点面熟——哎呀妈呀，怎么跟梦中那个道士一模一样？天意吧？于是，元城给儿子取名景道，即崇敬道士的意思。

元城很喜欢这个儿子，有好吃的东西，先给景道，有好玩的东西，也先给景道。后来，元城被流放到岭南一带，忽接家中来信，说景道得病夭折了。元城闻讯，痛不欲生。听说附近有个道士能呼神唤鬼，和灵魂对话，就请他帮忙，想跟儿子再聊几句。那位道士不知使了什么法术，真把景道找来了。现在想来，也许是附体上身那套把戏。景道通过别人的嘴告诉元城："我上辈子是个道士，那时你当淄青节度使，用箭射中我的胳膊，导致我失血而亡。现在你养育我九年，咱俩的债务给你抹掉一半。"

闹了半天，元城养的不是自己儿子，是个仇人。有人关心，元城欠道士的另一半血债是怎么还的。说来也简单，《睽车志》中记述，元城割破胳膊，以血抄录《般若心经》，跟道士前生债务就一笔勾销了！不过，以儿子的身份复仇，着实有点雷人。《睽车志》还记载了另外一个类似的故事。

平江陆大郎，与一位老僧交情颇厚。老和尚置办了田产，总交给陆大郎管理。田产越聚越多，陆大郎起了歹心，想据为己有。老僧索要的时候，陆大郎打死不承认有这么回事，还买通官府，反告老僧诬诈。老僧落魄潦倒，穷困不堪，每天在陆大郎家门口焚香祈祷。祷词大致是，将来让我当陆大郎的儿子吧，好取回我自己的物品！不久老僧就死了，而陆大郎也得了个儿子。因为晚年得子，陆大郎相当高兴，为儿取名"小大郎"。小大郎生长在富豪之家，吃喝玩乐那一套自然玩得很专业，陆大郎根本管不住，最后生生被气死了。小大郎也挺够意思，花大钱厚葬了父亲。不几年，小大郎就把万贯家财挥霍一空。左思右想，小大郎打起了父亲的主意。他借口坟墓的风水不好，需要移坟，找人来挖开陆大郎的墓地，把棺中陪葬品全部拿走变卖，至于老爹的尸骨，则焚烧后扔进湖中。世间不孝之子不少，像小大郎这样斩尽杀绝的，还真空前绝后。人们忽然想起此前老僧的祷词，不觉个个打冷战：莫非这小大郎真是那索债的老僧转世？

据说，清朝时两个晋商做生意结仇，一人用对手的名字给自己的儿子命名，另一个不甘示弱，用对手的名字给自己的孙子命名。他们也许不知道，这哪里是诅咒对方？分明是咒自己不得好死呢！当然，也许是他们早就看穿了儿孙的讨债本质，故意起个对手的名字以毒攻毒。仿佛每天都在对儿孙说："哼哼，我知道你是谁，休想报复我！"

❧ 关于迷信的点滴 ❧
——以《睽车志》为例

《睽车志》是宋代一部有名的志怪小说。作者郭彖，字伯象，宋和州（今河南省嵩县）人。生卒年不详，约为宋孝宗时（1163—1189）人。易经"睽卦"中有"载鬼一车"之语，故取名"睽车"。书中故事虽多怪力乱神，但仍以真实自我标榜，甚至在若干篇目后面注明"韩亚卿知丞说""国传姚行可说""周济美左司说"，证明皆有出处，不是虚构。这稍不同于后世的"写鬼写妖高人一等，刺贪刺虐入木三分"。以《聊斋志异》为代表的志怪小说，可读性自然很强，但文以载道的痕迹更浓，追求"思想性"，不对真实负责。《睽车志》也有劝善惩恶的说教意图，却突出真实性和趣味性。像这个故事：林灵素多次从酒馆赊酒而不付钱。店家督促他快点还钱。林灵素举手自抠其脸，左颊顿成枯骨髑髅，而右脸如故。林灵素说，你再逼我，我就把右脸也抠开！差点儿没把店家吓死。此类故事还很多，并不是想表达什么，纯为怪而怪，为惊悚而记载。

基于此，我部分地把《睽车志》看作反映当时社会生活的野史笔记，看作对官修正史的一种补充和校正。

但是，一读之下，却读出些许问题。

故事一。和州曾经建一军官住房。建好后，军官带领妻儿住了进去。第二天日上三竿，大门依然紧闭。兵士们奇怪，呼门不应，乃砸墙以入。只见里面布席于地，杯盘狼藉。军官和他的妻儿都已经死了。报到官府后，兵士受命挖掘地基，深达数尺，看见两块长石，石头下面各压着两具骨骸。因此，官府怀疑是尸骸的鬼魂在作怪。

我第一反应是：为什么要挖地基？军官全家很明显是食物中毒的迹象。误死也好，有人故意投毒也好，跟地基有什么关系？

故事二。王希武家有一老乳母，半夜发出像梦魇一样的呼叫。众人睡得太死，很久才醒来。再看时，乳母的床已经空了。赶紧举灯四处寻找，发现老太太坐在西圃池亭一张胡床上，耳目鼻口里塞满了淤泥。急忙扶进屋清洗，已昏然不省人事，不久就死了。当时院墙很高，中门上锁，不知老太太是怎么跑出去的。据传，该宅院的地基处原为"漏泽园"，即官府掩埋贫无以葬者或客死他乡者的乱坟岗。

显然，又是鬼魂在作怪了。老太太死前没有说出真相。可看上去，这更像一起谋杀案。老太太的呼叫不一定是梦魇，而是求救；中门上锁，可以是先打开再锁上，没什么技术难度。正史中很少记载这类民间怪事，也很少完全推给鬼神。

还有更离奇的。故事三。卢知原做知州的时候，有个军卒死了老婆，其时儿子未满周岁。埋葬后，妻子常常半夜回来给孩子喂奶，军卒跟亡妻说话，她从不答应。军卒说，死生异路，活人吃死人的奶，不大合适。亡妻依然不应。军卒生气了，说，你未必是亡妻，没准儿是鬼物故意来害我儿子！于是举刀刺过去。第二天，巡捕敲门，说看到门口有血，特来查问。大家循血迹一直跟到坟边，看到坟上扑着一具尸体，腰部有刀痕。体貌特征、穿着打扮都是妻子的模样。邻居都证实其妻已病死多日。挖开坟来看，棺材里什么都没有。

这个活人杀死人的故事，是否可以这样解释：一个长相跟军卒亡妻差不多的人被人杀害了，又被穿上亡者的衣服。至于空棺，连夜把亡者搬走就行了。反正所谓"亡母喂奶"一事只有军卒自称看到，别人并没看到，他怎么说就怎么算。可能此事太离谱，所以作者留了个活口，说："此狱适当卢公罢州之际，竟不知后政何以决之？"看来还有被当成刑事案件处理的可能。

以上案件，把责任推给鬼魂，诚然是百姓敷衍并传播的，但官方和知识分子的默认乃至纵容，也不容小觑。他们是否因办案无能而打马虎眼？

因为受贿、暗箱操作而故意转移视线？所谓迷信心理，需一点一滴，一件事一件事积累，一个个"鬼魂作祟"的案件得到官方认可，客观上有力地加深了百姓的迷信思想，逐步成为人们解读事件的标准之一种。

事实上，平民百姓似乎也确有以迷信解释问题的必要。

故事四。有个叫许式的人，行经汴梁的时候，一个人从河岸上走进他的船中，直呼许侍郎。许式赶紧说："先生你错了，我只是个小官。"那人笑着说："你就快当侍郎了。很久很久以前，我和你之间约定有件事需要办，听说你路过此地，特来一见。"说完，掏出一包东西递给许式，"你收好，将来遇到十四岁的孕妇，把这个喂给她。"许式打开一看，里面有几块石头，晶莹剔透。后来，许式碰到一个太守，太守说："我们这里出了件稀罕事。某家一个女孩子没有丈夫就怀孕了。父母很发愁，不知该怎么办。"许式忙问："女孩子多大岁数？"答曰："十四岁。"许式赶紧来到女孩子家，问其怀孕原因。女孩子说："有一天，我在溪旁洗衣服，听到南岸有人叫我的小名，我答应了一声，抬头看到一个道人。道人瞅了我一会儿，径直走了。他喊我的时候，我肚子里就有了反应，回到家后不久竟然成孕。"女孩子所描述的道人的模样，跟许式见到的那人一样。于是，许式命人好生看护这个女孩子。女孩子产子后，许式取女孩子之乳，以磨所藏之石，磨出一种洁白如膏的东西，喂给女孩子吃。一个月后，饵尽乳止，幼子也死掉了。再后来，许式果然当了侍郎。

这个故事，作者是按时间顺序讲述的。其实是先入为主，给读者以强烈暗示，暗示故事是真的。如果换一种叙述方式，似乎也能讲得通：一个女孩子"无端"怀孕了。这时，许式出现，手拿几块石头，告诉周围的人，我曾经遇到过这样一件事。女孩子讲的那个道人，跟我遇到的那个人完全是一个人。接着，许式"按照道人的嘱托"，用药杀害了无辜的婴儿，却挽救了婴儿母亲的名声和未来。这样一讲，我们很容易看出，许式要么就是当事人，要么就是受当事人委托，来为一桩十分挠头的私情善后。女孩子的父母，要么也是善后安排的参与者，要么就是以旁观者的身份默认了这种处理方式。并且，他们也希望邻居相信这件事的真实性。至于许式后来当侍郎一说，不过是传播者刻意加上，以加强可信度。一个清白女孩子未婚先孕，在那个年代足够她身败名裂，家人也跟着一辈子抬不起头来。但无辜因神仙成孕了，又另当别论。邻居、亲友甚至她未来的丈夫都能接受，谁能跟神仙较劲呢？

说是自欺欺人也好，说是天意也好，在无能为力的情况下，选择迷信，确实比逼上绝路好。有人愿意这样说，有人愿意信，以此为解脱，这有什么不可以呢？这种心理运用的时间长了，甚至可以以此主动去做一些事。来看故事五。汴河岸边有个卖粥老妇，晚上检点账目，经常看到两枚冥币，惊疑有鬼。于是暗中观察买粥之人，其中有个妇女，每天都买两枚大钱的粥，风雨无阻。老妇偷偷跟在妇女后面，见她北去一里多地，钻进一片草丛中，就没了踪影。如是者一年。

鬼妈妈用冥币买粥或者买饼的故事在很多志怪小说中出现过，但在《睽车志》中有了不同的结局。一天，那妇女告诉卖粥老妇："我要走了，和您就此分别。有件事托您办一下。我原为李大夫的妾，李大夫赴任途经此地时，我因病死亡。但埋葬后，我生下一个儿子。因为没奶，所以每天从你那里买粥喂他。李大夫今天来给我起棺，若听到婴儿啼哭，告诉他不要惊慌。这是我的金簪，你把它交给李大夫，他就信了。"

不久，李大夫果然来起棺，听到婴儿啼哭大惊失色。卖粥的老太太举着金簪，告诉他是怎么怎么一回事。于是，李大夫领着孩子回家了。

这个故事的可疑之处在于，一个做小本生意的买卖人，每天得到不能花出去的冥币，她完全可以揭穿买者，或者拒绝这桩生意。可是，她照样卖给她，好像专门等着两人之间后来发生什么事。因此，我们可以理解为，某个贫困家庭因为无力养活自己的孩子，计划把他送到大户人家去，将来有个好生活。得知李大夫来为亡妾起棺时，于是联合卖粥老太编造了这个故事。至于金簪，半夜挖坟取出就可以了。在这个故事中，李大夫信不信鬼神都无关紧要。信神的话，自然不敢违犯天意；不信神，而偏巧其他妻妾没给他生养儿子，从天上掉下一个儿子来，他高兴都来不及，哪里管他真假！当然，此事如果还有下文，应该是一个大户公子认祖归宗的故事。

在正史上，这样解释事故的情况并不多，因为正史中的主人公大多力量强大，可以通过人力方式解决；野史中的小人物，处于社会底层，无能为力，利用迷信达到所愿也许是他们最后的选择吧。

你回来了

悄悄地,他走了;悄悄地,他回来了;悄悄地,他又走了,不带走一片云彩……

敲下这一行字的时候,内心有些伤感。我所描述的,是曾被中国封建社会民众信奉了上千年的"回煞"传说——一个人去世了,在最近时段的某一天,他的灵魂会回到原来的住处,流连一番,然后彻底离开。想想吧,当亲人依依不舍、孤立无助的时候,生者心中是如何的悲苦、酸楚。

南宋俞文豹在《吹剑录》中说:"人死至四十七日则回煞,又有二十日及二十九日两次回丧家云。"但是,生者需避开逝者的鬼魂,否则对生者不利,是为"避煞"。侯甸在《西樵野记》中说,乡人顾纲死后,其妻设香案于灵前,全家避往邻家,只留下一个老太太守着。半夜煞回,老太太见一状如猿猴的东西据案大嚼。该物回头见到老太太,奔过来拳打脚踢。老太太大声呼救,家人赶来,该物已经不见了。清人黄芝在《粤小记》中的记述没有这么惨烈和不近人情。他说,广东一带,回煞之日,设饮食于灵前,筛以秕灰,明日视灰迹有如鼠足、鸡爪等状,是为煞回。这天,家人迁避他室,犯者令人精神恍惚。冲撞了鬼魂,只是精神恍惚,而不是遭到殴打,这就合情合理了,逝者与生者本是亲人,怎么能回来打他呢?

要我看,"回煞"之说,是在生者和逝者之间制造一个过渡带,让生者的怀念之情得到缓冲。一夜之间,阴阳相隔,怎么割舍得了?那就让逝者再回来一次吧,生者通过逝者的这次"回煞",接受其彻底离开的现实,情绪亦由大悲伤转为怅然、怃然直至坦然。逝者灵魂是否真的回来了?这不重要,重要的是,生者认为他回来了。

沈三白在《浮生六记》中写亡妻芸娘回煞的情景,如泣如诉,让人黯然神伤。那天,沈三白执意留在房中,要与芸娘见最后一面。朋友屡次劝慰均无效,只好跟他说:"我在门外守着,若发生状况,叫我一下。"于是,沈三白张灯入室,见铺设宛然,想到亡妻音容已杳,不禁泪流满面。

又恐泪眼模糊无法看得真切，只得忍泪睁目，坐床而待。抚摸着妻子的旧衣物，香泽犹存，三白肝肠寸断。过了一会儿，见席上双烛青焰荧荧，忽然光缩如豆，赶紧以手揉额，打起精神。细瞧之下，双焰渐起，高至尺许，差点烧了纸糊的窗棂。三白茫然四顾，光忽又缩小如前。三白毛骨悚然，欲呼朋友进门，想到妻子柔魂弱魄，恐被人间阳气逼走，便屏住呼吸，悄悄呼唤妻子的名字。满室寂然，一无所见，既而烛焰逐渐恢复正常，不再腾起……

从旁观者的角度看，沈三白不过是随着灯光的明灭产生了一点幻觉。但这幻觉，对他是多么重要哇。

～ 戏子 ～

优伶是古代宫廷里的一个特殊群体，相当于御用演员。这些演员不仅插科打诨，博皇帝一笑，有时还口无遮拦，跟皇帝没大没小，皇帝竟也不以为忤。五代时，后唐有个叫敬新磨的优伶，在宫殿里遭皇帝豢养的恶狗追赶。敬新磨躲在柱子后边向庄宗皇帝大喊："陛下，请不要放纵你的儿女们来咬人！"庄宗听了大怒，张弓搭箭准备射他。敬新磨更急了，连忙喊道："陛下不要杀我呀，我与你是一体的，杀了不吉祥！"庄宗吃了一惊，问这话怎么讲。敬新磨回答："陛下开国，年号同光，同，就是铜，没了敬新磨（精心磨），那铜就没有光了。"庄宗哈哈大笑，把他放了。

优伶最大的贡献其实是进谏，帮忠臣良善说公道话。其中又以春秋时楚国的优孟为最。令尹孙叔敖任职期间，抚恤百姓，执法严明，深受爱戴。在他死后，儿子却一贫如洗，靠打柴为生。优孟就扮成孙叔敖的样子来到楚王面前，深深唤起了楚王对孙叔敖的怀念之情。楚王说："你扮演得这么像，干脆去担任令尹吧。"优孟回答："我不干，这令尹当不得。"楚王问他为什么，答曰："孙叔敖当初廉洁尽忠，现在他儿子混得多惨，我可不想让我的儿子也和他一样！"楚王大受触动，赶紧封赏了孙叔敖的儿子。

赵国从晋国独立出来，赵襄子连续五天大宴宾客。他得意地问别人：

"我的酒量不错吧？够不够牛？"旁边一个叫莫的优伶说："你还是没有纣王牛，人家当初酒池肉林，连饮七天七夜。"赵襄子惊出一身冷汗——原来自己和亡国之君这么接近了！他赶紧停止了饮宴。

还有敢向秦始皇巧言进谏的呢！一天下大雨，秦始皇坐在大殿上，与众大臣悠然地喝酒。而直挺挺排列在殿下台阶外的卫士，无遮无拦，被淋得浑身湿透，一个个瑟瑟发抖。按照规定，没有皇帝的命令，卫士是不准移动位置的。有个叫旃的伶人，一边表演一边跑到栏杆边，朝着下面大喊："卫士们！""在！"众卫士齐声应答。优旃说，虽然你们一个个长得牛高马大，却也无用，不过多淋雨罢了。别看我个儿矮，却可以在大殿上歇息哩。秦始皇一听，生了慈悲心，让卫士倒班休息一下。

或许是伶人地位实在卑贱，皇帝往往不计较他们的调侃方式，若是臣子们跟他开这种玩笑，后果就严重了。也多亏优伶人性善良，他们在史书上留下的故事，以佳话居多。以他们对皇帝的影响力，如果隔三岔五说说大臣的坏话，也够那些人喝一壶的。

鸭子躲水

五代十国时，后蜀皇帝孟昶登基，上台第一件事，就是从民间选拔美女充实后宫。美女被赶进来，皇帝先过一遍筛子，漂亮的留下；长相一般的，赐给王公大臣。因此，美女消耗量颇大。民间不堪其扰，家有小女，赶紧出嫁，随便是个男的就行。一时间，早婚早育现象盛行，该现象被称为"惊婚"。意思是，大家都被皇帝惊着了。

明朝隆庆年间，同类情况再现。这次是名副其实的"惊婚"，根本就没选秀这回事。一个太监坐船外出，这家伙狐假虎威，大概觉得出游不够排场，非得冒皇帝的名头才行，于是声称自己是给皇帝挑选女人的，十三岁以上的女孩子都在备选之列。百姓听风就是雨，消息瞬间就传开了。老百姓仓皇嫁女，见到男人从门口经过，就急三火四地问人家，嘿，想娶妻吗？免费结婚，不要彩礼！有的干脆就是抢婚，把陌生男人拽回家，直接成亲。

我有点疑惑的是，他们抢回家的男人肯定就比皇帝好吗？最不济，到皇宫起码还能吃顿饱饭，而抢来的男人或许连家都养不了。最靠谱的答案是，一入侯门深似海，亲人再无见面机会，黎民百姓不忍离别之苦。话说有一群鸭子，正在场院里散步，忽听有人喊：发水啦发水啦。这群鸭子吓得撒腿就跑，一路狂奔。其实鸭子还躲得了水啊？老百姓的"惊婚"与此类似，普天之下，莫非王土。出嫁了又怎样，皇帝想要，还不是随时可以要？

∽ 改口 ∾

　　张泊还是一个小小举人的时候，张佖已是南唐的新贵，地位显赫，说一不二。张泊非常想巴结他，经常拿着自己的作品去请张佖斧正，递名帖时，总是自称表侄孙。至于这个表侄孙是从哪里论起的，已不可考。张佖见他有点歪才，也乐得收这么个侄孙壮门面，反正都姓张，五百年前是一家嘛。后来，张泊考中了进士，觉得腰杆硬了，再自称侄孙有点掉价，于是开始管张佖叫表叔，无形之中，给自己长了一辈。张佖哭笑不得，只好应着。再后来，张泊逐渐升迁，已经和张佖平起平坐。同朝称臣，张泊觉得称表叔都没有必要了，又改口管张佖叫"大哥"。大哥就大哥吧，好歹还是一家人。等到张泊当了宰相，统领百官后，连一家人都不愿和张佖做了，高高在上，形同陌路，如果张佖不主动打招呼，他会很生气。心里话：小崽子这么没大没小，见了你大爷连个招呼都不打！

　　张泊这样的人，看似好笑，但为数不少。有个故事是这样讲的：小偷到集市上去偷人家的钱，被当场捉住。人们问他，你怎么在大庭广众之下就敢下手，胆子也太大了吧！小偷回答：我根本就没有看见人，我的眼睛里只有钱！同样，在张泊的眼睛里，也是没有人的，他看所有的人，不是爷爷、表叔，就是儿子、孙子，或者重孙子。人分三六九等，有大用者就是爷爷，小用者为父辈，偶用者为平辈，无用者当然就是儿孙辈了。张泊和小偷一样，是一种被异化了的功利动物。他把一切东西和关系都简单化、线条化，将其浓缩、归类，然后区别对待。不过，这却似乎是功利主义者一种行之有效的办法，在人与人的来往中，"去芜存菁"、直奔目的地。张洎能够不断升迁，显然就是个明证。因此，落败者只能这样自我安慰：生活是复杂的，简单化的世界观只能获得简单的快乐，随遇而安的世界观则可以品尝到人生百味。

犹豫之美

陈桥驿事变的前几天，京城开封的人都在悄悄传扬说，检点赵匡胤要当皇帝了。赵匡胤回到家里，看姐姐正在厨房做饭，就跑过去问她："外面议论得很凶，你说我该怎么办哪？"他姐姐毫不客气，一擀面杖打过来："老爷儿们做事，一人做事一人当，行不行你自己决定，干吗回来吓唬我们这些妇道人家？"

与其他创立基业的皇帝比起来，赵匡胤确实是个不够果断的人。果断者有两种：一种是四肢简单，头大无脑，比如项羽。项羽和刘邦在两军阵前对垒，派人送信给刘邦说："天下纷争，不过是为我们两人而已。为了少死几个无辜的人，咱们俩干脆来个决斗，分出个高低，如何？"幼稚或者浪漫到这种程度，不完蛋才怪！另外一种是刚愎自用，阴险毒辣，比如朱元璋和刘邦。朱元璋把所有的开国元勋统统杀净，孙子建文帝劝他要讲仁道，他把一根长满刺的藤条扔在地上，让孙子捡起来，孙子怕扎手，不敢捡。朱元璋说："我现在把上面的刺都给你捋干净了，你还不感谢我？"与这二人卸磨杀驴时的果断相比，赵匡胤就柔和得多，他把开国元勋们叫来，先喝酒，后讲道理，委婉地劝他们放弃兵权，照样可以享受荣华富贵。

我把赵匡胤的这种犹豫理解为"敬畏之心"。和家人探讨前途，显然不只是做做样子，他对自己的亲姐姐没这个必要。为什么要敬畏呢？是对自己没有足够的信心？可能有这个因素，但更重要的是，他要寻找一个道义的着陆点，在蓬勃开放的野心上覆盖一层足够美丽的遮羞布。他从更民间、更草根的角度打量自己的行为，看它是否站得住脚。这种犹豫是一个心灵过渡区，人与鬼的缓冲区。有了这个缓冲，才有了他的与人为善，给人留出路的"铁书三誓"：永远优待自己的前领导柴氏家族；永远不杀进言的士人；子孙有违此誓者，天打雷劈。

瞧不起，没关系

宋太祖赵匡胤来到朱雀门，指着门额问自己的部下："既然这是朱雀门，就写朱雀门呗，为什么还写'朱雀之门'呢？"文人赵普回答："此乃语气助词。"赵匡胤笑着说："之乎者也，能助什么事！"一句不经意的玩笑话，暴露出赵匡胤对文人的轻视。而事实上，武夫出身的赵匡胤又是历史上对文人最够意思的皇帝。他在给子孙们立的"三誓杯"中写道"不得杀士大夫及上书言事人"，并狠毒地威胁："子孙有逾此誓者，天必殛之。"因了他这句狠话，宋朝文人成了中国历史上最得志的人，上书言事，信口开河，说到动情处，不举事例，上来就骂不同意见者是"小人"，并警告皇帝"亲君子，远小人"。把皇帝整急眼了，最多被贬到外地，国家俸禄照拿不误；在朝掌权的，都是赫赫有名的大文学家，司马光、欧阳修、苏东坡、王安石……宋朝文人创造了辉煌的文化，就连皇帝也赤膊上阵，写诗画画玩个不亦乐乎。

赵匡胤为什么如此善待文人呢？历史上公认的论断是：为了抑制各地节度使。有唐以后，藩镇割据，趄趄武夫们权力大得连皇帝也不放在眼里。就是赵匡胤，也是篡了人家的位才当上皇帝。皇帝历来要求臣下毕恭毕敬，亦步亦趋，连个"不"字都不能说。而赵匡胤是真正经历了大场面，看清了事实真相，面对周围虎视眈眈的群狼，他的承受底线仅仅是"别篡我的位就行"。在他眼里，"秀才造反，三年不成"，形成不了多大的威胁，既然偶尔闹闹意气，也可理解。在一次酒席上，翰林学士王著酒醉大哭。有人来向赵匡胤告状："王著是哭前朝皇帝周世宗呢！"这事搁别人身上，早就发飙了，然而赵匡胤只是笑笑说："只是一个酒徒而已，况且一个书生哭世宗，能有什么事！"言外之意，还能起兵跟我玩命吗？不起兵玩命，就无所谓喽！但是，这绝不是"百无一用是书生"的映照，太祖皇帝显然看到了文人的巨大威力，明白知识改变命运这个常识。以前武夫当政，生灵涂炭。英雄盼乱世，而芸芸众生，却要为"一将功成万骨枯"

付出代价，社会风气和经济发展同样损失惨重甚至倒退。之所以给子孙留下毒誓，肯定是他非常清楚文人的毛病，并预感到后辈的承受能力。他以高瞻远瞩的气魄，给文人们打拼出一片天地。一个人大度，缘于他在"被大度者"面前的高度自信。当然，自信并不需要自身比文人水平高，有胸怀就足够了。整个宋朝虽然武力萎靡，外侵不断，但是文化成果恢宏，人格健康，国家面临困境时，赴死的义士前赴后继。不管赵匡胤内心怎么看待文人，他预留的空间却足够文人们折腾，这比口头上的尊重要有力得多。文人都会算这个账。

皇帝靠不住

驻扎在外的徐铉要到东京汴梁例行述职，朝廷照例应派人去京郊迎接。派谁去呢？大臣们都不愿意去，因为徐铉口才太好了。跟他见了面，万一他提个问题，自己回答不上来，那多尴尬！宰相问了一圈，朝臣都往后躲。没办法，宰相去找赵匡胤商量。赵匡胤不慌不忙地说："这事交给我。"他把皇宫里不认字的太监找来十个，随便点了一个说："你去接徐铉。"啊？宰相瞠目结舌。那文盲太监诚惶诚恐地来到郊外，拜见徐铉。徐铉一见来了人，立刻像被打了强心剂，甩开腮帮子，叽叽叽叽，放了一通长篇大论。这文盲太监哪里听得懂他在说什么，只顾嘿嘿跟着笑。徐铉讲了半天，仿佛拳头打在棉花上，根本没有反响和回应。徐铉好不泄气，只得住了嘴。文盲太监竟圆满地完成了任务！后人评价，赵匡胤不战而屈人，实在是经典案例。其实，皇帝对臣子，向来是没有道理可讲的，更没闲心讲什么策略，针尖对麦芒，当然是臣子的付出更惨重。假若赵匡胤授权臣下：如果徐铉信口开河，杀无赦！看他还敢不敢卖弄？

赵匡胤没有这样做，显然是他对自己的智慧有信心，认为不杀人也足以达到目的。还有一个例子：宋朝之前是五代十国纷争的局面，很多人希望当皇帝，但如何才能当皇帝呢？那就卜卦看看吧。于是，谶书《推背图》风靡一时。北宋建立以后，下令禁毁谶书。但效果不大，依然有人在偷偷传抄。一天，赵韩王上奏，抓住一批收藏《推背图》的人，加上受牵连的人，不计其数。赵匡胤看着报上来的名单说："算了，别杀了，我想个办法吧。"他让人把《推背图》拿来，打乱里面的章节，告诉属下印刷几百本，然后在民间散布。不久，民间流传的《推背图》版本就乱套了，谁也搞不清到底哪个更可信。时间一长，人们对《推背图》的兴趣就冷了下来。这种不战而屈，无形中减少了很多无谓的牺牲，那么多人在刀尖上晃了一圈，差点命丧黄泉，真让人冒一把冷汗。

我要说的是，皇帝本身是一种靠不住的东西。赵匡胤在皇帝之中只算是个特例，指望特例，就像指望一夜暴富一样，做做梦可以，但别真把希望寄托在这里。

❧ 装聋作哑 ❧

赵匡胤杯酒释了几个老哥儿们的兵权，送其钱粮，让他们回家养老。但是，兵马还得有人带，于是新皇帝提拔了一批原来的中下层军官。最重要的岗位——殿前都虞候一职，先由张琼顶替。张琼救过赵匡胤的命，不识字，性耿直。但两年之后便被皇帝赐死。留下的空位，由杨信来顶替。杨信既没有老帅们的赫赫战功，也没救过皇帝的命，这个活儿，真是没法干。

杨信上任不久，忽然染上怪病，嗓音功能遭到破坏。宋太祖看到杨信虽然不能说话，但身体其他部分正常，不耽误使用，于是保留了其原职。第二年，又进一步授给他节度使一职。蒙受如此恩典，口不能言的杨信更加谨事朝廷。据说，杨信有个家童具有体察主人动向的能力，每每入朝上奏，或在军中传令，只消杨信展开手掌比画几下，该人就能准确地表达出主人的话语，所以不仅不影响对太祖表忠心，而且能够自如地掌控军队。

杨信这一哑，就是十一年，虽然从他的履历上看不到任何值得一提的战功，但他最终成了武将中军衔最高的人物。令人不可思议的是，就在死前一天，杨信多年的失音顽疾突然消失，就像当初患病一样迅速。此时，赵匡胤的弟弟已经登基坐殿，是为宋太宗。太宗皇帝闻讯十分惊诧，马上来其家探视。杨信对太宗表达了自己感念两朝的知遇之恩，说到感慨处不禁泪流满面……

时隔千年，翻看杨信的资料，越看越让人生疑，如果他真是哑巴的话，何以在死前突然又能说话？这就难免不使人猜测：素来谨慎的杨信看到前任的悲惨结局，便以装哑来保护自己，而宋太祖在杨信变"哑"之后，也确实更加信任他，不仅赐以巨款，而且将殿前司最高职位也交给他，让他成了为数不多的得到善终的武官。

装聋作哑，成就了一代英杰。但想想，坚持十余年不说话，这得痛苦到什么程度？如果为了所谓荣华富贵，就使劲压抑人性，伪饰本真，扭曲思想，并且持续大半个人生，值不值得？装，还是不装，这似乎是个问题。

哀人长戚戚

吕蒙正当了北宋王朝的参知政事，也就是副丞相，很多人不服气。这天上朝的时候，听到门帘后面有人嘀咕他的名字说："这小子也能参政？他要是能参政，我就能下个双黄蛋出来。"吕蒙正挺沉得住气，像没听见一样，走了过去。他的一个同僚不干了，说："哦呵，吕参政也是你们随便褒贬的吗？赶紧给我查查，看看是谁这么没大没小！"吕蒙正拦住了同僚说："拜托，千万别调查，万一你把他的名字告诉我，我就不得不一辈子记住他的名字，所以还是不知道的好，就算不知道，对我又有什么损失呢！"同僚一听，有道理，心里不由得暗自鼓掌，嘿，果然是大人大量，有气度！

同样的事还发生在狄仁杰身上。狄仁杰在唐代被公认为德才兼备，武则天很欣赏他，有一天很神秘地对他说："你原来外放汝南时，工作不错，也颇有一些口碑。但是，也有人偷偷跟我说你的坏话，想不想知道说你坏话的是谁？"狄仁杰说："如果那个人说得有道理，你可以告诉我，如果没有道理，你还是别告诉我了，万一知道了他的名字，会影响我们关系的。"

后人评说吕蒙正和狄仁杰，都认为他们胸襟宽大，懂得忍让。我私下里却认为，他们不愿知道诋毁者的名字，是为了节省自己的时间。一心干大事的人，要做的事实在是太多了，做哪个不做哪个，必须有所选择。俗话说，"小人长戚戚"，我们可以将之引申为"衰人长戚戚"，这类人称不上小人，只能称为"衰人"，他们有点小才，最后却终究一事无成，就是因为他们太爱计较了。一事无成的人分为两种，一种属于"随遇而安"型的，虽无大成就，但过得很快乐。另一类有些潜质，却总是羁绊于琐事，深陷其中无法自拔，这类人无所成就，且过得压抑，就纯属自作自受了。

◎ 溜须总比骂人强 ◎

丁谓是寇準的门生，及至他当了大官，依然对寇準毕恭毕敬。一天他和寇準一起吃饭，见寇準不小心将菜汤沾在了胡子上，丁谓急忙站起来，用手给他擦拭。此为传说中的"溜须"之来历。可以想见，大庭广众之下，一个老头子给另一个老头子捋胡子，场面会是多么肉麻！

但当事人不怕肉麻。汉武帝曾经大病一场，病好后发现自己的马瘦了，立刻把养马的上官桀叫来质问。上官桀叩头说："臣听说你圣体不安，日夜忧虑，饭也吃不下，觉也睡不好，根本就没有心思养马呀！"话未讲完，痛哭流涕。这都哪儿跟哪儿啊！汉武帝居然就信了，不但信了，而且大为感动。电影《鹿鼎记》中，韦小宝的一句经典台词："我对你的景仰之情如同滔滔江水……"无论用到谁的身上，上至皇帝，下到贩夫走卒，都屡试不爽。所有的肉麻有一个普遍规律，即：旁观者一眼就能看出那是在扯淡，吹捧者话里话外甚至明显带有戏谑的成分，叫人浑身起鸡皮疙瘩，但是被吹捧的人却安之若素。

如果你的话肉麻到对方不相信的程度该怎么办？多重复两遍就行了。我们上大学时，隔壁寝室里有个长相奇丑的人，外号"老山"，有个人拿他开涮，围着他转了几圈，说："你的鼻子很像张学友哇！""老山"十分不屑。过了两天，另外一个也拿他开涮："你的鼻子很像某位明星啊！""老山"问："是不是像张学友？""对，对，就是像他！""老山"开心地说："很多人都这么说呢！"

俗话说，溜须总比骂人强。见面就问一句："还没死呢！"即使你知道这是在开玩笑，心里也不会舒服。有人溜须属于惯性，不一定图什么，就算是拿你开涮又能怎么样？好歹还带给你一个好心情。晋南郡公桓玄篡位当了皇帝，来到御座前就座，床忽然塌了。大家都惊慌失色。殷仲文急忙说："这是皇上您圣德深厚，大地都承载不了呀！"桓玄大悦。

殷仲文身居如此高位，说出如此荒诞不经的话，要说他不图点什么，鬼都不信。

蛇慑象

古有语曰蛇吞象。其实谁都知道，蛇纵有再大的肚子也吞不下象。但是在某种特殊情境下，大象却不得不屈就于蛇。如果把蛇惹急眼了，象就会死得很难看。

宋朝真宗时，大臣王钦若为了给皇上拍马屁，伪造了一张天书，然后上书真宗，请他去封禅。在古代，只有风调雨顺、政通人和的时候，才能有封禅的举动。真宗大概明白自己那两下子，心里有点发虚，于是自言自语道："不知道王旦是怎么认识这件事的。"说着便令手下赐酒给这位号称敢于仗义执言的丞相："这酒好喝，你带回家跟老婆孩子一起享用吧。"王旦回家把"美酒"打开一看，里面全是光彩夺目的上等珍珠。皇上贿赂臣子，可以看出这条蛇有多么威猛，大象是多么怕他。

这还不算狠的，毕竟，接受了这坛珍珠，王旦果然不再多嘴，一坛珍珠便可让眼镜蛇从此成为草鸡，这蛇看来也本不是什么好蛇。更有的蛇，主动出击，威胁大象，而大象除了乖乖就范，竟别无选择。清乾隆时，重臣福康安平定西藏，户部一个管点小事的书记员说，你们报销军需费用可以，但得交点钱。有人问需要交多少，答曰："最少也得一百万。"这边一听，勃然大怒，你这是明抢啊！当即给他一通训斥。书记员一看自己的目的达到，索性花钱打点，要求面见福康安。福康安也听说书记员在索要大额钱款的事，但没想到他居然这么明目张胆，跑到自己这个朝廷大员面前来。马上宣入，厉声喝骂。岂料书记员不慌不忙，待他骂完，才讲出理由："你们这次出征花费巨大，账本太多，我必须多找点人手，会计、抄写、整理、录入，哪儿哪儿都需要人，日夜操办，几个月就可以完成，然后上奏皇上。皇上呢，再据此论功行赏。若是不拿钱来，人手不够，全部完事大概需要三年时间，就得分期分批整理，一部分一部分地奏给皇上。皇上一看，今天来报销的是你们，明天来报销的还是你们，时间一长，就得厌烦，以为你是拿皇上开涮，没准要大开刑狱。若如此，您老人家就得威望扫地。这样算来，一百万并没多要，我这可全是为您着想啊！您再算算这个账！"书记员一席话，把福康安吓出一身冷汗，马上让人给了他二百万！

谁都觉得书记员说的是歪理，但任你是谁，却也无法反驳他。打蛇打七寸，吞象咬脚跟，这蛇，算是咬到大象的脚跟上了。

有歪理才有蛇一族，但这些歪理，又有多少是大象一族自己制定的呢？活该。

᠍ 瘟神来了 ᠍

北宋宰相吕夷简家中每逢节日都要举行聚会。大年初一，他的孙子吕公雅带着小妾匆匆赶来。其时，天还漆黑一团，小妾在前边打着灯笼，吕公雅跟在后面。走到半路，忽然发现野地里站着几个人，这些人神态怪异，服饰奇特，跟年画上描述的瘟神一样。那几个人叽叽喳喳地说："等一会儿待制来时，我们稍稍敛身面墙而立，别碰着他。"小妾非常害怕，吓得倒在了地上。倒是吕公雅镇定地捡起灯笼，继续往前走，那几个瘟神立刻面朝墙壁，而后没了踪影。

就在那一年，吕家全家都染上了瘟疫，只有吕公雅无恙。后来，他还担任了徽猷阁待制，跟瘟神们所称呼他的官衔一样。好像瘟神们已经预先知道了他的前程。

五代后梁时，有个年轻学者从雍州到邠州来，走到荒郊野外时，忽听身后有车马声。人声鼎沸，越来越近，学者赶快躲到路边草丛里。只见前边三个人骑着马，后面跟着一队步行的人，那三个骑马的人议论道："现在咱们奉命到邠州取三千人的性命，不知用什么方法取才妥当，我想听听您二位的意见。"一个人回答说："通过打仗的方式怎么样？"另一个人说："打仗的办法虽然好，但是君子和小人会一同罹难，无辜者太多，我看还是散布瘟疫为好。"几个人很快达成了一致。学者到了邠州后，那里果然闹起了瘟疫，不少人在瘟疫中病死。

把瘟疫设计成瘟神，的确是我们这个民族的创造。古时候的人不理解为什么要闹瘟疫，以为是上天的惩罚，便不得不躬身自省，以免触怒上苍。此外，他们还设计了土地爷、老天爷，甚至井神、树神、山神，无论什么地方，什么事物，都有神仙掌管着，神是无所不在的，你的一言一行尽在他们的掌控之中，你所承受的一切罪愆，都有前因后果；即使让你染上瘟疫，也不是没有来由的。瘟神以及其他各路神仙，就是通过对人间的降服力量来制约偏激，平衡善恶。

❧ 鸡毛与令箭 ❧

有一次宋仁宗出游，屡屡回头找饮水的器具，没找到，但也不吱声。回到宫里，他咕咚咕咚喝了好几瓢水，看来是渴坏了。旁边的人问："皇上，你渴成这样，干吗刚才不说话呢？"仁宗回答，如果我说了，一定会有人因此获罪啊！

瞧，既了解下面的实际情况，又怀有仁慈之心，皇帝当到这份儿上，真是不容易。当年，赵匡胤半夜起来，非常想吃羊胆，可是犹豫着不肯下令。左右问："皇帝有什么事尽管吩咐，我们一定照办！"赵匡胤回答，我若说了，每日必有一只羊被杀！

赵氏祖孙明白，上面一个不经意的小指令，到了下边，常常兴师动众，搞得沸沸扬扬，此所谓"拿着鸡毛当令箭"是也。一些下属就愿意用这种夸张其事的行为来显示自己的忠心耿耿。不过，这种忠心常有令人怀疑之处。

明朝的正德皇帝在宫中偶然得到一根葱，揪下葱叶吹了几下，觉得很好玩。孰料，宦官们此后每天一车一车地把葱拉进宫里，葱价陡然上升了数倍。隆庆皇帝想吃果仁馅儿饼，告诉了下人。某日，他去御膳房视察，见里面和面的、剥果实的、制糖的，无数的人在忙活，一问开支，有人回答说："不多，一个月才五千两白银。"皇帝笑道："哼，只需五钱银子，我在东华门就可以买一大盒馅儿饼！"原来，隆庆在当皇帝之前，经常下去体验民情，早已知道价格。这样看来，那些拿着鸡毛当令箭的人，实际上是在拿上司当冤大头，反正花的不是自己的钱。用你的钱，满足你的私欲，再让你背上"昏庸"的骂名。但是，通过透支上司的钱财和声誉，手持鸡毛的下属却谋得了自己的私利，升迁的升迁，获封赏的获封赏。

事实上，拿着鸡毛当令箭的人，只是在小事上把鸡毛当成令箭，而一旦触及自己的利益，哪怕是生死存亡的大事，也会拿令箭当鸡毛。上司指令：不许贪污受贿！下属还不是照样能贪就贪，能搂就搂！他才不在乎上司的话呢！隋炀帝到甘泉宫巡游，责怪里面没有萤火，第二天，就拉来了五百车萤火虫，照得宫内如同白昼。可是，在隋炀帝腹背受敌的时候，没有一个人肯来勤王。隋炀帝在自杀的那一刻，不知道心中做何感想。

❧ 人情逻辑 ❧

大臣韩琪主持为宋仁宗修建陵墓。大概这是个肥差吧，有人就跑到仁宗的遗孀曹皇后和仁宗的继任者英宗那里说闲话。谎话重复多次，即使明显是假的，也会让人起疑。曹皇后和英宗听了，都有点不高兴。一天晚上，忽然后宫有人拿着曹皇后的御封来送信。韩琪接过来，掂量了半天，就是不打开。他在屋子里踱着步，陷入了深深的思考。使者看着他，不知他葫芦里卖的什么药。忽然，韩琪把信凑近蜡烛，一把火烧了。使者大惊，急忙阻拦："有事说事，干吗烧了？你这让我回去怎么交代呀！"韩琪说："这是我的事，跟你无关。"不一会儿，后宫又有宦官来到，要求追回刚才的信。韩琪答复道："信没拆开，直接烧了。"两个使者一起到曹皇后那里回禀，曹皇后叹息道："韩琪真是见识长远哪，佩服佩服！"

读完这个故事，刚开始常让人有点摸不着头脑。把你的信烧了，你还夸他懂事，这是什么逻辑？然而仔细解读背后的丝丝缕缕，则不得不让人冒一头冷汗。韩琪可算官场老油条，烧信前一定是分析了来龙去脉，利害冲突。其思路是否沿着这样的轨迹展开：曹皇后深夜派人来送信，一定不是表扬信。若是表扬你，自然应在大庭广众之下，大张旗鼓地宣扬一番。当然，这封信也不是没事跟你闲扯淡。那么，只有一种可能，这是一封指责信。这么晚了，才派人送来，一定是情急之下的急就章。而人在情急之下，什么话都可能说得出来，这信上的话，一定非常之难听。这些难听的话，读，还是不读？若是不读，等于对方没说。若是读了，即使对方派人追回，但覆水难收，自己心中依然会结下疙瘩，自己有了疙瘩，皇后那里能没心理负担吗？也许，韩琦没有想到皇后会派人来追信，但不读，就是不听，不听难听的话，即皇后没有失言，臣子也不知道皇后失言，这岂不是对皇后最大的尊重？

韩琦此举，应该是基于对皇后人格的信任和对形势的清醒认识。当时的形势是，有人时不时地说自己坏话，皇后和皇帝可能受到了蒙蔽。而皇后皇帝即使一时被蒙蔽，最终还得用自己干活，离不开自己。若是彼此心里有了疙瘩，往后这活儿还怎么干？所以，烧信，成了韩琦的唯一选择。

臣子跟皇家，是没道理可讲的，你只能跟着人家的思路走。当臣子难，当有作为的臣子更难，多少才华横溢的臣子，不等本领得到施展就被上司解决了，何其悲也。

⁓ 赌一把 ⁓

大兵压境，我们该怎么办？腹背受敌，我们如何突围？当这个问题被推到范德孺面前时，他不知所措了。虽然他的老爹就是大名鼎鼎的范仲淹，虽然他也知道应该遵守老爹"先天下之忧而忧"的重托，但作为甘肃庆州的总管，面对铺天盖地而来的西夏兵，他也发毛了。敌强我弱，层层重围，总得有退敌之策才行啊！他把部下召集在一起，请大家想办法，这群平时吆五喝六的高级将领，此时却都耷拉了脑袋，连个屁都没得放。外面敌人仍在一个劲儿地叫骂，范德孺传出令箭，有能退敌者，重赏！还别说，第二天，真有人来接这个棘手的活儿。这是一个老家伙，级别也不高，跟众多缩手缩脚的将领相比，人家有这个胆量已经算不错的了。范德孺犹疑地问："你真能退敌吗?"老兵说："您就瞧好吧,若有闪失,我负全责,并且可以跟你立下军令状!"范德孺也是有病乱投医,真的就和这个老兵签下了状子。更加神奇的是,几天之后,西夏大军潮水一般退走了!

范德孺这个高兴啊,差点喜极而泣。他热烈地抱住老兵问："快给我们讲讲,你是怎么让敌人退兵的?"老兵嘿嘿一笑:"瞎猫碰死耗子,碰的!""别开玩笑。""真的,我根本没什么良策,之所以讲那几句大话,就是为了暂时安稳一下军心。"啊?人们都很吃惊。"那你还敢签什么军令状?""是呀,签了也无所谓呀,即使敌人攻破了城池,兵荒马乱的,谁有心思去找我这么个老兵算旧账?"

听完老兵一席话,全城的人没有一个不冒冷汗的!

✿ 苏东坡当家 ✿

苏东坡摸着自己的肚子,问下人:"你们知道这里面装的什么吗?"有个奴婢赶紧回答:"我知道我知道,里面装的是锦绣文章!"见苏东坡没言语,另一个奴婢说:"我知道我知道,里面装的都是机智!"苏东坡依然没吭声。问到一个叫朝云的小妾时,朝云说:"依我看啊,里面装的是满肚子不合时宜。"东坡闻言,哈哈大笑。为什么大笑?那还用说,答案搔到了他的痒处,合他的意愿呗。

苏学士既然有此一问,当然不希望别人回答说他肚子里装的是大粪。这时候,就得看谁会猜主人的心思啦。虽然苏学士在朝堂上要看别人脸色行事,但回到家里,他就是老大,上上下下百十口人,都得靠他吃饭。因此,能否合他的意,决定着以后在苏家的地位。苏学士会写文章,世人皆知,以此为拍马切入点,苏轼自然不以为意;另一个答案呢,也不让人待见。混到苏轼这个份儿上的,哪个智商都不低,说他有心计,莫不如说他善钻营。唯独朝云,和苏学士耳鬓厮磨,了解他的心思。夸人"不合时宜",是对落魄者的最好安慰。"不合时宜"四个字,一下子就把该人与其敌人分开了。敌人是随波逐流的,你是逆流而上的;敌人是见风使舵的,你是坚持原则的；敌人是颐指气使的，你是与人为善的；敌人是混蛋，你是愤怒的呼喊者。

苏轼这件逸事，一直被当作文坛佳话流传，其实，不就是一个马屁吗？历史上，有两类佞人永远值得警惕，一类是自言忠心耿耿的，一类是自认卓尔不群的。他们的目的都是要站在别人的肩头上去作威作福。

✒ 圈养英雄 ✒

北宋年间，陕西有张、吴二人，文才颇高，胸有大志。但是这二人又很孤傲，耻于向官府自荐。于是佯做狂人，恣意诗酒，希望吸引守边将领的眼球。可惜，他们的自作多情没有得到相应的回报，元帅们哪有闲心看这俩酸秀才抛媚眼。两人干等了好几年，也没被起用，于是一气之下，来到了西夏。西夏首领李元昊，本是党项族，被北宋皇帝赐姓赵。为引起注意，两人在酒店的墙上写明：张元、吴昊到此一游。衙役们一看："好小子，你们的名字犯了我们首领的忌哎，拿下！"把二人拿到赵元昊面前。赵元昊说："你们犯忌了，明白不？"张、吴回答："这算啥呀？姓都不在乎，还在乎什么名字！"言外之意，有本事你去跟大宋皇帝玩！

赵元昊一听，不仅没生气，反而在心里暗暗拍巴掌：哎呀妈呀，真是大才呀！其时，赵元昊早已不安于现状，正野心勃勃要谋划一番大事业，这不是天上掉下来的两个助手吗？当即留下张、吴，事事请教。不久，在二人的谋划下，赵元昊自立为皇帝，建立大夏国，并开始对北宋用兵。几次战争下来，北宋王朝损失惨重，不得不靠每年送给西夏大量岁币来换取暂时的安宁。

北宋的守边将领，不知道他们后来是否了解了这两个人的来历，如果得知给自己造成巨大麻烦的就是当初那两个小秀才，不知又该作何感想。有句话叫作"乱世出英雄"。天下大乱之际，群雄并起，总会有底层人出其不意地蹦出来，成为彪炳史册的人物。如果不是元末的烽火连天，朱元璋充其量不过是个放牛娃；后来，他发迹了。一将功成万骨枯，他踏着成千上万的尸骨走向前台。这样的建功立业实在是代价太大。所以，手里握有权力的人一定要多给有梦想的人一些机会，社会也要为各种梦想营选宽松的环境，让人们各展其才。

⚘ 绕不开的王延龄 ⚘

戏曲《秦香莲》里有一个细节，韩琪杀庙未遂，自刎告天。秦香莲手捧带血钢刀，到丞相王延龄处状告丈夫陈世美。王延龄把陈世美请到家中，问他家中是否有妻室儿女，陈世美连说没有。于是，王延龄写了个条子，让秦香莲去开封府找包拯讨说法。包拯不负众望，三问两问之后，咔嚓一刀，铡了陈世美。大家都知道，《秦香莲》是后人编排出来的，历史上并无其事。既是编成，顺理成章、自圆其说当是第一要义。那么，编剧为什么要加王延龄这个闲笔呢？让秦香莲直接到包拯这里告状岂不更干净利索？干吗还要绕个弯子，劳动王老大人转过来？

在我看来，这也许是作者们的集体无意识。《秦香莲》同其他戏剧一样，经过了历代演员的打磨，加入了他们的个人体验。这个细节起码证明，历史上像王延龄这样的人为数不少，万一秦香莲的悲剧发生在自己身上，你去申冤时，王延龄这样的人是绕不过去的。

那么，王延龄到底是怎样一个人呢？首先是圆滑，谙熟官场潜规则。你看，他听了秦香莲的申诉以后，并没有立即做出要公事公办的样子，而是先把陈世美请到家里来，跟他摆事实讲道理，听听他的说法。谁知道，陈世美早见惯了这一套，心里明白，自己就是咬着牙不承认，王延龄也不能把我怎么样。事实证明，陈世美的判断是正确的。王延龄在官场混了多年，难免沾点腥，大家彼此彼此，互相知根知底，万一把对方逼急了，反咬一口，也够他喝一壶的。说是"官官相护"，最终不过还是为了保自己。其次，王延龄类人物还有点正义感，有一定的道德底线。虽然在朝堂上不免要逢场作戏，但也并非时时刻刻都在唯唯诺诺，在不伤筋动骨的前提下，他们也会时不时地讲点良心话，让人鼓鼓掌。对于明显不公的事情，他们背地里也会发牢骚。不过，王延龄不会为了所谓的底线去冒风险，乃至抛却富贵。万一二者发生了正面冲突，他们理所当然地要选择富贵。当然，在"选择富贵"的过程中，他们会走过一段心理煎熬期，会自我折磨。正是这种心理调整，让他在事实上明明选择了富贵的同时，依然认为自己是正义的代表，依然站在道德制高点上。"善"和"恶"交锋，"善"胜利了，王延龄们拍手称快，认为是自己建了大功。"善"失败了，他也摆出难过的样子和一副壮志未酬的愤慨。他们既要实利，又要名誉，两面讨好，尽管他们并不为之付出什么实质性的努力。

这就是说，离开了包拯，王延龄们休想成功。只有包拯这样闷头的实干家和天不怕地不怕的愣头青，才能替王延龄们念好蠢蠢欲动的"道德经"。一旦没有了包拯，王延龄们只能躲到远远的地方，望洋兴叹。显而易见，包拯是官员中的异数，一千年也出不了一个，在历朝历代过江之鲫一般多的官员中，几乎可以忽略不计。因此，我们总能看到封建时代慷慨激昂的官僚，总能看到拍案而起的大员，而事实上的状况，并没因这种拍案而起发生多大的改善。

假币

报纸上刊登了一则新闻：有人拿假币去小卖店买东西，被店主发现，扭送到派出所。此人供认他们是一个团伙，买了很多假币，特地从另外一个城市赶到这个城市来花掉。今人造假币，可以以假乱真，古人有没有造假币的呢？如何制造？

元杂剧《包待制陈州粜米》中，小衙内在粜米时，吩咐下属："你们两个仔细看银子，别样假的也还好看，单要防那'四堵墙'，休要着他哄了。"这里的"四堵墙"，就是一种假银子，四面包银，中间灌铅。铅比银便宜，正是以次充好。而能把银子打造成"四堵墙"，也得狠下一番功夫。由此可见，在古代就有高明的假币制造者了。《都门识小录》中记载，北京成立佛学研究会，计划让国民以修心的方式改换面貌。主持者打了一个比方。清朝初年，整个国家就像一锭大元宝，斩碎来用，块块都是精品。"人见其太好，乃过一炉火，掺一分铜，便是九成了。九成银还好用，再过第二炉火，又掺一分，是八成了。八成后又掺第三、第四，乃至十余次。到如今只见得是精铜，无银气矣。必须一并扔进炉火中，烹炼一番，将掺杂的铜、铅、锡、铁都销尽，然后还他十分本色。"

该人虽是以人心来比银子，却也揭示了那时制造假币的办法。不过，造假历来是个技术活儿，必须有相应的人才储备方可。五代时，镇守兖州的节度使慕容彦超就很希望天上掉馅儿饼。慕容彦超开有当铺。一天，属下来告诉他，当铺收到一锭假银，那个人用这锭银子做抵押，换走了很多铜钱。慕容彦超接过一看，被劈开的银子里面，都是铁块。能把铁和银子如此有机地结合在一起，高手哇！为了钓出这位高手，他广贴榜文，说当铺失窃，让抵押者速来登记。造假高手一看有利可图，便登门索要自己的"银子"。就这样，慕容彦超把他请进自己家里。是的，是被请进来的。慕容彦超让他做技术教练，把十几个技工交他指挥，按原样造一些假银子。

造假高手夜以继日，在银子里面掺入大量铁块，人称"铁胎银"，慕容彦超的财富一下子增长了十倍！

后来，周太祖郭威征伐兖州，慕容彦超鼓励大家奋勇抗敌："干吧弟兄们，我有大把的银子赏赐给你们！"将士们听了直撇嘴，切，拿你那"铁胎银"蒙人啊，我们才不这么傻呢！所以谁也不给他卖命。郭威带兵攻入城内，慕容彦超投井自尽。他临死也没把假钱花出去，全砸自己手里了。

奸佞无死党

蔡京当政的时候，除了痛击政敌之外，还在大量培植党羽，妄图一人得道，鸡犬升天。培植党羽干什么呢？自然是让他们当帮手，当爪牙，充当搜刮民脂民膏时的执行者。蔡京在江南征收"花石纲"，其子蔡攸就是急先锋；蔡京被贬斥，太监童贯则跑到宋徽宗那里给他说好话，让他有了东山再起的机会。

不过，话说回来，爪牙们对他并非言听计从，唯唯诺诺，私下里也会搞点小手脚，甚至反目成仇。蔡京的弟弟蔡下因为当不上宰相而怨恨哥哥，两人明争暗斗，互相到皇帝那里告黑状，最后弟弟败给了哥哥，以外任的形式出局。蔡京的铁哥儿们童贯因为逐渐坐大，办事时不再跟蔡京商量，而是直接到皇帝那里请示，也惹得蔡京不高兴，两人明枪暗箭，数度交锋。

最离奇的莫过于蔡攸。他成为宣和殿大学士以后，权势遮天，眼中再容不下老爹，于是搬离蔡府，自立门户，懒得搭理蔡京。忽然一天，蔡卞来到蔡京家里，问他："听说您老身体不舒服，有这回事吗？"说完，强行拉住蔡京的手号脉。蔡京赶紧答复："没事没事，我身体挺好。"蔡卞哼哈了几句，转身走了。旁观者不明就里，蔡京冷笑了两声说："这兔崽子想以身体不佳为由罢我的官，哼！"

果不其然，几天后，皇帝下旨，让蔡京暂时交出权柄，安心养病。

所谓奸佞无死党，皆因没有共同的道义基础，为了一时的钱财或者名利走到一起来了，此后一旦利益上发生冲突，马上就成了敌人。贤哲或者也无死党，但当他们慷慨赴义的时候，似乎感觉到有无数双眼睛在盯着自己，能隐约听到震耳欲聋的鼓掌。这就是道义，虽然虚妄，却可以像一块硬实的土地那样作为支撑。

蔡京死得很惨，带着无数的金银流放南粤，路上却买不到东西吃，商家一听说是蔡京来买东西，宁可不挣钱，也不卖给他。蔡老大人活活饿死在道旁。他的两个儿子，包括跟他做斗争的蔡攸亦被宋钦宗赐死，奸佞互相之间确有争斗，但在外人眼里，依然是没一个好鸟。

咱俩一个姓

小人物攀附权贵，往往是不择手段，费尽心机。为了来日的荣华富贵，暂时卑躬屈膝又有什么关系呢？可世界不是给他们准备的，在他们极尽巴结献媚之能事的时候，遭遇尴尬的概率也不小。北宋蔡京专权时，蔡嶷考中了进士，来到蔡京门口，以侄子的身份求见。蔡京一看，平白无故掉下这么个年轻的侄子来，没准将来能用得着，便欣然接受了他。为表示亲近，蔡京把自己的两个儿子叫来和蔡嶷相见。蔡嶷一看，立刻认错："哎呀，我刚才失误哇，请您老原谅。这两位才是我的父辈，您是我的叔祖才对！"咣当一声，又给自己降了一辈儿。蔡京虽觉得有点突然，可还是认下这个侄孙，反正大家一样不要脸，谁也不用笑话谁了。

跟蔡嶷比起来，另两位可就没这么幸运了。唐朝高官庞严，在登科录被误写为"严庞"。这天，一个姓严的举子登门拜见，说是老家的侄子。庞严不明就里，将其请进门来叙旧。问他家里都有什么人，叫什么名字。严姓举子一一道来。庞严越听越奇怪："你家的人没有姓庞的吗?"严姓举子说："我跟你老人家一样，都姓严哪!"庞严没有客气，当场揭穿了他："对不起，我姓庞，名严，跟你好像没有什么血缘关系吧?"举子一听，整两盆去了，赶紧灰溜溜地走了。

更绝的是唐末礼部侍郎王凝。他按察长沙时，新任柳州刺史王某来给王凝磕头行礼，并自称王凝的侄子。王凝问他小名叫什么，那人回答，叫通郎。王凝让儿子查一查家谱，看是不是有这么个人，儿子查完说，确有此人。于是，王凝接受了这个人的拜见，并闲聊起来。王凝问："你原来做过什么官?""通郎"回答，原先在北海盐院供职，罢官以后，改授现职。王凝一听，脸马上沉下来了。他心里明白，凡是由盐院罢官的，几乎都是因为贪污所致。他回来以后悄悄跟儿子说，我感觉这个人的品性不像咱们王家人，你赶紧再问一问知情的人是怎么回事。儿子查完以后告诉他，家乡虽有个叫"通郎"的侄子，但已经死了。王凝恍然大悟。

第二天，"通郎"又来拜见，还没等他跪下，旁边忽然闪出两个大汉，紧紧地架住了他，使他屈膝不得。王凝走出来说："昨天误受了您的大礼，实在不该，现在奉还!"说完磕头行礼，如昨天接受的一样。拜罢，请"通郎"入席吃饭。"通郎"羞愧满脸，哪里还吃得下，支吾了几句，匆匆告辞而去。

幸亏有庞严、王凝这样的人存在，否则，真不知道这个世界会无耻到什么地步。

❧ 两个皇帝 ❧

我的老家在河北省阜城县。阜城在历史上被隆重推出，凡有两次。一次是明朝大太监魏忠贤被崇祯皇帝贬斥，大队人马行走到阜城时，圣旨追来，命他自尽。于是，魏忠贤用一根绳子将自己解决在阜城这块土地上。

另一次更夸张，北宋末年，金军南下，中华大地上出现了两个新皇帝，而这两人，竟都是阜城人。说到这儿，我感觉自己很没面子，因为这两个人在刘兰芳播讲的评书《岳飞传》中赫赫有名，一个叫张邦昌，一个叫刘豫，他们都是被脸谱化了的大奸臣。别人提起自己的家乡来，要么出古迹名胜，要么出伟人文人，而我们这里却出奸臣，即使他们跟我一毛钱的关系都没有，也让我感到泄气。

那么，这两个人是怎么当的皇帝呢？话说大金国攻下开封，掠走了徽、钦二帝之后，北宋就算结束了。而在康王赵构登基成为宋高宗之前，宋朝皇帝出现了一段时间的真空。大金国皇帝想扶持一个傀儡政权，以便控制南地，于是，张邦昌被推上了历史舞台。此人跟金人有过接触，给他们留下了深刻印象，同时，他在大宋王朝也颇有影响。金人给张邦昌定的国号为"大楚"。三十三天以后，大楚国号取消。金人又扶植刘豫建立"大齐"，刘豫当大齐皇帝，年号就用"阜昌"，好像是在纪念他的阜城老乡张邦昌。大齐在历史上存活了很长时间，后来刘豫卷入大金国的政治斗争，被金国皇帝贬为"蜀王"，终了一生。

关于他们俩当皇帝这件事，很多人做过事后诸葛亮，说自己未卜先知。岳珂在《桯史》中以《阜城王气》为题，记录了方士们的说法："崇宁间，望气者上言景州阜城县有天子气甚明，徽祖（宋徽宗）弗之信。既而方士之幸者颇言之，有诏断支陇以泄其所钟。居一年，犹云气故在，特稍晦，将为偏闰之象，而不克有终。至靖康，伪楚之立，逾月而释位。逆豫既僭，遂改元阜昌，且祈于金酋，调丁缮治其故尝夷铲者，力役弥年，民不堪命，亦不免于废也。二僭（伪楚张邦昌、伪齐刘豫）皆阜城人，卒如所占云。"

张邦昌和刘豫，处世风格不一样，对待自己的皇帝位置，态度也不一样，因此，虽然他们是同乡，但命运结局却完全不同。这也说明，同一个地方出来的人，绝对不会千人一面，性格决定命运，而不是地域决定命运。

先说这张邦昌。金军命令他当皇帝，他吓得差点没尿裤子，死活不干。后来金军发了狠话，如果他不当皇帝，立即屠城。逼到这个份儿上，张邦昌只好同意。他这样做，当然不是出于"我不下地狱，谁下地狱"的高尚心理，而是贪生怕死。可是生死关头，珍惜生命似乎也没什么特别值得批判的，尤其是文武百官，加上成千上万的百姓都哭着让他快点登基，他还能有什么选择？自己一死拉倒，倒是痛快，可终究还要有一个人来坐这个位置，否则全体人民都得为老赵家殉葬，以今天的角度来看，太不值得。

张邦昌虽然答应了当皇帝，但是从没敢以皇帝自居。他把皇宫内外贴了封条，在外面办公，同时拒绝大臣的朝拜。三十三天后，赵构宣布即位，他立即带着文武百官前去迎驾。同时，伏地痛哭，请求新皇帝处死自己。大家都知道，大宋开国皇帝赵匡胤给子孙们立有不杀文臣的誓约，赵构自然无法下手。后来，以李纲为首的主战派极力弹劾张邦昌，赵构先将张邦昌贬斥外地，不久又赐死，终于破了先人的例。

如果张邦昌手段够硬，他的命运完全可以是另外一个样子。比如，他高调登基，向官员和百姓强调自己本来就应该当这个皇帝；在官员中展开大清洗，顺我者昌，逆我者亡，全部换成自己人。这样，他的手下都是既得利益者，当然打心眼里支持他；同时，他可以积极出兵，消灭大宋残存势力，成为和金国分庭抗礼的霸主。如果有可能，他还可以以收复失地的名义反攻大金，成就霸业。尽管他先后背叛了大宋和金国，但只要他能够运用自己的智慧取得胜利，他就是无可争议的皇帝，并且代代相传下去。历史上这样的例子并不少见。当皇帝，就要有当皇帝的样子，否则就只能惹一身臊，落下骂名。骂名和英名之间，往往就一步之遥，一念之差。张邦昌无疑是个瞻前顾后的人，他没有刘邦的流氓成性，缺少朱元璋的狠毒阴辣，更缺乏李世民的决绝，他心存不忍之心，或者说妇人之仁。他的瞻前顾后，可以理解为虚伪，但造成的事实是，赵氏家族顺利交接成功，没遇到任何麻烦。

这一点上，刘豫就跟张邦昌截然相反。他当了皇帝之后，任命了自己的丞相和驻地官员，和南宋王朝展开一次次对决。刘豫手下有个丞相，家属在南宋属地，南宋对人家的家属丝毫不敢怠慢，毕恭毕敬。赵构派岳飞和刘豫作战，竟然告诉岳飞，只收复被刘豫刚刚占领的土地，不要侵犯人家的国土。假如刘豫不卷入金国的政治斗争，而只是一心和南宋作战，后果会怎么样？

岳珂说，刘豫当政时"力役弥年，民不堪命，亦不免于废也"，这就是典型的拿老百姓说事。因为与此同时，南宋统治下的属地，也是民不聊生，起义不断，按下葫芦浮起瓢。老百姓更关心的是能不能吃饱饭，谁当皇帝跟老百姓有什么关系？哪个皇帝都是打出来的，用鲜血换来的，或者篡夺来的。在面临屠城之险时，老百姓和文武百官还不是都来力劝张邦昌当皇帝？

～ 你是谁 ～

有一段时间，不知为什么，老百姓们忽然都囤积钱币，谁也不买东西，货物摆在大街上，就是没人买。商人们着急，跑到官府求助。老爷们没辙了，一级一级上报，最后报到宰相那里。宰相笑着说："这事还不简单吗？"他找来专管钱币制造的官员，对他说："我刚才接到圣旨，钱币管理法可能要修改，你回去设计一个新款式，重新制造钱币，旧币一律作废。这件事要尽快，你明白吗？"这位官员连连点头，回去以后，马上大张旗鼓地组织人员连夜加班。那个时代，老百姓的权利根本没有保障，手里的钱说作废就作废，即使不给你补偿也是活该。消息不胫而走，先是京城的富户，接着是附近城市的富户，纷纷跑进超市和商场抢购货物。

这位宰相不仅在大事上举重若轻，在小事上也时有亮点。丞相府内栽了一棵石榴树，果实累累。宰相闲着没事的时候，就在那里数石榴玩：一二三，三二一，一二三四五六七。一天，他数着数着发现少了两个，宰相也没言语，暗暗点了点头。过了几天，看手下的人都到齐了，他忽然命令左右拿斧头来砍掉石榴树。旁边一个仆人说："果实很好吃的，砍了多可惜！"宰相大笑道："哈哈，原来是你摘了石榴！"仆人赶紧下跪求饶。

大家猜一猜，这位宰相是谁？如果我说是诸葛亮，你一定会觉得这个人很聪明，很有风范。而事实上呢？这位宰相是臭名昭著的秦桧。这时，你还愿意用"聪明"这种褒义词来形容他吗？我想，"阴险"一词可能更恰当些，也更符合读者的心理。人们常说"就事不就人"，我看哪，难！如果一个人大节有亏，即使有一两件光彩事，也不会影响人们对他们整体评价。

陆游说秦桧

陆游和秦桧是有渊源的，不过这种渊源并不叫人愉快。公元1153年，南宋朝廷举行"锁厅试"，即大员子弟和宗室后裔参加的专门考试。29岁的陆游和秦桧的孙子秦埙同时参加了这次考试。本来，秦桧事先做了安排，准备把秦埙定为第一名。结果，主考官被陆游的文章打动，梗着脖子把第一名给了陆游，秦埙排在第二。名次一公布出来，秦桧气蒙了，大骂主考官该死。第二年，礼部举行省试，秦桧再施手段，干脆将陆游拉下马来，以免再坏秦埙的好事。陆游一下子就被压制了好几年，直到秦桧死后，才得到任用，被安排到福州宁德县做个主簿小官，此后不断升迁。

1170年，46岁的陆游到四川夔州赴任通判。在南京附近靠岸停歇后，特意拜访了秦埙。陆游在《入蜀记》中对此事做了记载："晚，见秦伯和侍郎。伯和名埙，故相益公桧之孙，延坐画堂，栋宇闳丽，前临大池，池外即御书阁，盖赐第也。"次日，秦埙的馆客、左迪功郎新湖州武康尉刘炜来拜访，闲谈中说到，自秦桧死后，秦氏家族日渐衰落，甚至靠典当家产来过日子，进项越来越少。陆游和宾客似乎都有唏嘘之叹。接下来，又有两句提到秦埙。其一，陆游的家人患病在床，"秦伯和遣医柴安恭来视家人疮"；其二，"移舟泊赏心亭下。秦伯和送药"。这篇日记体的《入蜀记》文字十分简练，三处提到同一个人，足可以看出他的分量了。如果没有前因后果，我们在这里看到的简直就是一幅其乐融融的和谐社会图。同事和睦，互敬互爱，觥筹交错，惺惺相惜。陆游的行文里，尽管没有直接表达对秦埙的亲密，但秦埙又是派人来给治病，又是送药，同僚之间的关心已跃然于纸上。你看不到陆游有一丝愤怒的痕迹，也看不到一点怨气。对于陆游来说，这不是伪装的，而是历经世事的淡然。

在另一本著作《老学庵笔记》里，陆游多处提到秦桧及其子孙，这时的笔触尽管依然冷峻，但冷嘲热讽、嬉笑怒骂的味道已趋浓重，读来很有趣味。

首先，对于秦桧的该死，陆游记录了两个传奇。秦桧病重，前宣州通判李季在天台桐柏观为秦桧设醮祈祷。行至天姥岭下，碰到一个士人。士人问李季："你要为太师祈祷去吗?"李季说："是呀。"士人摇摇头说："算了，别忙活了！这么多年，一出又一出，都是烦心事。若是太师死了，哪还有这么多事呀！"李季没敢应声，自顾自地走了。第二天，秦桧死亡的消息就传了过来。施全，曾为秦桧门客，后来买了一把刀，藏在桥下。伺秦桧经过，抽刀去砍，结果，砍在了轿子的门柱上，被当场抓获。施全被斩首示众，有围观者大声说："杀了他吧，杀了他吧，连这点事都办不妥当，还留着他干什么！"听到的人都偷偷发笑。

秦家人的颐指气使，陆游描画得更是惟妙惟肖。秦桧的孙女丢了一只心爱的猫，官府下令全城寻找，到期找不到，就要治兵丁的罪。兵丁们被逼得没招儿了，只好展开地毯式的大搜捕，把所有的猫统统抓起来。同时，府尹贿赂秦府奴仆，向他们询问出猫的模样，画影图形，贴到各茶肆酒楼，但都一无所获。后来，官府大老爷求一个戏子说情，这件事才告一段落。而秦桧的儿子秦熺，十九年里，没有一天不是在把玩酒具，没有一天不是在裱糊珍贵的字画。秦熺从杭州去金陵，一路上官员迎送如潮，百里不绝，鼓乐齐鸣。秦熺坐在船上涎着脸，泰然自若。不仅秦桧的直系亲属，就连外戚也一样张狂。王子溶是秦桧老婆王氏的家人，在浙东管理仓库，跟他的上司在一起吃饭饮酒，常常推搡嬉戏，一点儿都不把上司当回事，而上司对待他反倒像对待上司一样诚惶诚恐。后来王子溶到吴县当县令，常常对直接上司——苏州知府呼来唤去。一天半夜，王子溶派人去敲知府家的门，知府慌忙起来，提着灯跑出来问有什么事，答曰："王县令想找点咸菜吃，听说你这里有，特派我来取。"知府连个屁都没敢放，赶紧取来送给人家。

陆游的记录中，最绝的还是"秦府十客"。曹冠是秦埙的老师，为秦府门客；王会是秦桧的小舅子，为秦府亲客；郭如运不愿意当秦桧的孙女婿，为逐客；吴益是秦桧的爱婿，为娇客；施全用刀砍秦桧，为刺客；李季设醮替秦桧祈祷，为羽客；龚金为秦家管理庄园，为庄客；丁鹭经常出入秦家，为狎客；曹永给秦桧出主意，为说客。这些加在一起，只有九客。秦桧死后，葬在建康，有个四川人叫史叔夜前来吊唁，他怀里揣着鸡毛，坐在墓前号啕大哭。这可真是绝无仅有哇！秦家人大喜，送了好多钱给史叔夜，称他为吊客，遂凑成"秦府十客"。

这些描写，非常放得开。而陆游对秦氏家族的心理感受，是有一个变迁过程的。《老学庵笔记》作于绍熙年间，即1190年之后，这时的陆游年近古稀。社会上对秦桧的评价，基本上已是盖棺论定，而秦氏家族，也早已灰飞烟灭，死的死，亡的亡。眼看着他起高楼，眼看着他宴宾客，眼看着他楼塌了。陆游似乎并不是落井下石，他只是在还原真实。同时，有些东西也需要沉淀，胆识需要沉淀，爱与恨，悲与喜，更需要沉淀，最后沉淀出的，只是一个简单的结论。

退一步想，万一陆游早夭，这段真实是不是就被淹没了？毕竟历史上像陆游这么高寿的诗人不多。好在，历史是不容许假设的。我们无法祈祷万事公平，但我们可以相信时间的公道。

⌘ 关圣抢风头 ⌘

宋孝宗淳熙年间，一个叫向友正的人在江陵当官，胸部生了痈疮，四处求医而不治，疼得死去活来。一天，睡梦中看见一个魁梧长须的男人坐在床前说："用没药、瓜蒌、乳香三味，以酒煎服即可。桃源县许轸知县得了和你一样的病，但没用瓜蒌一味，所以效果不好，你要想痊愈，应按我的药方治疗。"向友正醒后立刻派人去抓药，果真有效。后来他去玉泉寺求雨，瞻拜关帝像，恍然发现梦中赐药方的神人正是这关帝关老爷。于是他按照塑像绘成画像，供奉于家，朝夕礼拜，以谢神恩。

明嘉靖年间，一个叫张春的书生在关帝庙内攻读，常常向关公神像膜拜。一次，他发现几只蜜蜂在神像的耳朵里筑巢，便把蜜蜂轰走了。晚上，张春梦到关公来向自己道谢。关公说："我没什么可报答你的，就给你说几段《春秋》吧。"张春很感兴趣，津津有味地听他讲下去，都是道人所未道，很有独创性。此后，关公每天都来给张春讲课。不久，张春参加科考，妙笔生花，有如神助，后被点为翰林。

这样的故事，从宋朝开始，经元、明、清以至民国，林林总总，数不胜数。一些文人还编了诸如《汉关圣帝君庙志》《关帝经》《关圣帝君圣迹图志》等书来宣扬关公的事迹。其他宗教中，被崇拜的偶像常常在民间神出鬼没，除暴安良、援手解困、治病救人。而关公作为我们的本土圣人，也是无所不能，无处不在，该出手时就出手，风风火火闯九州，特忙。

奇怪的是，《四库全书》以及各类官修选本，均没选入《关帝经》等书籍，给出的理由是：这类书的内容大多道听途说，以讹传讹。

⚘ 酒西施 ⚘

南宋时，有个参政想讨个色艺双绝的小老婆。这参政有钱有势，为人也不错。征婚启事贴出去，应者如云。可是，挑了半个月，也没有个中意的。这一天，一个姓奚的女子来应征，这女子长得没的说，容貌艳丽，千娇百媚。问她有什么特长，女子说："我头发特长。"参政说："我是问你有什么特别的手艺？"女子说："我能温酒！"参政差点没乐喷了，心想，真是四体不勤，好吃懒做，连温酒都算特长了，还有什么药可救？！

但是，参政不想再挑了，反正挑来挑去都一个德行，姑且试一试她。宴席上，山珍海味陆续上桌，奚女子开始温酒。第一杯甚热，第二杯略烫，奚女子说，这两杯是用来看的，别喝。第三杯端上来，喝一口，嘿，恰恰好！再以后，她端上来的每一杯酒，都是常温状态，不冷不热，喝下去贴心贴胃。参政很高兴，正式纳她为妾。奚女子伺候参政一辈子，让他喝的每一杯酒都是那么恰如其分。后来，参政死了，所有遗产留给小妾。小妾一夜暴富，人人尊称她为"奚娘子"。

这个古代励志故事告诉我们：人生在世一定要有一个特长。

⚘ 丞相分权 ⚘

宋朝知识分子和明朝知识分子的境遇，可谓是截然不同。前者意气风发，慷慨建言，在后人看来，有些甚至已经属于胡说八道了，但他们也没因此而丧命，最多贬到外地当官，依然享受公务员待遇，吃喝不愁；后者则常常因为一两句话不对皇帝的意，动辄就被扒了裤子当众打屁股，一顿乱棒，管你死活，至于下狱、斩首、活剐的，也并不鲜见。因此，后来有人分析，正因为前者宽厚，后者苛刻，所以知识分子们也给了当朝者截然相反的回报。南宋朝廷偏安一隅，以非常微弱的军事力量，面对元军的强大攻击，苦苦抵抗了好几十年。最后被追击到海边，丞相陆秀夫背负着年幼的皇帝，在五六百官员的簇拥下一起跳海，宁死不降，其场面相当壮烈。知识分子的硬气在这一刻毕现无遗。而明朝拥兵百万，与农民起义军和清军对垒，却不堪一击。当李自成攻破北京时，官员一哄而散，皇帝身边仅有一个太监陪伴，孤零零地上吊自杀了。

有一个疑惑是：为什么宋朝的文人建言制度能坚持下来，而明朝皇帝却个个讨厌臣子建言？是的，宋朝开国皇帝赵匡胤的确立有誓碑：不得因士人建言而杀人。可是明朝皇帝朱元璋也有誓碑：太监不得参与政事。但到了他儿子朱棣那里，就完全被抛弃了，太监不但参与政事，而且权力极大，像刘瑾、魏忠贤等，大权独揽，吆五喝六，谁还把祖宗的嘱托当回事？看来，老子是否立有誓碑并不重要，重要的是，这种制度是否有利，是否能长时间地产生效益。明朝皇帝限制士人议政，从朱元璋那里就打下了底。洪武十二年（1379），他公然宣布："军民一切利弊，并不许生员建言！"如此明目张胆地堵塞言路，真是空前绝后，实属罕见。如果分析一下当时的政治制度，也许能给我们一点启发。

宋朝初立，沿袭前朝的制度，设置丞相，并加强了其权力，丞相和副丞相、枢密使等一起帮助皇帝打理朝政。实际上，皇帝坐在那里，更像一个牌位，丞相的权力很大，真正的一人之下万人之上。如果丞相性格刚毅，行动独断一些，皇帝简直就成了立宪制度下的名义元首，他只要根据丞相的建议发圣旨就行，自己不用操什么心。时人可以不知道皇帝是谁，但一定知道宰相是谁，像王安石、寇准、秦桧等，掌权时都说一不二。俗话说得好，权力越大，责任就越大，你既然什么都管，出了事你就得负责，因此，书生议政，绝大多数都是冲着丞相去的。政策上出了问题，细节上出了纰漏，都找丞相算账，给皇帝上书，互相攻击，但最多攻击到丞相为止。久而久之，大家在无形中都把皇帝当成了最后的裁决者，他全知全能，至高无上。臣子要推翻的，最高也就是丞相一人。皇帝被逼无奈时，换一个丞相就万事大吉，臣子也消停了。这个丞相若不合适，再换一个，总之，危及不到老赵家的江山基业。皇帝发圣旨办了错事，士人都认为是他受了坏人的蒙蔽；丞相干了好事，人们也都会记在皇帝头上，认为他贤明公正，不愧天子。到了明朝，朱元璋为加强中央集权，取消了沿袭一千多年的丞相制度，六部由皇帝直接节制。虽然也设置了内阁，但内阁只是一个"票拟"机构，写写圣旨而已。严嵩、徐阶、张居正等阁老的专权，皆因皇帝的幼小或昏聩无能，阁老即使可以发号施令，也是名不正言不顺，十分脆弱，跟真正的丞相并不相同。朱元璋同样下过铁誓：后世有议设置丞相者，立斩。你别说，他的子孙倒是挺遵从老子的这一条规定，也许是尝足了独裁的甜头吧。因此，明朝从胡惟庸被全家抄斩以后，再没设立宰相。不过，这种制度让皇帝必须直接面对大臣，无论是哪个阁老或太监出的主意，最后都是皇帝的意见。指责政策不好，实际上是骂皇帝混蛋。皇帝本来已经独裁，认为老子天下第一，而士人在心理上却照搬古例，认为应该知无不言，言无不尽，他们不知道，自己攻击的目标已经改变了对象。原先是骂丞相而不骂皇帝，现在是直接骂皇帝。怀疑皇帝就是怀疑政权的合理性，就是要颠覆政权，因此与前者相比，上书论政的性质也就截然不同了。

明朝的知识分子难受，皇帝也好受不到哪儿去。历数宋朝皇帝，大多人格健康，性情温婉。相反，明朝皇帝几乎个个阴鸷乖戾。其实，这很难完全归结为血统和出身的原因。半虚君状态下的宋朝，皇帝的压力有所转嫁，丞相分担了他的部分压力，以至很多皇帝有闲情逸致去写诗作画，抒发风花雪月的情怀。而明朝皇帝，却不得不独自面对来自四面八方的问题，那些协助者都有充分的理由抽身而退。这样时间一长，即使是再强健的人，也要变态抓狂，乃至歇斯底里。

这样看来，似乎是因为取消丞相制度，才导致了明朝的一系列问题，而事实上，宰相只是起到了一个缓冲作用，皇帝毕竟是皇帝，明朝的皇帝和宋朝的皇帝并没有什么本质的区别，那只是一个"五十步笑百步"的故事。不过，起码我们应该知道，独裁固然是民主的大敌，但集权下的分权，也不枉一种亡羊补牢的改良。

第三章
元、明

古代的悲剧，现在看来不再那么悲了；
今人古人，谁更悲伤？

❧ 火药 ❧

当年，成吉思汗及其子孙窝阔台、托雷、忽必烈等人为何能以二十万的极少兵力横扫亚欧大陆，所向披靡？一般人的理解是：冷兵器时代的战争，拼体力和耐力，蒙古人孔武有力、耐力非凡，所以取得了最后胜利。野蛮与文明交战，文明不见得占上风。

但若钻研一下当时的史料，就会发现，蒙古人的体质并不比欧洲人更好，欧洲骑士人高马大，枪锐盾厚，一对一地干起来，蒙古大军没什么优势。他们能够以少胜多，除了灵活的战术、丰富的作战经验外，最主要的还是拥有世界上一流先进的进攻武器。这些还带着母系社会痕迹的战士，把跟敌人作战时缴获的武器加以改进，毫无负担地为我所用，一跃成为领跑者。

且来检点一下：

投石机。可把巨石投进敌方的城墙和城内，造成破坏。这是农耕社会的一种传统武器，但蒙古大军以规模取胜，掳掠来的上千名汉族工匠随营出征，在敌阵前一起开炮，号称永远都不会陷落的城市巴格达在投石机的轰击下，变得不堪一击，很快就陷落了。

折叠桥。可以架在壕沟上，使士兵迅速通过，抵达敌人跟前的"战车型"桥梁。攻城略地易如反掌。

毒箭。含有砒霜、巴豆的箭，射入敌阵后，可产生强烈浓烟，熏死或熏伤敌人。匈牙利和波兰的军队很吃了"毒箭"的亏。

火箭、燃烧油。道理同上。把燃烧的火掷入敌阵，让其阵脚大乱。

突火枪。以巨竹筒为枪身，内部装填火药与子窠。点燃引线后，火药喷发，将"子窠"射出，原理类似于今天的步枪。

震天雷。一种以铁罐装炸药的抛射武器。"铁罐盛药，以火点之，炮起火发，其声如雷，闻百里外，所爇围半亩之上，火点著甲铁皆透。"

…………

以上武器，基本都是长期与蒙古军队作战的南宋和大金国军队发明创造的。蒙古大军不但全盘照搬，而且发扬光大，一一使用到欧洲战场。连大金国的皇帝都感叹蒙古人的学习态度，称之为"恃北方之马力，就中国（大金国始终认为自己取代了宋朝，是中国的正统）之技巧"。可以想象，蒙古骑兵身后的这些先进武器发挥了多么重要的作用。中古的欧洲连火药都很少见到，亲身体验了蒙古大军的"奇技淫巧"后，称之为"妖术"。这些"妖术"给他们造成极大的心理震撼。双方刚刚交火，这边就已军心涣散，乱作一团了，哪里还敢拼下去？

蒙古军队横扫欧洲，估计是最早大规模使用火药的战争，给欧洲人着实上了一堂火药普及课。此后，欧洲人认真研习，提升其实用功效。若干年后，他们以船坚炮利的优势打回亚洲大地的时候，木头脑袋的清廷上下，均以之为妖术，甚至用粪便等污物去破解之。

历史之轮回，如此之无法言说。

老虎老虎

元大德年间，荆州一带有老虎吃人。这天，九个行人结伙上山，忽遇大雨。他们看见路边有个洞，便一起跑进去避雨。正在这时，忽然来了一只老虎，老虎大概也是想避雨，它探着身子试了试，因为洞口太小，钻不进来。但是老虎发现里面有人，立刻咆哮起来，那架势仿佛在说："既然避不成雨，搞一顿小吃也不错，打打牙祭！"老虎在外面上蹿下跳，急不可耐，里面这几个人惊惶不安，如临末日。他们互相瞅了一眼，忽然有了主意。这几个人中有一个平时比较憨傻，其他八个一商量，老虎吃不到人，一定不会走，不如把这个傻瓜送出去，让老虎吃了他，赶紧走掉。于是八个人一起忽悠那个傻瓜："你先跳出去引开老虎，我们随后掩杀，如何?"傻瓜一听,有点犹豫,理倒是这么个理,可是,为什么偏偏让我去引开它呢?

就在这个空当,其他人各解下身上的一件衣服,捆绑成人的形状,扔出洞口,意图试试老虎的态度。老虎扑上去咬了一口,差点没气死——这都什么味啊,假的!老虎大怒,蹦蹦跳跃得更欢,疯了一般堵住门口嗷嗷乱叫。八个人一看,再不给老虎来点实惠的,它没准就得破洞而入了。人说"无毒不丈夫",干脆直接把傻瓜扔出去吧!他们不管三七二十一,一起用力把傻瓜推了出去。

老虎一口咬住傻瓜!

其他八人躲在洞里,屏住了呼吸,大瞪着眼睛等待那一幕惨剧的发生。但是老虎叼住傻瓜,放在了一边,仿佛在说:"还想玩我?没门,我偏不上你们的当!"雨越下越大,傻瓜趴在地上,浑身湿透,一动不敢动。其他八人仍然和老虎对峙着!

只听轰隆一声,雨水把土洞浇塌了,八个人统统被砸死在里面。老虎吓得嗷一声跑了,傻瓜奇迹般生还!

ﻬ 一代更比一代强 ﻬ

明朝的时候,皇帝派出大量太监到各地,监视文官、武将,检查税收、矿业生产等,普天之下,凡有井水处皆有太监。因为他们是皇帝的耳目,直接对皇帝负责,所以耀武扬威、颐指气使,谁也不敢把他们怎么样。而早在南朝宋、齐年间,有一类奇怪的、与此类似的制度——典签制度,同样是皇帝派出一批人到下面找碴儿,监督对象却不是百姓和官员,而是皇族。典签若够狠的话,可以置皇子皇孙于死地。或问,皇帝疯了,跟自己的亲人过不去?事实是,当了皇帝,就没了亲情,眼中只剩"权"和"利",谁对他的皇位威胁最大,他就向谁下手。皇族支派繁多,皇帝登基后,要面对十几个甚至更多的兄弟觊觎大位,他心里能不慌吗?于是,先把兄弟子侄派往各地当刺史(地方官),然后挑选信得着的下属,给刺史们当典签。典签者,就是伺候长官的下人,帮助诸王批阅公文,照管其饮食起居。但因他们口含天宪，可以假皇帝之名发号施令，可以在皇帝面前说是道非，于是逐渐掌控了诸王的生活，皇子皇孙反而要听他们的话。

典签的权力大到什么份儿上呢？且举几例。南齐时，武陵王萧晔任江州刺史，跟典签赵渥之发生矛盾，赵说："小子，我现在进朝见驾去，要求换换刺史。"果然，赵渥之回来，萧晔就被免职了。南海王萧子罕戍守琅邪，想到东堂转转，典签姜秀不允许。子罕跟他老母说，活着好没意思，走五步路都要受限制，这简直就是囚徒生活呀！姜秀后来竟随便拿取子罕的鞋子、伞、杯子等物品给自己的儿子用，以致连皇上都觉得过分，生气地打了姜秀二百鞭子。邵陵王萧子贞想吃点熊油，厨子问："典签同意吗？没他的话，我不能给你！"齐武帝永明八年（490），荆州刺史、巴东王萧子响因为琐事被典签吴修之和刘寅打了小报告，皇帝责备了萧子响。萧子响一怒之下杀了刘寅等人。武帝闻听，对诸大臣说，子响要谋反哪！大臣戴僧静倒是替萧子响说了句公道话："诸王都自应反，岂唯巴东。"武帝问其原因，戴僧静答："藩王们何罪之有，居然被时时囚禁，要一节藕，一杯水，都得请示典签，若典签不在，就只好整日忍渴挨饿，这到底是谁管谁呢！"

齐武帝觉得有道理，但转念一想，萧子响杀了我的心腹，明摆着打我脸哪！这哪儿行！即使不存心谋反，也是犯上，揍他。派兵把萧子响镇压了。

诛九族

《儒林外史》中，萧金铉等人到雨花台游玩，见到"夷十族处"，也就是永乐帝朱棣诛杀方孝孺十族的地方。所谓"十族"，就是除了九族之外，又加上了"门生"这一没有血缘关系的族群。但是同行的杜慎卿说，"夷十族"之说很不恰当，历史上汉朝法律最重，也不过是"夷三族"，即父党、母党、妻党。而方孝孺家被诛杀的，不过高、曾、祖、考、子、孙、曾、玄等，只是一族，母党、妻党还不曾及，那里诛得到门生头上？

听他这意思，好像有点惋惜朱棣下手太轻，不够狠。士人心思之凌乱可见一斑。

不过，我们可就此探讨一下关于九族的问题。什么是九族？《三字经》的说法是："高曾祖，父而身。身而子，子而孙。自子孙，至玄曾。乃九族，人之伦。"简单地说，就是从自己开始，上溯四代，下及四代。另一种说法认为，九族包括父族四、母族三、妻族二。父族四是指姑之子（姑姑的子女）、姊妹之子（外甥）、女儿之子（外孙）、己之同族（父母、兄弟、姐妹、儿女）；母族三是指母之父（外祖父）、母之母（外祖母）、从母子（娘舅）；妻族二是指岳父、岳母。

以上两种解释，"九族"都是建立在血缘关系上的。统治者诛杀反对者九族，一为防患未然，一为斩草除根。有血缘关系的人，知根底，来往多，消息灵通。株连政策可以让每个人都提高警惕，下意识地监督亲人。一旦发现问题，为了自保，就会举报亲人，此谓"防患未然"。血缘联系下的亲情，常常遮蔽当事人的判断，宁可向情，也不向理，因为亲人遭受了对方的迫害，不管对错，一旦自己力所能及，往往起而报复，统治者干脆先下手为强，此谓"斩草除根"。

这样看来，关于九族的第二种解释更贴近现实，谁家也不可能从高祖到玄孙九代同堂。人都死了，株连意义就不大了，最多也就是把当事人的祖宗尸骨从坟茔里扒出来侮辱一番，加重当事人名誉上的损失。因此株连也是株连活人。而株连门生就更有可能，师生之间，价值观常常一脉相承，为信念故，起而抗争，也在情理之中。

但是封建统治者疏忽了一件事：血缘，并非保证复仇的充要条件。恰恰相反，有血缘关系的人，因为离得太近，纠葛最多，对其弱点了解也多，不屑之、不服气，于是成为最坚定的反对派。历史上兄弟反目、父子成仇的例子并不少见。

❧ 暴脾气 ❧

小时候，邻村里有个人，性格有点痴，经常做些莫名其妙的事。一次，他推着手推车出门，车子颠了一下，倒了，大粪撒了一地。此人怒从心头起，恶向胆边生，抄起一根棍子，狠狠地砸了几下手推车。他父亲在一旁看到，无奈地摇着头说："唉，这个苕货（方言，缺心眼）！"

跟人和动物较劲，尚情有可原；跟毫无生命的物品动气，就让人哭笑不得。明朝有个叫陈智的人，也具类似脾气。他整理帽子时，不小心把银簪碰掉。陈智火冒三丈，捡起簪子猛戳地砖，直到把簪子戳弯，方才罢休。

但陈智跟那个村民不同。村民呆傻，人所共知。陈智可是堂堂都御史，主管监察弹劾官吏事务，也参与审查重大案件。这样的人，自然不能是有智力障碍。只能说，他脾气暴躁。

还有一例，可描画出陈智的牛气。据说他每天都要打人，早晨洗脸时，至少七个人伺候他：两人帮他揽着衣服，两人替他揭开衣领，一人捧着水盆站在他前面，一人拿着漱口碗立于一侧，再一人，拿梳子备用。陈智慢悠悠地起身、洗漱，稍不如意，便一巴掌甩过去。至其洗漱完毕，七个人鲜有不挨打的。这幕活报剧，每天都上演一遍。

这是多大的派头！

若说村民的痴呆与生俱来，陈智的性格应属官大脾气长，我不相信他天生这么促狭、暴躁，从小就敢打人。他敢打的，只能是那些靠他吃饭的仆人。下人越百依百顺，他就越来劲儿，直至人格分裂，精神变态。陈智在下人面前端尽架子，甚至到了不可理喻的地步，但在上司面前，敢不敢这样鸡蛋里挑骨头，为所欲为？我看是不敢。陈智幸亏只当到都御史，若当了皇帝，还不知道蛮横到什么程度。大概要七十个人伺候洗脸吧？

下人们了解陈智的暴脾气，生怕惹他发怒，只要其一声令下，均立即行动起来，可谓一呼百应。一次，陈智在客厅里坐着，一只苍蝇擦面而过。陈智大喝："给我拿下！"呼啦一下子，仆人们都跑出来，东奔西走，乱作一团，做追捕形状。过了一会儿，看陈智消了气，才小心翼翼地问："大人，捕拿何人？"陈智呵斥道："苍蝇！"

瞧，他把下人们都逼成什么样子了！

风声起

看电影《2012》最大的感受是，人类真渺小哇，人类不过是只蚂蚁。上初中二年级的时候，我写过一首诗，大意是：一个小孩儿在吃饼干，饼干渣哗啦哗啦往下掉，饼干渣叫作星球；饼干渣上生了霉菌，叫作"人"，饼干被碾碎了，碎吧碎吧，反正早晚要毁灭……你看看，我幼小的心灵里藏着多么庞大的悲观！有时候半夜醒来，担心明天世界毁灭，我和亲人就此永别，想着想着就流下泪来。但是现在，我却不怎么害怕了。看着极其逼真的天崩地裂画面，我心说，哼哼，假的。跟我没关系。

为什么不害怕了？也许是我胆子变大了，也许是不像小时候那么敏感了，也许是见识的事物多了。还有可能，是自己学会了一些名词。

野史中记载，明朝嘉靖十八年（1539）七月间，扬州一带刮大风，百姓死伤不计其数。扬子江水汹涌而来，再现了一场现实版的水漫金山。巍巍金山被水吞没，却露出了山脚，如香炉鼎足之状。不久，听说扬州闹水害的前一日，扬子江将近枯竭。也就是说，大风把扬子江里的水刮到山上来了。可以想象这得多大的风。如果我说，这是沿海一带经常出现的台风，再给你几个"热带气旋""高压低压""顺时针逆时针"之类的名词，你心里可能要坦然些，甚至露出豁然开朗的表情。

《汉书》中说，"（建元）四年夏，有风赤如血。六月，旱"。"风赤如血"是个什么景象？大风像血一样通红！《绿雪亭杂言》中记载，明嘉靖元年（1522）七月二十五日，海风大作，沿江合抱粗的大树都被连根拔起。到了夜半，风势更烈，平地水高二丈余，江海混为一壑，茫茫无际。有人看到大水中有火光闪烁，并发出轰隆隆的声音，仿佛万马奔腾。有人说是水怪作祟，有人说看到巨龙在火光处跳跃。作者煞有介事地解释道："风为阳气，本无形也。唯风极盛，则阳气所聚极厚，故有色可见，而赤如血耳，盖阳之色也。近世或飓风大作，则夜间空中火飞，无数人皆见之。火极明处则风必极盛，树木屋宇当之者，无不摧什，则火固风之色也。所谓风赤如血，亦是如此。"现在的人大概不会像作者这样思考问题了，我们可以猜测，风中有火，极可能是大风吹燃了灯火、炉火、灶火，扩散成为一场大火，或者恶劣天气造成风云变色，所谓"风赤如血"，也许是"云色如血""天色如血"等；而《汉书》中的"风赤如血"，没准儿干脆就是一场沙尘暴——"沙尘暴""台风"这些名词可以缓解我们的不安，似乎我们很熟悉它们，了解它们。我们给那些恐怖的天崩地裂命名为"八级地震""九级地震"，给席卷大地的台风起个"海棠""丹娜丝""彩蝶""云娜"等名字，便下意识地以为抓住了病症所在，可以控制它们。其实，我们对它们远不了解，仍需科学地将它们防控。

灯草烧毁严监生

吝啬鬼的典范，西方有莫里哀作品《悭吝人》中的阿巴贡、巴尔扎克作品《欧也妮·葛朗台》中的葛朗台，中国有吴敬梓作品《儒林外史》中的严监生。严监生的故事因为被收入中学课本而家喻户晓：临死时，他看着桌上点着一盏灯，痰响得一进一出，还把手从被单里拿出来，伸着两个指头。大侄子问他，莫不是还有两个亲人不曾见面？二侄子问他，莫不是还有两笔银子找不到？均被否决。妻子赵氏说，你是为那盏灯里点的是两茎灯草，不放心，恐费了油，我如今挑掉一茎就是了。严监生点一点头，方才断气。人之将死，只关心这点小事，不是吝啬是什么？但转念一想，很多人临死时交代这交代那，样样都不放心，而严监生是否因为一生问心无愧，且万事都无挂碍，才会没事找事地专注于灯草？

这话不是瞎说的。通读《儒林外史》，你会发现，严监生其实相当有人情味。相形之下，他的哥哥严贡生倒是个不折不扣的恶棍，严监生生前和身后，都没脱离开这个恶棍哥哥的阴影。严贡生一出场，就霸占了邻居家的猪，向没有拿到本金的贷款者强收利息。受害人气不过，跑到县衙告状。严贡生见势不妙，躲到省城去了。官人来找严监生要人，严监生和两个大舅哥王德、王仁商量了一下，决定息事宁人。他自己掏出十几两银子，替哥哥还给两个告状者，了结了官司。严监生有一妻一妾，一家人也算和睦。原配王氏去世前，请求严监生将来把小妾赵氏扶正，并让两个哥哥做见证。而在王氏去世后，赵氏也的确没亏待严监生以及王氏家人。这期间，治病救人，人情往还，严监生对各种花销都没含糊。后来，因为过度思念原配，严监生还是抑郁而终。不幸的是，在他身后，哥哥严贡生不肯承认赵氏的扶正事实，强行让自己的二儿子夫妇搬到严监生家，计划完全霸占弟弟的财产。赵氏不服气，哭天抢地，诉讼至官府。好在府、县两级长官都给了她公道。严贡生不依不饶，跑到京城找门路，想把官司继续打下去。

整个故事中，严监生虽对哥哥一家的花天酒地生活不满，但也只是和别人发发牢骚，他只对自己苛刻，从没因为钱财与亲戚朋友闹过不愉快。他待人有情有义，在那个时代也算难能可贵。吴敬梓原文中一根灯草的故事，或为增加情趣，不是要否定这个人。但这一段文字被单独拿出来，就不可避免地成了断章取义，没读过全书的人难免误判严监生。不过，我还是认为课本中选择严监生的故事而没选择严贡生，是有道理的。严监生充其量可笑而已，而严贡生的所作所为，让人读完会鄙弃的。

麒麟

1415 年年底，第四次下西洋的郑和为明朝永乐皇帝带回一只瑞兽：麻林国敬献的"麒麟"。当时朝野震动，礼部尚书吕震奏请，在麻林国使者到京那天，文武百官上表祝贺。瑞兽到达那天，旌旗遮天，钟鼓齐鸣，文武百官盛装列队出迎。明朝画家沈度绘制了一张《瑞应麒麟颂》图。

这张图上显示，所谓麒麟，其实就是长颈鹿。非洲遍地都是。

传说中见不到的东西很多，有凤凰，有龙，有圣人。历代野史上记载，雨后有龙从天降到地上，说得有鼻子有眼。但现在想来，也许是娃娃鱼，也许是冲上岸的鳄鱼等。总之，不会是龙。圣人呢，没有人知道圣人是什么样子。

身边很多人，被我们当成麒麟，那是因为距离产生了美，或者我们还不了解他长颈鹿的本质。

狮子吼

狮子的吼叫跟老虎和狼比起来，简直不值一提。月光下，狼群凄厉的嚎叫，深林中，虎啸山岗的威风凛凛，都是标杆性的声音，鼓荡着古今听众的耳膜。狮子算什么？你甚至无法用一个具体的词来描述它。奇怪的是，狮吼在我国历史上却有着无可比拟的地位。成语中有著名的"河东狮吼"，用来形容妒悍的妻子发飙。张柏芝在电影《河东狮吼》中扮演的那位妻子，十足中国版的"我的野蛮女友"，古怪精灵，尖酸刁蛮，颇可爱；武术中有所谓"狮子吼"，不打你，不骂你，喊一嗓子吓死你，只要有足够的底气，输运到丹田，突然爆发，就能要了别人的命。很多电影中都有这样的经典画面，《功夫》里的包租婆，《闪电狗》中的主人公等。

其实，跟另外一些莫名其妙的词一样，狮吼两字，也是舶来品。佛经中有"演法无谓，犹狮子吼，其所讲说，乃如雷震"，形容佛祖的演讲有力度，像狮吼叫一样威严肃穆，不容侵犯。当年孟子说了一句"鱼，我所欲也，熊掌，亦我所欲也，二者不可得兼，舍鱼而取熊掌者也"，奠定了熊掌这种古怪食品在美食界的地位，而佛经中一个不经意的比喻，也使得"狮吼"远胜狼嚎虎啸。文化的力量大不大？真大呀！

保护新鞋

明朝张瀚在《松窗梦语》中讲，自己刚入仕途的时候，一位长官告诉他："昨天雨后，在大街上看到一人，穿着新鞋子，从灰厂出发，奔长安街方向而去。那人拣没水的地方，亦步亦趋，小心翼翼地走，生怕弄脏了新鞋。不一会儿，偶一失足，踩进脏水中，便开始大踏步地走起来，也不在乎是否再踩到水中。为人处世、开府做官也是这样，一定要绷住自己的底线，一次失足，就再拿失足不当回事。"

这件事拿到当今，依然有现实意义。西方世界有个著名的"破窗理论"，理论认为：如果有人打坏了一个建筑物的窗户玻璃，而这扇窗户又得不到及时维修，别人就可能受到某些暗示性的纵容，去打烂更多的窗户玻璃。同理，一个人、一个集体乃至一个国家，一旦开个坏头，再做坏事就成为惯例，弥补起来费时费力，效果也不一定好，因此，守成很难，破坏却易。预先设防，别突破底线，比什么都好。

还有一个例子可以佐证。宋朝仁宗时，海盗入侵高邮。当地驻军首领晁仲约估计抵抗不住，便凑了金银、酒肉，送给海盗。海盗取了物品，竟没有继续骚扰，打道回府了。此乃保一方平安的无奈之举，虽违反法律，但罪不至死。朝廷知道此事后，准备处理。慷慨激昂的一方认为，在大是大非面前，晁仲约没站稳脚跟，应该杀掉，另一方则认为没有必要。后来，皇帝听从了范仲淹的建议，免了晁仲约死罪。有人质问范仲淹。范仲淹说，大宋开国以来，未曾轻易诛杀大臣。晁仲约是否该死，争议颇大。这种情况下，不要轻易劝皇帝杀人，一旦形成习惯，将来诛杀你我怎么办？

看上去，范仲淹出于自保才这么说。其实，正因为他和他此前此后的大臣一直坚守这个原则，才使得宋朝成为历史上少有的具有人情味的朝代。相反，明朝一开国便大搞恐怖政策，一味杀人，后继者有样学样，成为历史上少有的严酷朝代。

崇祯的经济改革

明朝的末代皇帝崇祯，一上台就遭遇了严重的经济问题。各地民乱四起，关外满洲频扰，兵饷不断增加，哪儿哪儿都需要花钱，而明朝的国库里，却越来越空虚，入不敷出。特别是在灭亡前的最后两年，已经到了捉襟见肘的地步。要说皇帝不操心，那是睁眼说瞎话，可到底应该怎么个操心法，也真是值得探讨。具体说来，作为一国之君的崇祯，在内外交困之际，大致使用了以下办法。

一是改革币制。崇祯十六年（1643）下半年，户部用司务蒋臣上疏，提出了币制改革的具体措施，其中包括：尽快确定方案并颁行天下；详细核计新钞旧币的换算办法；新钞制作要精美；跟老百姓兑换新钞时要讲究诚信；早开铸局；设置高官来管理；等等。崇祯认为很有必要，批示说：这可是利国利民的大好事，那就赶紧实行吧。他让户部和工部即刻去办，此后还多次询问，并要求相关部门十天就向自己汇报一次。由于第二年初夏李自成就意外地攻进了北京，这项工程最终半途而废，没有来得及推行。不过，如果国家财富没有增加，光靠改革币制，如何扭转面临的困局？最大的可能就是，变化一种方式把老百姓兜里的钱转到政府自己的兜里来。对于此种做法，时人大多不以为然。大学士王应熊就在奏本中说，币制改革这件事，将来可能得不偿失，它最后不一定会像皇上期望的那样。立法时，必须从各个角度考虑到其后果才行。

这个时期的臣子，跟崇祯说话都挺不客气。此时的崇祯，已不是高高在上的太平皇帝，他焦头烂额得近乎神经质，对臣子想杀就杀，想撤职就撤职，同时，也想提拔谁就提拔谁。这种自乱阵脚的做法，虽然暂时能使大臣两股战栗，但时间长了，就会从内心里瞧不起他。皇帝的威仪来自临危不乱，而不是朝令夕改。

二是开源节流。所谓开源，其一是增加赋税，在多如牛毛的赋税中寻找新的增长点。崇祯十六年十月十一日，皇帝让户部开征酒税。原先，酒属于政府专卖，但基本上是有令不行，私贩现象非常普遍。政府现在明文规定，禁令解除了，但是在一两银子的交易额中要拿出三钱来上税，如有偷税漏税，除酒没收外，还要依律治罪。一种制度，设有设的道理，废有废的道理，但前提是什么？是为民谋利，还是与民争利？一看禁不了了，干脆趁火打劫，当然无法令人信服。其二是卖官、赎罪。有人上书说，以前生员花钱进学，享受不到和正规生员同样的待遇，名字不列入官府序列中，捐学的人兴趣不大，因此，建议每年在固定名额之外增加十之一二，每名纳银二百两，和其他生员一起参加考试，考试成绩只论高下，不做取舍；关于花钱赎罪，以前，逆案、赃多未完者、封疆失事者均不许花钱赎罪，因此，刑部奏本，认为能够真正掏钱的并不多，请求从宽，允许原来衙门里犯罪的胥吏皂役交钱减刑。崇祯同意了这个方案，但他担心赎罪钱被中途截流，交不到自己手上来，特意强调说：京内赎买，需要到刑部交钱，外埠的由抚按差等收取，需先行到刑部交纳，不能跟其他收入搞混了。这些开源措施，目标只有一个：搞钱。至于卖官和赎罪可能引起的社会问题，根本就顾不上考虑了。越是走投无路的时候，政府就越要与民争利；越是与民争利，政治就越走向腐败，行政就越废弛。饮鸩止渴，本为延缓生命，而实际上却加速了死亡的进程，法制遭受了破坏，蚁穴之溃，长河将崩也。

在节流方面，崇祯表现出了更高的姿态，他不但多次下"罪己诏"自我反省，而且以身作则，号召大家都厉行节约。在给礼部的晓谕中，他说："迩来兵革频仍，灾祲叠见，内外大小臣工士庶等，全无省惕，奢侈相高，越王章，暴殄天物，朕甚恶之！崇俭去奢，宜从朕始。朕于冬至、正旦、寿节、端阳、中秋及遇诸大典，升殿行礼，方许作乐，其余皆免。至浣衣减膳，已有谕旨。今用铜锡木器，以仿古风。其余金银各器，关系典礼者，留用；余尽贮库，以备赏赉。内外文武诸臣，俱宜省约专力办贼。"他还事无巨细地要求人们不能擅自穿用"红紫衣履"，普通老百姓不能随便穿绫罗绸缎，佩戴金银首饰等，"衣袖不许过一尺五寸"，"器具不许用螺紫檀花梨等物，及铸造金银杯盘"。

崇祯的态度绝对是真诚的，他认为罪己诏和减膳等行动应该能够打动臣民，让他们跟着自己节省下每一分钱，充当军饷，抗击贼寇。可事实上，这跟老百姓又有什么关系？甚至，跟他的臣下又有什么关系？崇祯的语气中，满含着对臣子的指责，认为他们太过骄奢，不跟自己一条心。平民百姓凭什么要跟他一条心？你维护的是朱家的天下，是自己吃香喝辣的尊贵地位，平民百姓跟谁还不是为的吃口饭？他们不需要什么大志向，能维持生计就行。臣子凭什么跟你一条心？在这种一脉相传的"私营企业"中，他们永远成不了主人翁，他们怀揣着的永远是打工心态。在你这里只为挣钱养家，自我享受，所谓"治国平天下"，只不过一句冠冕堂皇的口号，当不得真的！

其三，号召大臣和皇亲国戚主动捐款。大家都知道，明朝的公务员工资并不高，一个七品知县的年薪不过四十五两银子。而官场上的礼尚往来，动辄成千上万两银子，他们这些钱都是从哪里来的？反正不是天上掉下来的。捐，还是不捐？这是个问题。如果不捐，等于和皇帝对着干，捐了呢？就等于承认自己确实有贪污行为，万一皇帝将来秋后算账，也够当事人喝一壶的。就是因为担心"秋后算账",很多大事都被耽误了。李自成对北京发动总攻势之前,曾派人向崇祯讲和:一是明政府割西北之地给李自成,李自成和崇祯"分国而王";二是拿出一百万两银子犒赏义军,李自成主动撤兵,并尽全力帮助明政府抵御清军。崇祯把内阁首辅魏藻德叫来,让其做决断。他对魏藻德说:"你觉得这件事怎么样?事情紧急,只要你一句话就能够定下来!"魏藻德弯腰撅腚,一言不发,崇祯追问再三,魏藻德始终像个哑巴一样。最后气得崇祯推倒了椅子,走入后宫。其实,这种事最终做决断的应该是皇帝。魏藻德当然明白目前的局势,可他不敢回答。说不可议,李自成攻进来,自己就有亡国之责;说可议,双方谈妥,李自成退兵,皇上也可以拿他当替罪羊,说他卖国。决策者在面临困境时表现出来的礼贤下士,不过是寻求个心理安慰,将难题下放。魏藻德常年在皇帝跟前,还能不晓得他的心思?皇帝和臣子互相玩心眼,互相猜忌,互不信任。在这种已无诚信可言的关系下,怎么有心情同舟共济,共渡难关?

不过,无论官场还是民间,要求巨贾高官主动捐献的呼声越来越高。左都御史李邦华上书说:"民间的乡绅富民,如果家有万金,至少应该拿出二百金来,根据这个比例,家中有五万金者,应拿出一千金来;至于衙门里的吏胥,几乎没有一个不是作奸犯科之辈,随便拎出一个来,都是盈千盈万,连普通老百姓都懂得为国捐钱,难道此辈反而可以安然地独享民脂民膏?"条令颁布出去了,理所当然地,人们并不积极。偶有捐献,立刻加官晋爵。事实上,这就等于公开出卖爵位了。北京被攻克的前两天,有一个六十多岁的老人,逃难逃进皇城内,痛哭着把自己毕生积攒的四百两银子捐到了户部,皇上立刻下令,赏了一个"锦衣千户"之职给这个老头儿。

皇帝催逼得越紧,官僚就把自己的腰包捂得越严实,双方剑拔弩张,各不相让。崇祯十七年正月,皇上把阁臣召集在一起,商量军国大事,阁臣说:"库藏银两太少了,外面的银子也进不来,一切边费,刻不容缓,现在,唯有内帑可以指望。"内帑,也就是皇帝的家私。皇上一听,沉默了半天,说:"内帑的事难以告诉先生们,这事不要再提了。"

三月十日,崇祯派太监徐本正到太康伯张国纪、嘉定伯周奎的家里去借钱，前者是前任皇帝的老丈人，后者是崇祯的老丈人。父以女荣，平时搂起钱来，向来是脸不变色心不跳，现在要往外挤，却都一个个面露难色。周奎说："我哪里来那么多钱哪？我又不是造币厂的！"后来，周奎勉强拿出来两千两银子，并给皇后写了一封亲笔信，诉说自己的苦衷。徐本正仰天长叹："你可是皇上的至亲啊，怎能如此吝啬？万一朝廷倒了，你积蓄再多的财产又有什么用？"

徐本正的话，的确有道理。可为什么从皇帝到臣子，都不愿意花自己的钱呢？总不能说他们个个都是混蛋，把钱看得比亲爹还亲吧？彼此之间即使再不信任，在这唇亡齿寒的危急关头，为什么依然一毛不拔？所以，一定有比唇亡齿寒更可怕的因素。这种因素，就是由高度的贫富不均造成的不安全感！

每一个濒临衰竭的事物，肌体上都积累着一些旷日持久的矛盾。明朝末期，贫富差距扩大到无以复加的地步。兵科给事中曾应遴在奏折中说："如今天下大势，不是贼寇势力大，而是老百姓乐于跟着贼走。一个国家，不患寡而患不均，不患贫而患不安。今天的缙绅富豪，不但不拿税，还要像政府一样从老百姓身上搜刮，以致富者极其富，贫者极其贫，民不聊生。"一方面，连年灾患，大饥荒在全国不断蔓延，老百姓吃树皮，吃观音土，甚至吃人肉，这样靠下去，只有死路一条；另外一方面，官僚乡绅大量聚积米粮、财富，囤积居奇，死也不肯拿出来。前者失去了基本的生存权，要想获得维持生命的一口饭，一碗粥，只能到富人手里去夺。而富人们呢？他们被穷人触目惊心的窘境所震撼，像冬天的狗熊一样拼命往自己肚子里填东西。

李自成进驻北京以后，把明朝的遗臣们抓起来，派大将刘宗敏严刑索饷。覆巢之下，已无完卵。刘宗敏从周奎家里得现银五十三万两，绸缎布匹不计其数，加上从其他大臣那里搜刮来的，真个是满载而归。不过，这样的再分配，并没有什么积极意义，财富不过是从少数旧勋手里转移到少数新贵手中，跟普通老百姓没有多少关系。

崇祯的经济改革最终没有成功，这是命里注定的。政治上的混乱解决不了，经济改革只能是皮毛之变。

天文书籍为何成了禁书

"禁毁书"这三个字常常让某些人眼睛一亮，以为有什么事要发生。其实，历史上的禁毁书不仅是我们能想到的"少儿不宜"，它只是其中一部分。政府发布命令禁止一件事，首先要从自己的安危考虑。因此，危害现政权安全的书籍，首当其冲成为禁毁的对象。当然，这里面包括那些根本不可能形成威胁，而统治者却庸人自扰，一厢情愿地认为会对自己造成威胁的书，最典型的像"清风不识字，何故乱翻书"之类。明末崇祯年间，有一个叫李青山的，聚集人马在梁山起义，和官府作对。有官员认为这是"乱民"受了《水浒传》的影响，在有样儿学样儿，于是上书皇帝，请求禁毁《水浒传》。到了清朝，新一茬皇帝们认为《水浒传》表彰起义者，有教唆作用，应该继续禁毁，于是在被打翻的《水浒传》上又踏上了一只脚。

上面这些，倒都可以理解。但在中国封建社会，天文学书籍历来也是被禁止私人收藏的。特别是从西晋开始，更以制度的形式确立下来。天文学为什么遭受了同样的厄运？原来，我国自古便有"天人合一"之说，天上的每一点变化，刮风下雨、电闪雷鸣、阴晴圆缺，都跟下面的人相对应着。窦娥含冤而死，六月都能飞雪，并且不是在塞外的胡地，而是在江南楚州！此所谓"天谴"者也。皇帝圣明，老天就会降下祥瑞，年年风调雨顺，旭日万丈。天有异象，不是谁都能来发言解释的，政府一定要掌握话语权，以免人多嘴杂，给出与皇帝意志相悖的答案。民间禁毁天文学著作，乃是为了闭塞视听，垄断信息发布权和解释权，愚弄起百姓来更加得心应手。而事实上，我国古代大部分所谓天文学著作，也确实不以科学研究、了解大自然以便顺应天候为目的，本质上还是用来占卜打卦，当作装神弄鬼的工具。

既然天文书籍被禁毁，那么，自学天文学，就属于犯罪行为了。但这种犯罪不能自首。因为你如果没有学成，犯罪行为就没有实施，无须自首；一旦学成，犯罪事实已然完成，无法从你身上抹掉这些知识，自首也没有意义了。封建统治者对付这类人，除了下狱流放以外，还有一招：征用。反正已经掌握了这门知识，那就为朝廷服务吧，朝廷让你怎么说你就怎么说，同时给予优厚待遇。一些穷困无依的人怀着投机心理不断收藏天文学著作，刻苦学习，就是希望有一天到朝廷当官。这种奇怪的方式一直保留着，没人指出它的不合理性。因此，自古以来，天文学著作总是奇货可居，禁毁一说，也就成了空谈。

世间已无黄金甲

元朝时，传说有南宋宗室赵某，在福建的深山老林里居住，家中穷得掉底，靠砍柴维持生活。有一天，他在一条小溪边伐木，忽然看见一条巨蛇，浑身上下一抹儿白，昂首挺胸，吐着芯子，朝他直扑过来。吓得老赵扔掉斧头，抱头鼠窜。回到家里，跟老婆一讲，老婆说："妈呀，这可是好事！白鼠白蛇，都是异象，证明它跟前儿有宝物哇！"随即拉着老赵往回找去。到了小溪边，那条蛇还在那里，见他们俩来了，回头沿着溪水逆流上溯，一直钻进一个洞穴里。二人打开洞穴，见有块石头上刻着字，仔细一看，竟是黄巢的手戳。洞中又有九个洞，中间那个里面，是一套黄金甲，剩下的八个洞穴里，存放着金银无数。夫妻二人眼睛都快花了，乐得差点没有蹦起来。

他们拣了一些零碎银两带回家中，其余的仍旧掩埋好。从此，他们的日子越过越富裕。有个邻居眼红了，以前大家一块过苦日子，他现在凭什么非要跟别人不一样？

于是，邻居把此事告诉了自己一个当小吏的姐夫，说老赵巨额财产来历不明。这邻居姐夫一听，如获至宝，天天跑到老赵家里来搞调查。老赵一看要坏菜，赶紧取出白银五锭贿赂小吏。小吏心想，你家住着这么好的房子，才给我五锭银子，这离我的期望值也太远了！不行！小吏一纸文书，将老赵告上法庭，官府正式立案，并将老赵先行拘押。那时也没有拘押期限啊，日子一长，老赵受不了了。托人找到一个大户，把九个洞穴的宝物全部给了大户，只有一个请求，早点出去过自由日子。大户救出老赵后，上下打点，广行贿赂。官府上下，人人有份，真是你好我也好，大家谁也不问这件事了。但不知怎么的，大帅府得知深山老林里发现了宝物，也很感兴趣，派福州路官员下来视察。这可是一个大窟窿，万一堵不好，那可要出大事故。大户忍痛把黄巢穿过的黄金甲献给了福州路官员。官员回去跟大帅汇报："我上下左右问了个遍，终于打听明白了。事实是，根本就没这回事！"此后，再也没人提起宝藏的事。

福州路官员得到了黄金甲，非常珍爱。本届期满，另行调任以后，他老婆特意把黄金甲装进盒子里放在床下。一个月黑风高的晚上，窗前忽然电闪雷鸣，只一会儿即停止了。夫妻两个很奇怪，赶紧取出盒子，见锁头还在上面，打开盒子，里面却已空空如也！

自此，黄巢起义时获得的财宝在三四百年后消失了。黄巢没有得到，后人也没有得到。

屎盆子

明英宗亲征瓦剌，在土木堡成了蒙古人的俘虏。国不可一日无君，英宗的弟弟被臣下于谦等人拥立，是为明代宗，年号景泰。后来，蒙古人把英宗送了回来。因为英宗有言在先，只要能回归故国，不要求皇位，做个太上皇就可以。这样，一回到北京，他便被送到南城，说是养老，其实是软禁。在软禁的这六七年里，英宗时时提防着弟弟的暗算，弟弟也时时提防着哥哥的复位。两人心照不宣，而大臣更是各怀鬼胎。于谦一心一意辅佐着代宗，周旋于几方代表人物中，费尽了心机。

后来，代宗病重，几乎不能理朝。徐有贞和石亨等人便在深夜撞开皇宫，拥着英宗登上皇帝大位。此即"夺门事件"。按理说，哥哥归位，弟弟也认可，事情到此就结束了。但是《明史纪事本末》中却冒出一句没头没脑的话：

景帝（即代宗）闻钟鼓声，大惊，问左右曰："于谦耶？"
既知为上皇，连声曰："好，好！"

这话说得比较暧昧，但是明眼人一看就知道是在影射于谦。代宗问别人："是于谦吗？"别人说："不是，是英宗。"代宗说："好，好。"还是他们老朱家的天下。当时的人都明白，于谦一片忠心，和代宗情谊深厚，根本不可能有二心。因此，这篇记述中也没敢明指，但是这句话却像个屎盆子一样重重扣在了于谦身上。我分析，这背后大概有两个原因：其一，为了证明英宗复辟的正确性，把皇位给自家人，总比给于谦这个外人要好；其二，是于谦的政敌刻意所为。在皇权时代，谋求篡位是大逆不道的事，这种污蔑简直比屎盆子还恶心。明明跟你没一点关系，偏偏往你身上赖，你还没法辩解，这就是恶人最恶的地方。

❧ 如果你是李东阳 ❧

明朝武宗即位，年仅15岁，小毛孩子一个。太监刘瑾天天带这个孩子玩，击球走马，放鹰逐犬，孩子玩得挺开心，与之结下了深厚的友谊。大臣们一看不对劲儿，于是面奏小皇帝，要求诛杀这个误国的太监。小皇帝同意了。刘瑾岂是善茬儿，得知消息后，马上带着一帮弟兄跪在皇帝面前哭诉，把皇帝哭得心软了，反而升了刘瑾的官。第二天上朝，见情势大变，三个起事的阁臣李东阳、刘健、谢迁便请求辞职。后两者当时就被罢官，而独留下了李东阳。为什么？因为三人跟皇帝陈述刘瑾之过时，后两者情绪比较激动，又哭又拍桌子，而李比较沉默。

李东阳这一留任，别人理所当然地就把他和臭名昭著的刘瑾绑在了一起。为此，他的学生写信给他，要求断绝师生关系。在那个尊儒重教的年代，学生的举动无异于当面抽他大嘴巴。但是李东阳忍了，他主政期间，认真地配合刘瑾以及其他同僚，薄赋轻役，安抚百姓，尽量把损失降低到最少；整个明朝，基本都不拿官员和文人当人看，皇帝说打就打，说杀就杀，每逢此时，李东阳就会站出来保护一下。据说他死的时候，家中萧条，由其门生故吏集资才葬了他。应该说，比起其他贪官污吏来，李东阳基本没做坏事，好事倒做了不老少。但是，刘瑾擅杀无辜，排斥异己时，他当然不能全保，有时也不得不睁一眼闭一眼，甚至捏着鼻子说违心话，因此，他的名声一直褒贬不一。

问题来了，如果你是李东阳，面临这种境况，你会怎么办？

我问了几个人，有的说，既然想要名声，那就坚决辞职。可是，辞了就完了吗，刘瑾能轻饶了你？再说，那些忠臣贤良怎么办？他们遇险的时候谁替他们出头？他们心里憋屈的时候，向谁去诉说？如果有点责任感的话，还真就不能一走了之。

有的说，既然走不了，那就好好活着，遇事的时候再坚持原则一些，和刘瑾坚决划清界限，清者自清，浊者自浊，通过一件件事来证明自己。可惜，做事情不是做算术，总不会像一加一这么简单，既然滚在尿窝子里，谁能保证自己永远不湿？

有的说，那就隐忍隐忍再隐忍，寻找机会，扳倒并杀了刘瑾，为国锄奸。可是，凭刘瑾和皇帝的关系，李东阳恐怕难以做到。有人向皇帝告状，说刘瑾要篡君权，混蛋皇帝居然冒出这么一句："篡就篡呗，我的江山，他想拿就拿去。"皇帝连江山都不要了，你一个小小的李东阳能拿他怎么办？能保条命就不错了。

有的说，在当时的社会背景下，也只能像李东阳一样，夹着尾巴做人，先自保，然后做些力所能及的好事。这样回答的，占了绝大多数。是呀，还能怎么办呢？

❧ 政治唐伯虎 ❧

唐寅，字伯虎，自幼好读书，16 岁参加童生试，29 岁赴南京参加乡试，荣获第一名，号称"唐解元"。民间传说中的唐伯虎，风流倜傥，挥洒自如。为了一个美女，可以自卖为奴；随便在纸上画几笔，人们便不惜重金哄抢。他自刻印章"江南第一风流才子"，为了衬托他这第一大才子，人们又把文徵明、祝允明、徐祯卿拉进来，并称"江南四才子"。总之，他是一个极具代表性的符号，类似于今天飘荡在北京的流浪诗人、流浪画家、流浪摇滚歌手，但比较而言，他的作品要畅销得多。他像凡·高一样桀骜不驯，与世隔绝，但又像毕加索一样获得了世俗意义上的成功，在有生之年享受到了自己的成功果实。而事实上呢？

既然要参加考试，要走仕途，就不可避免地要卷入政治。在人们心目中，才子和政治向来是井水不犯河水的，各自走路两相宜。但在彼时，社会衡量标准单一，别无其他道路可走，即如唐伯虎者，也是躲不开。他不但躲不开，而且介入得还挺深呢！

明弘治年间，唐伯虎挟乡试第一之余威，参加第二年的会试。这次会试共分三场，三场考试尚未结束，坊间开始风传结果已经出来，唐伯虎和江阴县富商徐经通过了考试。而第一个传出这话的人，正是得意忘形的唐伯虎！言官华昶上书弹劾主考官程敏政，说他出卖了试题。皇帝非常重视，在发榜之前，让宰相李东阳主持重新阅卷。结果，唐伯虎和徐经都没有被录用。但是，一些言官不依不饶，一定要个结果，他们纷纷上书让皇帝追查。最后，程敏政、唐伯虎和徐经都被下狱过堂。当时的主政者是明朝著名的仁慈皇帝朱祐樘，要按惯例，这种情况是要死人的。但唐伯虎这个案子，主考大人被罢官，唐伯虎和徐经被黜为吏，就连举报人华昶也被降级使用。应该说，这是一个打马虎眼的处理方案，因此给后人留下了巨大的想象空间。后来民间流传的故事是：程敏政的仆人把卷子卖给了徐经，程敏政不知情，唐伯虎也不见得知道考题，否则他不会自鸣得意，以引人注目。但这种说法禁不住推敲，唐伯虎永远难逃嫌疑。知道就是知道，不知道就是不知道，怎么可能知道，还可能不知道？可以肯定的是，凭唐伯虎的才气，不用偷题大概也能中榜，因此，后人为尊者讳，把这件事模糊处理了。这是唐伯虎在政坛遭受的巨大打击，也让他的人生道路发生了改变。如果他因中榜而步入官场，在那样的环境里濡染，难免不近墨者黑。

被官场抛弃的唐伯虎又被南昌的宁王朱宸濠收留。一直伺机谋反的朱宸濠设立了一座阳春书院，作为储备人才、笼络士林之地。唐伯虎因为科场案倒霉，灰头土脸地回到苏州，终日以酒消愁。朱宸濠认为这样牢骚满腹的人将来一定用得着，于是把他请来。到了南昌，唐伯虎才发现朱宸濠肯定要造反，这里是是非之地，不宜久留。逃，是逃不掉的；走，就得有确切的理由。于是他采取了最古老最实用的办法——装疯！有事没事就脱个精光，在院子里傻跑，看谁不顺眼，张嘴就骂。朱宸濠派使者来看望他，他照样把人家打出去。朱宸濠一看，这人根本不堪使用，干脆送回去吧。于是唐伯虎毫发无损地回到了苏州。不久，朱宸濠造反被镇压。因为唐伯虎和朱宸濠有过接触，他也成了调查对象，但最后因为没有被抓住把柄而留了一条命。想想，唐伯虎一定会望着调查人员的背影冒一身冷汗吧？从这件事上可以看出，无论是因胆子小还是判断宁王必败，总之唐伯虎算个聪明人。此后他彻底回归民间，写诗作画，成了一个不问世事的散仙。

文人涉政，要么在里面游刃有余，左右逢源，像纪晓岚，佳话政绩两不误，要么像唐伯虎，归隐山林，也可自保。

～ 明朝相声 ～

传统相声里有个著名段子——《扒马褂》。丙说话没边没沿，上来就说昨天刮了一夜大风，把自己家的井刮到墙外头去了。乙不信。丙说："你问甲呀，这事他也知道。"甲借了丙一件马褂，如果自己不给丙打圆场，丙就要扒他的马褂。甲只好说，确实有这么回事。原因是，甲家的篱笆墙离井只有二尺远，刮风的时候，鼓进一块来，正好把井挡在外边，甲一瞧，就认为井被刮到外面去了。丙又说，自己的骡子掉到茶杯里淹死了。乙还不信，甲接着打圆场说，丙用骡子换了一个蝈蝈儿，蝈蝈儿不小心掉进茶杯里烫死了，因为二者价值相等，丙就说自己的骡子被烫死了。接下来，丙说得越来越荒诞不经，直到把甲逼急了，还了他的马褂。

黄宗羲在他的《丰南禺别传》里记载了嘉靖时书法家丰坊的很多趣事。丰坊和别人聊天时说："弘治五年，凤凰停在正阳门楼上，过一会儿后飞走，掉下一根羽毛，有两丈左右长。"别人不相信，丰坊指着随从的童子说："他也看见了，你问他。"童子帮腔说："是有这么回事！"丰坊还跟一个和尚吹牛："我在通州吃过大西瓜，那个瓜真大呀！我在大瓜上挖了个洞，在下面放张小板凳，侧着身子进去，然后坐下，仰着脸接饮瓜汁。西瓜里面特别凉，凉得我浑身直起鸡皮疙瘩！"和尚不信，丰坊又指着童子说："你问他呀！"童子只好附和。这主仆二人一唱一和，真是惟妙惟肖的相声表演。我甚至怀疑,《扒马褂》就是从丰坊的故事得来的。有兴趣的朋友可以考证一下。

丰坊的其他故事也颇可爱。有一个叫方仕的人,跟丰坊学过几天写字,后来常冒他的名,卖字挣钱。丰坊气得不得了,跟弟子们说:"我一定要把这小子的眼睛挖出来!"弟子们为了讨好他,便拿了一对什么动物的眼睛来骗丰坊:"大爷,不用劳您大驾,我们已经把他的眼睛挖出来了!"丰坊深信不疑,大大地酬谢了这几个人。几天后,方仕来访,丰坊吓了一跳。方仕事先已经得知了来龙去脉,便跟丰坊说:"前些日子走夜路,我的眼睛被人挖走了,我痛得昏倒在地。这时过来了一个鬼,见我凄惨的样子,就从死人身上又挖了一双放进我眼眶里,一直到现在还疼呢!"丰坊赶紧安慰他:"哎哟,真是可怜,我摆酒为你压惊吧!"

大概是那个时代卫生条件不太好,虱子跳蚤屡杀不绝。丰坊在自己家里设醮三坛,祈请一灭倭寇,二灭伪禅伪学,三灭跳蚤虱子。他恨蚤虱恨得无以复加,每年都要请道士来驱虱。

凤毛和西瓜的故事是说丰坊跋扈和无知,而其他故事却描述出了丰坊之傻。傻而不讨厌,人们谈起来才会津津乐道,如果跋扈而阴险,就落入了俗套。跋扈而阴险的人实在是太多了,他们的话题让人败兴。又一事,丰坊要亲自下乡收账,债主不愿意让他去,就和丰坊仆人串通,拿来农民簸谷用的大扇子,说乡下各家各户都造了这东西,专等他下乡时来偷偷扇他,要他中寒。丰坊说,这些乡下人真鬼呀,害我可没那么容易,我六月间再下乡,大热的天让他们随便扇。哈哈!

梅雨季节过后,仆人们要搞点外快,就撺掇他:"主人啊,这些天总也见不着太阳,你的金子都快发霉了,现在正赶上晴天,赶紧把它们拿出来晾晒一下吧!"丰坊答应了。晒毕,丰坊一数,金笏少了一个,责问仆人,仆人见状,又偷走了一个,跟主人说:"你刚才数错了,不信再数一遍试试!"丰坊一查,说:"噢,这次对了!"原来丰坊点数时只记单双。

这些故事,拿到现在来,依然是很好的素材。

当害人成为一种习惯

刘志选，明朝万历年间官员，因政绩不佳，被罢官回家。三十年后的天启年间，通过走后门得以重新起用。七十多岁的刘志选，望眼周围年轻气盛、生机勃勃的官员们，心里真是酸甜苦辣百味俱全。当年自己刚登上政坛的时候，这帮生瓜蛋子还不知道在哪里玩泥巴呢，瞧现在他们个个不可一世的样子，刘志选心理极度失衡。此时，正是权阉魏忠贤气焰最盛的时候，为了迅速与别人拉开距离，刘志选毫不犹豫地投向了魏忠贤的阵营。由于态度积极，手腕得当且下手稳准狠，刘深得魏忠贤赏识，数次升迁。人以群分，狡猾如刘志选者，应该明白自己到底在做什么，不过有魏忠贤这样的后台，他当然也就有恃无恐了。后来，魏忠贤和皇后的老爹发生了矛盾，于是他决意搞掉皇后父女，再把自己侄子的女儿嫁给皇帝，彻底掌控天下。但皇后可不像普通官员那么容易扳倒，整不好，就会落个"倾摇国母，大逆不道"的罪名。当害人的重任被派到头上时，刘志选也犹豫了，一旦落败，前功尽弃，弄不好就株连全家；干成了，从此锦衣玉食，享不尽的荣华富贵。干，还是不干，这是个问题。回去跟家里人商量，家里人跟他算了一下经济账：你已经年过七十，魏忠贤比你小将近二十岁，你肯定死在他前头。只要他活着，你就有饭吃，你死了以后也不用考虑他是否得势了。这个说法挺新鲜，并且符合功利原则。刘志选一拍大腿：是这么回事！于是决定冒一把险。其实，他家人的这本账根本就是自欺欺人。你想想，"倾摇国母"失败，立即就满门抄斩了，还用等到以后再算账吗？刘的经济账是一颗自我安慰的定心丸，用一种似乎站得住脚但根本禁不住追问的理论来解脱心理上的紧张感。他这样做的前提，即明知自己干的是缺德事。在是非上，判断为"非"，在做与不做上，执行为"是"。后来，熹宗皇帝没有追究这件事，但是崇祯皇帝上台后，赐死魏忠贤并追究其余党，刘志选终于没有躲过去，吓得在监狱里上吊了。

比起来，刘志选还算不上天良丧尽的极端。如果说刘做坏事时尚有所顾虑，一定要想方设法自我安慰的话，还有一种更有趣的人，他们又进了一步，根本无须自我安慰。自己失势了，是英雄落难；别人升迁了，是小人得志。别人都是用来被评价、做铺垫的，最终的是非标准，都要落实到他自己的利益上来。刘志选之流，尚有一条公众意义上的是非底线，而此类人，毫无底线可言，应该扪心自问的总是别人。他们从来不用算什么经济账，明明自己害人不少，坏事做尽，却还坚定地认为自己是个善良的人，是英雄。

如果说刘志选还可以让我们看到一丝廉耻之心的话，后者则让人完全失去了信心，他们已将危害别人当成一种习惯。

袁崇焕的冤案

明末大将袁崇焕在辽东抗击后金，多次击败努尔哈赤和皇太极的进攻。后来，后金使用了反间计，他们捕住两名明宫太监，然后故意让两人听见后金将军之间的耳语，说袁崇焕与满洲人有密约，接着，放其中一名太监回京。太监向崇祯皇帝诉说了原委，崇祯以"通虏谋叛"等罪名将袁崇焕"磔"死。京城百姓都相信袁崇焕通敌，恨之入骨，"刽子手割一块肉，百姓付钱，取之生食，顷刻间肉已沽清。再开膛出五脏，截寸而沽，百姓买得，和烧酒生吞，血流齿颊"，死状极惨。

一百五十年后，清朝乾隆皇帝公布了一份内部资料，认定袁崇焕并没有同清军勾结，是崇祯皇帝中了清军的反间计，袁崇焕实为明朝的忠臣义士。皇帝不良，让义士蒙冤，遂大张旗鼓地为袁崇焕平反。

一百五十年后的这份材料，与明清的征战已无关系，却可以解放一个人，何乐而不为？

穷风俗

明人陆容在《椒园杂记》中记载了江西人的节俭风俗：就餐时，第一碗只吃米饭不就菜，干噎，第二碗才开始吃点菜，名曰"斋打底"；买肉时，只买猪杂猪内脏，美其名曰"狗静坐"，意为没有骨头可以给狗吃，它只能眼巴巴看着；到宗庙里祭奠时，从食品店租赁果品，祭祀完毕就还回去，名曰"人没分"，其实岂止是"人没分"，神不也只是看看拉倒吗？

这些风俗，与其说是风俗，不如说是贫穷风情画。儿子连吃了两碗菜，老爹一拐杖打过去："你不知道'斋打底'吗，懂不懂规矩？"家财万贯的人，好像不会这么做。穷人要使自己尽可能地多活几天，就得制订符合自己生存条件的规矩。规矩多了，就成了风俗。至于"狗静坐""人没分"等提法，不过是苦中找乐的一种方式罢了，说是反讽、自嘲亦无不可。

清朝中叶，湖南麻阳流行一种更古怪的风俗。凡遇村民有红白喜事，乡邻不能送礼物，只送现金，礼金从一钱到七钱不等。主人准备饭食时，拿一钱的人只准吃一个菜，拿三钱的人吃三个菜，拿五钱以上的人随便吃，拿七钱的人还要另外加菜。因此，客人们聚齐以后，先上一个菜，吃罢，墙角有人敲锣："当，当，当，交一钱的人请退场喽！"呼啦，散去客人若干。再上两个菜，大家吃罢，墙角那人再敲锣："当，当，当，交三钱的人请退场喽！"再散去客人若干。这时候，屋里剩下的人已经寥寥无几了。不知道，他们这时候吃得还有什么兴致？看来，人们的注意力还真就在这一"吃"上。红白喜事，本是一种人情往来，对于这种毫无人情的"人情往来"，大家却都安之若素，且以风俗的名义确立下来，说到底，依然是贫穷闹的。

我小时候吃过一种叫作"折箩"的菜。村里每有聚餐，有人狼吞虎咽，有人却只看别人吃，坐在旁边等着，脸上带着神秘的笑。我不解其意，问为什么，答曰：他们专等着吃"折箩"呢！又问什么是"折箩"，答曰，就是把所有的剩菜回锅，加热以后重端上桌，"折箩"的特点是菜码大而全，肥肉多，可以敞开了吃，而先上桌的那些人，什么都吃不过瘾。说起来，这已是二十多年前的事了。

❧ 老小资 ❧

作家张岱先生去访一位擅饮茶的老哥闵汶水，正赶上闵汶水外出未回。来一趟不容易，那就等着吧。一直等到天擦黑，闵汶水才姗姗而归。

抽眼打量，一个普通的老头子而已。两个人对面落座，闵汶水像忽然想起了什么，说："噢，我把拐杖忘在外面了。"于是出去了。半天才回来，此时天已全黑。闵汶水看张岱还厚着脸皮在那儿坐着，再也无法忍耐："你究竟要干什么?"张岱说："我闻你大名久矣，今天喝不到你的茶，我决不离去!""就这么点事呀，还以为你是要打劫呢!"

闵汶水点起炉子煮上茶，领张岱来到旁屋，窗明几净，各种茶壶茶杯皆精美绝伦。倒上茶，灯下看茶色，与茶杯融为一体，而香气逼人。张岱问："这茶产自何地?"闵汶水答曰："四川阆中。"张岱喝了一口说："别蒙我了，虽是阆中的制作方法，但原料并不是那种。"闵汶水笑了："那你说这是什么茶?"张岱答：　"这应该是罗芥茶。"闵汶水吐吐舌头说："奇!"张岱见状，又问："这水是什么水呢?"答曰："惠泉水。"张岱说："你又蒙我。惠泉离这里上千里，这么远运过来，而泉水依然新鲜无比，棱角分明，是咋回事呢?"闵汶水说："既然遇到了行家，那我就不瞒你了。我取惠泉水，一定事先把井底淘干净，夜里静等新泉水流来，打上来放进瓮里。瓮底铺上山石，既可养味，又能澄水。运输时，不摇船，让自然风吹着船走，一直把水运到我家。你说，这水能不牛吗?""牛!"这回轮到张岱伸大拇指了。

两人从此订交。真是雅士见雅士，两眼泪汪汪。没有旗鼓相当的雅致，连个卖弄的去处都找不到，活活把人闷杀!

明朝灭亡后，张岱的公子哥生活也到了头。全家颠沛流离，生活艰难。没想到六七十岁的老头子了，还要亲自舂米挑粪。难哪!但张岱怀念起当初的生活来，一点不含糊，身后留下大批悠闲的风花雪月。这才是真雅士，落魄了也是风流。

☙ 男人柳如是 ❧

有必要先把柳如是和钱谦益的故事简单复述一下。柳如是，姓杨名爱，寓名柳隐，字如是，明末名伎，10岁就被卖往青楼，由于容貌艳丽，出口成章而为当时的文人骚客追捧，先后委身多人。钱谦益则是明末文坛领袖，在当时名望甚高。这两人符合郎才女貌的必备条件，因此，他们制造的任何细节都想当然地要被添油加醋，然后反复把玩。

故事是这样开始的：一个阴晦的冬日，赋闲在家的钱谦益忽然接到一张名帖，他当时心情不好，找个理由把对方打发走了。后来一看名帖下面的字，娟秀可爱，诗也写得很别致。直觉告诉他，一段美丽的姻缘即将发生，于是赶忙追出去，在江边拦住了柳如是。柳如是一身男人打扮，白皙的皮肤，秀美的容颜，加上卓尔不群的衣着，反更增女性之美。官场失意的钱谦益已经六十岁了，忽得此佳人，简直以为自己在做梦。按说，这个妻妾成群的糟老头子身边并不缺少女人，但像柳如是这样年轻漂亮，又有文采的，却是独一份儿。于是，钱谦益另造一室，金屋藏娇。这还不过瘾，几个月以后，他决定要明媒正娶柳如是。钱谦益广发请帖，官吏乡绅不知道他葫芦里卖的什么药，纷纷打听他要跟谁结婚，但钱谦益就是不说。佳期一至，人们看到沿江而来的船中，坐着的竟然是柳如是，不由得勃然大怒："你娶这么个青楼女子，竟然要我们来证婚，这不是玩儿人吗？"于是，纷纷捡起砖头瓦块朝船上投掷。再看柳如是和钱谦益，二人坐在船上稳如泰山，正你恩我爱地画眉毛呢，正眼都不瞅一下岸上的人们。

故事的下一个高潮是这样的：明朝灭亡以后，钱谦益买通南明弘光小朝廷的权奸阮大铖，入朝为礼部尚书。但仅仅一年之后，清军攻来，南明覆灭。钱谦益带领群臣出城迎接，拜倒在路旁，后来又到北京当了一段时间清朝的礼部侍郎。对此，柳如是很鄙夷自己的丈夫，她劝钱谦益和自己一起自杀，以表对大明王朝的忠贞之心。钱谦益无可奈何地答应了。两人来到水边，钱谦益摸了一下水说："今天的水太凉，等水暖和以后再说吧。"然后找个借口溜走了。不过，在柳如是的影响下，钱谦益后来也暗暗给了那些反清人士不少帮助。

以后，钱谦益以83岁高龄辞世，钱的家人因为财产问题要赶走柳如是，柳如是上吊自杀。一段风流往事到此结束。

综观柳如是的故事，前半部分，是风花雪月的浪漫情怀，后半部分，是国祸家仇的流离失散。一般情况下，前半部分达到高潮时，故事就应该结束了，正好是皆大欢喜的大团圆，足以满足人们的"戏剧心理"需求。

而后半部分，似乎应该是单独的另外一个故事：假如罗密欧和朱丽叶成功结合了，后面会怎样呢？这种假设在柳如是和钱谦益身上发生了。但事实就这么残酷，两个看似完全不搭调的情节，被生捏在一起，后者相当于一个经典故事的蹩脚续集。这两部分集于一身，就注定了钱、柳的悲剧性。而柳如是这个绝代佳人的男人秉性，在故事的不断发展中，也一步步被强化。

事实上，柳如是所流露的男人性格，在故事一开始就有所显现，但这一切，都被观众对下一步情节的热切期待所掩盖了，以至人们要把柳如是的男装拜会当作一个可有可无的小插曲。无独有偶的是，柳如是在拜访钱谦益之前，已经和若干名士有过交往，去见陈子龙时，她递上的名帖，就自称"女弟"，可惜，陈子龙是个不解风情的家伙，没收留她。直至碰到钱谦益，才一拍即合，使故事得以继续。柳如是生活的时代，世风虚靡，思想逐渐解放，但传统的巨大力量依然无处不在。一个小小的妓女，要想立足于社会，谈何容易。而柳如是在红粉场上混得时间长了，又有点才气，逐渐不甘寂寞，她明白，一个女人要想获得男人重视，单靠女人的柔媚和妖娆是不够的。妩媚可以用来玩弄，但不会被当成平等的对话者。玩物嘛，用够了可以随时抛弃。你必须比男人强，才会得到足够的重视。柳如是所选择的策略就是将自己男性化。她和男人来往时，从不把自己当成附属品，而是千方百计要居于中心位置。是的，只要你自己不小看了自己，时间一长，别人也就自然而然地把你和同类的人分开。

读《柳如是集》，丝毫看不到她作为女人的自卑自爱，顾影自怜。我认为，诗歌的韵和辙也是有性别的。像江、扬、刚，迎、成、风，都是阳性的，一、七、鸡，花、茶、家，都是阴性的，还有一些是中性的，比如维、回、来，见、厌、谈等。李清照的"凄凄惨惨戚戚"，一读就能嗅到浓烈的女人味。柳如是则很少用"一、七"和"花、家"做辙，而是更喜欢用"江、扬""迎、成"，阳刚之气扑面而来。古代讲究"女子无才便是德"，一位官绅说：闺秀即使作出好诗，流传到社会上，被选家收进书中，在编排体例上，必定是放在僧道诗人的后面，娼妓诗人的前头。在这两类人之间，把自己置于什么地位了？所以还是没有文采、不会作诗的好，否则便出乖露丑。而柳如是作诗了，并且，她必须绕开常规的女性诗歌定位，剑走偏锋。因此，柳如是的诗里，都是很特立独行的东西。她那男人的精神已严重脱离了自己作为女性的娇嫩的躯体。

幸运的是，她找到了旗鼓相当的对手，当钱谦益和她联手在江面上制造那幕场面宏大的恶作剧式婚礼时，人们看到的，不是钱谦益一个人的秀场，更像是两个男人的合谋。他们精心策划，滴水不漏。从某种意义上讲，柳如是赚到的镜头比钱谦益还要多。是她，通过这样的场面再次扩大了钱谦益的知名度，重新吸引了人们眼球，让这个有着强烈政治野心，但久居乡野的男人再次成为人们讨论的话题，注意力就是生产力，他们可能没有明白地知道这个道理，但他们凭着直觉，将这幕戏成功地演了下来。二人必须相提并论，少了任何一个，另外一个就会不完整，这种典型的借力打力，岂是典型女性能做到的？

说柳如是精神上的男性，没有任何褒贬含义，在这里，"男性"只是个中性词。它体现了一种刻意与众不同的想法，一种要跳出来的感觉。当清军渡过长江，攻灭弘光朝廷之后，发生在柳如是和钱谦益之间的矛盾，尤其具有象征意义。和钱谦益相比，柳如是似乎更像个男人。送钱谦益到北京当官的时候，她身穿一件大红的衣裙，慨然站在路边，令旁观者瞠目结舌，谁都知道，这大红（朱色）代表着那个已经烟消云散的大明王朝。此时此刻，她不但劝钱谦益自杀，而且对钱谦益冷嘲热讽，极尽毁誉之能事。按理说，她和钱谦益已是两口子了，嫁鸡随鸡，嫁狗随狗，一荣俱荣，一辱俱辱，为什么非要跟自己的丈夫掰扯？忠于大明王朝就这么重要？那个已经烂透了的朝廷到底有什么可留恋的？柳如是凭着这种男人的惯性，一跃又站到了钱谦益的肩膀上！没有钱谦益的摇摆不定，哪来柳如是的正义凛然！

太子的尴尬

一个普通的人，头上安上两个字——太子，这个人的身份就变了。太子是什么呀，是储君，是未来的皇帝，是以后那个一言九鼎、掌握生杀大权的人。他们地位崇高，风光无限。可是很奇怪，历史上的太子们出场的时候，几乎都是一副灰头灰脸的倒霉蛋儿德行。"春秋五霸"中的重耳公子，秦始皇的大儿子扶苏，武则天的儿子李显，明朝的孝宗皇帝朱祐樘、光宗皇帝朱常洛，都曾历尽刀光剑影、数重磨难，有的死于非命，有的总算苟活下来，跌跌撞撞地继承了大统。而其中最让人称奇的，则数明朝崇祯皇帝的儿子朱慈烺。

崇祯皇帝在煤山上吊自杀，大臣们或投降，或逃亡，或殉国，真可谓树倒猢狲散。就连他的三个儿子——太子朱慈烺、次子朱慈焕（永王）和三子朱慈灿（定王，亦即后来多次被人假冒、鼎鼎大名的朱三太子）也成了李自成的俘虏。不久，吴三桂和满洲大兵攻下北京，李自成带着崇祯皇帝的三个儿子仓皇逃走了。

清军进驻北京后，为营造安定的局面，分封明朝降臣，使他们各安其所，即使明朝的皇亲国戚也都保住了自己的家财和地位。这年冬天，崇祯皇帝的老丈人周奎家里来了一位自称太子的人，此人长得跟朱慈烺很像。此时，崇祯皇帝的大女儿（长公主）就寄养在周奎家中。周奎见了来人，非常惊讶，装作不认识，让长公主出来和这位太子见面，两个少男少女一见，抱头痛哭。周奎赶紧准备饭菜，把全家人叫出来向这位外孙行君臣大礼。公主问太子如何到了这里，太子说，李自成的部队被冲散以后，他藏在了东厂门内，过了一天一夜，潜至东华门附近的一个豆腐店里。店小二知道他是逃亡之人，给了他一件破衣裳，并供他吃喝。五天之后，他觉得豆腐店不是久留之地，又来到崇文门外一个尼姑庵中托身。半个月后，一个姓常的老侍卫偶然在尼姑庵里见到他，觉得他常住这里也不是个办法，于是把他带到家中。后来听说公主在姥爷这儿，于是也投奔过来了。

太子说得头头是道，井井有条，况且，他的亲姐姐就在眼前，应该不会认错人。周奎只好暂时把太子安置下来。但几天之后，周奎终于下定决心把太子交出去，理由是：此太子是假冒的。有趣的是，审问官请宫廷内的太监们出来辨认的时候，多数人都跪下磕头，而太子也一一叫出了他们的名字。也有那脑瓜灵活，反应机敏的，赶紧装作不认识。太子指着一个姓杨的太监说："这是杨太监，曾经伺候过我，他肯定知道底细。"那个杨太监大惊失色，仓促间遮掩道，奴婢姓张，不姓杨，先前服侍你的是别人，不是我。

后来，审讯官钱凤览因为坚持太子是真的，被清朝摄政王多尔衮下令处死，换人重新审理。于是，此事"顺利"结案，即，太子确实是假的，姓刘。

当时就有人提出来，当今国破山河在，城春草木深，一切都成了过去时，冒充太子有什么好处？不但没好处，而且要担杀身之险，谁会傻到这个地步？以后，不断有朝臣和民间人士提出质疑。多尔衮毫不客气，把所有擅议太子案的人一个不留，全部杀掉。在大棒威逼之下，大家终于统一了口径。

周奎把太子交出去的时候，曾经说过这样一句话："即以真为假，亦为国家除害！"作为太子的姥爷，能说出这话来，也真够狠的！其实，与其说是为朝廷除害，莫不如说是为他自己除害。道理很简单：假定太子是真的，你为什么要容留他？是不是想在某一天让他重登皇位？假定太子是假的，你为什么要容留一个假太子？想利用他的旗帜来号召遗老遗少造反吗？总之，这是一个烫手的铛铛，必须及早扔出去。但怎么个扔法也有讲究：你把真太子交出来是什么用意？他是你的亲戚，你就该养活他，凭什么交给朝廷？你把这样一个有着旧朝皇族血统的人交给朝廷，朝廷怎么办？难道还要给他扶正不成？当然不能。或者杀了他？那不是陷新朝于不义吗？总之，要想保住荣华富贵，周奎只有一条路可以选择，那就是以"假太子"之罪交出真太子！

太子之所以令人讨厌，皆因他们的身份太令新的当政者心虚。他是正统的代名词，打出他的旗号，就可以占据道德制高点。而他的存在，也似乎永远在暗示现有统治的非合法性。因此，所有的既得利益者都不喜欢太子，他永远是一个让人恐慌的字眼。当政者必须将这个潜在的威胁消灭掉而后快。他们惯用的手段是指真为假，凡是不宜从正面下手的，就找你别的毛病，首先把你置于道德劣势，然后在真真假假、虚虚实实中乘虚下手。

这个过程中，太子除了辩解之外，别无他法。他虽具真命天子之尊，但跟手握实权的皇帝完全是两码事。他们是变成巨蟒之前的小蛇，没有变成鸡的蛋。这个从常人到帝王的过渡阶段，是他最脆弱的阶段，人见人欺，谁都可以踩他一脚，乃至得而诛之。而他毫无还手之力。

崇祯皇帝死后，他的堂兄朱由崧马上在南京即位，是为南明弘光帝。就在清朝杀了"假太子"以后，又一个被认为是"太子"的人在杭州出现了。"太子"似乎成了击鼓传花的游戏，清朝刚刚撇清，南明又不得不接了过来。弘光帝得知消息后，大吃一惊，连忙派太监李继周把"太子"迎到南京。据传，那位自称太子的人说什么也不愿到南京来，他曾问李继周："你们接我去干什么？难道还肯把皇帝让给我坐？"李继周说，我只是按圣上的命令行事，其他的事一概不晓得。

这位"太子"到了南京以后，发生了和北京同样的一幕，即，当政者让跟太子熟悉的人前去辨认。结果也是分成了两派，一派认为太子是真的，一派认为是假的，而且随着时间的推移，辨认工作越来越朝着"假"的一方倾斜。有人说，"假太子"已经供认自己真名叫王之明（或许暗指自己是"明之王"？）。不过，朱由崧到底没敢向这位太子下手，因为已经有军阀向皇帝发出了威胁：必须善待"太子"。处于长江中游的左良玉，更以保护太子的名义带兵进逼南京。

可以肯定的是，两个太子中至少有一个是假冒的（或者两个都是假冒的）。凡是能被人假冒的，本身一定处于弱势。有冒充扶苏的，却没有冒充秦始皇的；有冒充明太子的，没有冒充朱元璋的。因此，被"冒充者"已经掉进了一个可有可无的尴尬境地。而声色俱厉站在这个弱者一边的，多数不过是要拿弱者说事，把他当作有效武器用以攻击对手。他们知道"太子"一词是敌人的软肋，一击即中。而事实上，他们才不在乎太子的什么江山社稷呢！如果太子真的死了，反而更方便。清朝初年出现的洪门和此后的天地会最爱用这一招儿。他们恍恍惚惚打出明太子的旗号，声称要"反清复明"，这种神秘方式很容易打动消息闭塞的农民，即使这个"太子"跟他们半点关系没有，他们在明朝的治下也没享到什么福，但心理的天平却已经倒向了弱者一方。

南明的"王之明"比北京的"太子"幸运一些。1645 年，清军猛攻南京，弘光帝仓皇出逃，南京市民冲入监狱，放出"王之明"，拥他登上了皇位。可惜，这个皇帝也当了没几天，南京就被攻破。"王之明"和弘光帝一起被带往北京处死。

这就是太子的尴尬：他们从最窝囊到最尊贵往往只有一步之遥，但大部分人最终永远停留在了原地。

自他身后，再无明朝

一般认为，崇祯皇帝在北京上吊自杀以后，明朝就算灭亡了。而事实上，在此后的十八年里，南方各地一直有朱元璋的后裔打着明朝的旗号抗击清朝。特别是1644年在南京建立的弘光政权，当时尚辖有长江以南的大片土地，比南宋的面积都大，怎么可以说明朝已经灭亡了呢？弘光政权和此后在福州建立的隆武政权，各坚持了一年，都被清军铲灭了。而接下来在肇庆建立的永历王朝，则顽强地走过了十六年，直到1662年永历皇帝被吴三桂勒死，所谓的明朝正朔才算彻底玩儿完。

我逃，我逃，我逃逃逃

永历皇帝叫朱由榔，是万历皇帝的孙子。他的老爹当年被封为桂王，辖地衡州。李自成带兵攻破北京以后，天下大乱，清军、各地军阀还有数不尽的流寇混战在一起。桂王带着家眷逃亡到广西桂林，苟度光阴。1646年10月，隆武皇帝被清军俘获后杀害，他手下的大臣四散奔逃。这时，桂王已死，有人找到桂王的儿子朱由榔，请他出山监国。朱由榔落难此地，只为活命，忽然天下掉下个皇冠来，着实又惊又喜。倒是他老妈有远见，感觉这不是个好差事，一力推辞，说："我家儿子太懦弱，你们还是另请高明吧，以各位的能力，还愁找不到一个好皇帝？"但大臣们不答应，再三劝进。好不容易逮着这么一冤大头，岂能放过他？年轻的朱由榔终于被说动了心——即使落魄的皇帝，终究也是个皇帝呀，那就当吧！

与此同时，隆武皇帝的弟弟却在广州也即位当了皇帝，年号绍武。俗话说"一山不容二虎"，别看这些人在清军面前一触即溃，但搞起内讧来一点也不含糊。于是肇庆的永历和广州的绍武小小地掐了一架，后者获胜。但几个月后，清朝大军在李成栋的带领下就攻破广州，这样，永历才成了独一份。

不过，这个皇帝当得很憋屈。在李成栋大军的围追堵截之下，永历皇帝惶惶不可终日，每天想到的第一件事就是如何逃亡。一年时间，他的脚板像抹了油，溜得比兔子还快。请看他的逃跑路线：广东肇庆—广西桂林—湖南武冈—折回桂林—靖州—柳州—象州—再折回桂林。

都说乱世百姓不如狗，而乱世中的皇帝，充其量也就是一条狗，比不如狗的稍强一点吧。后有追兵，前有强敌，大臣们跟着永历，跟头把式地四处找寻落脚之处。而清朝大军的攻击程序一般是这样的：兵临城下，宣读战书，城内的县太爷立刻带着一班耆宿开门迎接，献上各种文字资料，然后剃发留辫，表示降服。也就说，清军几乎很难遇到有效的抵抗。只不过当时交通特别不方便，清军虽所向披靡，但在高山大川阻拦下，进攻速度很慢。否则，也不可能让他们存活这么长时间。无休无止奔逃的时候，不知永历是否后悔了自己当初的选择，但战斗的过程，有时就是等待时机的过程。就在这乏味无趣的消耗战中，情势竟悄悄发生了变化。

回光返照，耀人二目

先是清朝镇守江西的将领金声桓和王得仁在江西宣布反正，二人拘押了江西巡抚章于天，奉永历为正朔。这样，明朝的地盘从两广的支离破碎状态忽然一下子明朗起来。紧接着，一直把永历皇帝追得惶惶不可终日的李成栋竟也来派人来投诚。永历和他的大臣们坚决不相信这是真的，他们无法理解：这样一个前途无量的劲敌，为什么要来投奔我这样一个丧家犬？其实，这三个人的易帜都是其来有自，并非无缘无故。

大明将军金声桓和王得仁投降清朝以后，本来想凭功邀赏，官升一级，结果不但没如愿，而且还要受中央派来的江西巡抚的节制，在那个"拳头就是硬道理"的时代，这无异于奇耻大辱，并且，王得仁原来本是李自成的部下，后来才投降清朝的。巡抚章于天派使者拿着手谕向王得仁催缴饷银，得仁大怒，捶着桌子案大喊："我就是个流贼，大明崇祯皇帝就是我逼死的，难道你们不知道？回去告诉姓章的，我没银子，只有杠子！"说完，命人揍了使者三十杠子。这大概就是最早的"我是流氓我怕谁"的版本。可以想象，上下级关系搞到这么僵，不出事才怪。

李成栋原来也是李自成的部下，后来和李自成的一个姜私通，投降了明朝；弘光朝灭亡后，又投降了清廷。他的部队节节推进，屡建奇功。本来以为攻下广州后可以弄个总督当当，结果也是竹篮打水一场空，于是他把缴获的所有官印都交了上去，唯独私自留下了总督的大印，每日抚摩，聊以自慰。因为郁郁不得志，他终于持刀挟持上司佟养甲，一起又投降了永历王朝。

金、王、李三人，看上去更像是敌人送给永历的礼物。两军对垒，有时比谁的力量更强大，有时比谁的内耗更多。大家都有内耗，而内耗更多的那一方就要暂时落到下风；如果你的内耗总是比别人多，那你就会比对手先完蛋。

金、王、李的加盟，一下子使得永历王朝局面一新，他们和湖广总督何腾蛟结合在一起，向清朝展开大反攻，迅速收复了一片片失地，一时间，好像马上就要变天了。这一段时间，估计永历皇帝做梦都要笑醒。但清军很快调整了布局，各个击破，金、王、李、何一年之内纷纷阵亡。刚刚吹起的肥皂泡，噗的一下碎掉了。清朝大军步步为营，枪尖眼看就要碰到永历的鼻子了，怎么办，是殉节，还是投降？

互为毒药，饮鸩止渴

就在走投无路的时候，再一次柳暗花明，这一回的幸运使者名叫孙可望。孙可望本是张献忠的养子，举义于明朝，与明朝军队互相攻伐，自然有着不共戴天之仇。但是张献忠死后，他的四个养子——孙可望、李定国、刘文秀、艾能奇之间明争暗斗，互相不服。其时，四人已经占据云贵高原，建立了自己的政权。有人给孙可望出主意说："你要想名正言顺地压过其他三人，就得有人封你才行，比如……比如永历就可以嘛！"孙可望一听，是这么回事，于是派人向永历称臣讨封。这件事再次印证了那句话：世界上没有永远的敌人，也没有永远的朋友，只有永远的利益。永历帝自然愿意，反正封号也不值钱，于是封孙可望为"秦王"。随后永历君臣被安置在贵州一个名为"安龙哨"的地方。孙可望明明可以自己称王称霸，但为了追求名正言顺，而把一个毫无感情基础的皇帝请了来；永历为了寻个安身之处，不得不避于暴戾的军阀羽翼之下。二人互为对方的毒药，都是急一时之需而饮鸩止渴。

在安龙哨，永历备受凌辱，就像一个牲口一样。孙可望以居高临下的姿态，有一搭没一搭地喂养着他，之所以还给他一口饭吃，不过是为挟天子以令诸侯。当时的知府造银米开销花名册给孙可望，上面写的是："皇帝一员，月支米若干；太子一口，宫眷八口，月支米若干。"其尴尬可想而知。

久而久之，孙可望不安于"秦王"之名，希望永历禅位给自己，自己当皇帝，永历当太上皇。想法一暴露，自然有善拍马屁的人去探永历的口风，永历既不敢明确反对，又不愿受这个窝囊气，于是派人给李定国送密信，让他赶快来救自己。不料，信刚送走，消息暴露出去，孙可望派人问皇帝是不是有这么回事。永历不敢承认，不敢否认，最后还是他那些大臣们勇敢地站出来，说："信是我们写的，跟皇帝无关！"孙可望二话不说，只有一个字：杀！十八个人头落地，顿时一片血雨腥风！

这真是才出虎穴，又入狼窝呀！孙可望这样的人怎么可以指望呢！永历帝私下里不知抽了自己多少个大嘴巴。万幸的是，李定国不久终于带兵来到安龙，救出永历君臣。此后一直到他死，李定国一直是永历皇帝忠心耿耿、不离不弃的臣子。

落毛的凤凰不如鸡

1657年，孙可望跟李定国闹掰了以后，赌气投降了清朝，兄弟反目，开兵交战。此时永历的地盘就像挤牙膏一样，被清军一点点挤出中国，一直逃到了缅甸。在这里，他们被缅甸国王安置在一个偏僻的小村子里，且与李定国的大军失散。到1660年，缅甸人供应的粮食越来越少，永历朝廷一贫如洗，甚至拿出皇帝的玉玺去换粮食吃。这时，他根本不在乎什么位不位的了，只要能继续活下去，得到善终就已是最大的梦想了。

此言不虚。1661年8月，新上任的缅甸国王命令所有永历官员渡过一条河，参加向新国王宣誓效忠的仪式。想当年，堂堂大明王朝何曾把这个烟瘴小国放在眼里？而目下，落毛的凤凰不如鸡，对方居然敢提出这样的要求！理所当然地，永历王朝的大臣们拒绝了。

第二天，大队缅甸人赶来，将永历君臣召集在一起，撵出村子，15岁以上的男人全部杀掉，包括皇族中的人。屠杀完毕，皇帝、太子和皇后夹杂在剩下的三百多名寡妇孤儿中间，被饿了三天三夜。估计永历皇帝已被这一次次的变故折磨得彻底麻木了，他什么也没说，只是闷着头忍受着，等待着那未知的明天的到来。

1661年末，吴三桂带领一队人马进入缅甸。他们事先警告缅甸人不要做无谓的抵抗。缅甸人很听话，不但没抵抗，而且给予了积极的配合。第二年年初，永历皇帝的枯枝败叶们束手就擒。见到清军将领的那一刻，永历的心中，也许一块石头终于落了地。

清朝虽然一直在进攻明朝残余，但他们自始至终也没有说要灭亡明朝，反而一直以明朝的恩人和朋友自居，因为是他们消灭了李自成和张献忠，替明朝平复了弑君之仇。现在，明朝的皇帝落到他们的手上了，该如何处置呢？若是带着他穿越大半个中国，直到北京，一定会引起人们的怀旧之心，重新激发暴乱也未可知。于是，清廷给吴三桂下了一道命令，让他在云南秘密地处死永历……

综观朱由榔颠沛流离的一生，有一些小小的惊喜，但每一个小小的惊喜过后，都是巨大的哀伤和失落。他在大势已去，总体的节节败退中，期待着那一个个小的惊喜。而事实上，他是什么性格，内心里有着什么样的恩仇，别人都无从知道。他这一辈子没有自己，只是在汹涌壮阔的大潮中随波逐流，漂漂荡荡。当他回首这一切的时候，一定是有点恍惚，有点陌生，仿佛旁观别人的一生。一切终于结束了，对他或许是件好事。他是一个模糊的终结者，在他之后，再没有那个叫作明朝的王朝了。

第四章
清朝、民国

乱世出英雄。英雄之幸，百姓不幸；
历史，原来离我们真近哪，真近哪！

树买猢狲

平西王吴三桂镇守云南的时候，俨然土皇帝，不仅独立拥有关市、榷税、盐井、金矿、铜山等，还大肆收罗党羽。凡清政府派到云南的官员，都要以个人名义到平西王府拜见，并可根据身份大小领取身价银。一时间，官吏趋之若鹜，名节扫地。刘昆被派到云南做同知（知府的副手），甫一抵滇，吴三桂就让自己的女婿胡国柱来找刘昆，闲聊片刻，胡从袖子里掏出一张卖身文契。刘昆细瞧，上面写道："立卖身婚书，楚雄府知府冯苏，本籍浙江临海县，今同母某氏，卖到平西王藩下，当日得受身价银一万七千两，媒人吴国柱，卖身人冯苏云云。"刘昆大惊，早知云南官员无耻，但没想到无耻到如此地步，竟公然以契约的形式明确彼此关系！自然，刘昆没有签同样的契约；自然，他成了吴三桂的异己。

看这个故事，觉得卖身官员很烂很可悲。但想想，最可悲的还是吴三桂。他逼着一群手无寸铁的官员卖身于己，有什么意义呢？他难道不知道那些人都是言不由衷吗？不过明哲保身而已。即使是真心实意投靠来的，也是为了利益而来，哪个和他有着深情厚谊？这种契约关系十分脆弱，只能锦上添花，绝无雪中送炭。在你得势的时候，这些人巴结你，维护你，与你利益分肥；一旦情势变化，大多四散奔逃，契约能让他们止步吗？

吴三桂的老前辈、明朝太监魏忠贤，当年比吴三桂还威风。他掌权之后疯狂提拔自己的党羽，族孙魏良栋、魏鹏翼还是睡在摇篮里吃奶的小娃娃，就受封为太子太保、少师；其从子魏良卿代替天子在南、北郊的祖庙主持祭天地、祭祀帝王的仪式。出门时，从者上万，前呼后拥，冠盖云集。魏忠贤被称为"九千岁"，名义上仅次于皇帝，实际却掌管着全国事

务。谁对他俯首帖耳，拜他为爹为爷爷，他就重用谁，最知近的人号称
"五虎""五狗""十孩儿""四十孙"，遍布朝野上下。瞅这架势，简直马
上就能当皇帝了。但事实怎么样？新即位的崇祯皇帝一声令下，魏忠贤只
好吊死。大树倒了，猢狲们散了，各自保命，那些"忠心耿耿"的孩儿孙
子，谁敢为他起兵造反？

一个人逐渐成长为大树的时候，花钱购买猢狲，围绕着自己，唯一的
用途是掩饰自己的虚弱，排解自己的紧张，别无其他意义。

～ 王致和的自主创业之路 ～

臭豆腐，爱吃的人不少，但内心里尊重它的，还真不多。即使在今
天，全国各地有数不胜数的大大小小的臭豆腐生产厂家、售卖摊位，可
"臭豆腐"依然不是个多么讨人喜欢的字眼——"王致和臭豆腐"除外。
"王致和"，是让人肃然起敬的三个字。中国历史上，有很多从小处着手，
在大处成气候的企业家，王致和是其中一个。王致和的特殊之处就在于他
出身于富裕家庭，并非从开始就想做臭豆腐。他的梦想是三场及第，夸官
故里，光耀门庭。不幸落第后，他万般无奈才做起臭豆腐生意，一旦投入
其中，又心无旁骛，全身心地打理，硬生生把一个最不起眼的产业做成了
延续三百多年的民族大品牌。这是一个传奇。而这个传奇背后，又有着什
么样的辛酸故事、心路历程呢？

1. 前途无量的王举人

王致和老家在安徽太平县（治今黄山市黄山区仙源镇），出生于明朝
灭亡、清朝初立那年（1644 年）。王致和是家中的老三，上面有一个哥哥，
一个姐姐。他的父亲王怀巨是个普通的农民，既种地又经商，因此家境殷
实。但经济上富裕，不代表有社会地位。中国自古就讲究"刑不上大夫"
"书中自有黄金屋，书中自有颜如玉"，读书至上的观念深入人心，家里有
再多的钱，也比不上一个功名。王家有足够的钱供孩子读书，自然，王致
和从小受到了良好的教育。

明清一代，科举应试的大致流程是：童生—秀才—举人—贡生—进

士，分别在府县、省城、北京考试。任何一步都如履薄冰，百里挑一乃至千里挑一。只要中了秀才，就算国家认证的读书人了，可以享受特权，见官无须下跪，免除一定的徭役和赋税。根据非常有限的史料，王致和没有辜负父辈的期待，他在学业上非常有成就，甚至可以说早熟早慧。康熙八年（1669，这一年王致和26岁），王致和以举子（举人）的身份第三次赴京赶考。按一般规律，在北京举办的会试三年一次，且是在乡试后的次年举行。如此推算，王致和在七年前，亦即19岁时就考中了举人。我们都知道范进中举的故事，范进以之为终身奋斗目标的东西，在王致和那里却易如反掌，其资质之聪敏可想而知。事实上，考中了举人，就有机会候补县一级的小官了。只要有足够的耐心排队，或者有足够的钱上下打点，逐级升迁，也不是没有希望。显然，雄心勃勃的王致和志不在此。他三次进京参加会试，希望乘胜追击，更上一层楼。

可惜，万人争过独木桥，王致和连续三次被挤了下来。从后来的事业发展看，谁也不能否认王致和聪明、踏实、能干。我们只能说，科举实在太残酷了，偶然因素实在太大。这对一个正呈上升趋势的年轻人来说，一定是个沉重打击。

2. 转行的偶然和必然

王致和面前似乎只有两条路可走：一是回家候补，从最底层的小官做起；一是继续攻读，等待下一次考试。然而，王致和耗不下去了。他不想一辈子浪费在漫无边际的等待中。他渴望成功，渴望成为人上人。时不我待呀！但到底什么才是成功？把名字写到皇榜中就是唯一选择吗？在科举取士的年代，上升途径枯燥而单一。除此之外，还有别的道路可走吗？

即使凭空想象，也可以勾勒出王致和此时的矛盾心态。浩如烟海的古籍中，有着无数匪夷所思的科举故事，结尾都是柳暗花明，皆大欢喜。好像只要有信心就一定能达到目标。而王致和亲身经历过之后，知道那些东西不过是凭空吹起来的肥皂泡，画饼充饥而已。

与其他商业奇才一样，王致和发家致富的故事只能靠民间的口口相传传承下来。故事是这样的：王致和金榜落第，闲居在会馆中，欲返归故里，交通不便，盘缠皆无；欲在京攻读，准备再次应试，又距下科试期甚远。无奈，只得在京暂谋生计。王致和幼年曾学过做豆腐，于是便在安徽会馆附近租赁了几间房，购置了一些简单的用具，每天磨上几升豆子做豆腐，沿街叫卖。时值夏季，有时卖剩下的豆腐很快发霉，无法食用，但又不甘心废弃。他苦思对策，就将这些豆腐切成小块，稍加晾晒，寻得一口小缸，用盐腌了起来。之后歇伏停业，一心攻读，渐渐地便把此事忘了。

秋风送爽，王致和又想重操旧业，再做豆腐来卖。蓦地想起那缸腌制的豆腐，赶忙打开缸盖，一股臭气扑鼻而来，取出一看，豆腐已呈青灰色，用口尝试，觉得臭味之余却蕴藏着一股浓郁的香气，虽非美味佳肴，却也耐人寻味，送给邻里品尝，都称赞不已。

这偶然的机会给了安徽青年王致和一个想象空间。经过深思熟虑，他终于决定放弃科考，走上经商"不归路"。这对王致和来说，是他从无意识经商到有意识转行的跨越，不啻重新活一次，他要放弃已有的成就，冒着传统社会"重农轻商""重学轻商"的巨大压力，开辟一条属于自己的路。

京味儿小说《王致和》中提到，王致和落榜后曾给武圣关公写过一封信，文辞俱佳，情真意切，从中可以管窥到他内心深处激烈的思想斗争——

"安徽仙源举子、不肖后人叩拜武圣：乾何宽、坤何广，丈夫无业亦难立足。仕无长幼，以仁为尊；业无巨细，以精为上。武圣以青龙大刀之舞，攻城夺地；华佗用筷木小刃之术，刮骨疗毒。昔者，前辈无心插柳柳成荫，不意酿酒，而琼浆溢遍华夏；不意点豆腐，而豆腐已誉满城乡。今，后人欲制豆腐新品，企武圣在天之灵佑之！呜呼，武圣并贤兄玄德、贤弟翼德，岂非小小商贩出身?! 后人之意，在于新品口味出奇，以奇取胜、以奇传世、以奇为业精之尺度。王致和叩首，康熙八年七月。"

王致和决定自主创业就是从这时候开始的——世间少了一个摇头晃脑的酸儒，多了一个灵动而充满激情的商业巨子！

3. 无须"退一步"，只需"转转身"

王致和把老父亲从家中接来，让他们帮助自己张罗生意。臭豆腐是上不去八仙桌的东西，但此物价格低廉，可以佐餐下饭，对于普通老百姓来说，吃得起，又是美味，而一个"臭"字，又极具亲和力，一下拉近了与消费者之间的距离。既然已经改弦更张，就要坚定地走下去！王致和呕心沥血，精心研究臭豆腐的工艺。其臭豆腐销路日畅，生意兴隆。后又经多次改进，逐渐摸索出一套独特的臭豆腐的生产流程，生产规模不断扩大，质量更好，名声更高。由于底子打得扎实，在他去世以后，后代完全继承了他的生产方式。到了清朝末年，连慈禧太后都知道了鼎鼎大名的"王致和臭豆腐"，每年的秋末冬初季节，都让太监们买一些来吃。但慈禧太后嫌其名称不雅，按其青色方正的特点，取名"青方"。

把一种最民间、最底层的吃食送到皇宫中，成为御膳之一，王致和也算是做到极致了。

俗话说："退一步，海阔天空。"而对王致和来说，是"转过身，海阔天空"。

❧ 同案犯 ❧

康熙皇帝的宠臣郭四海，才华横溢，脑瓜儿灵活。据说他在任道员期间，经常纳贿。酷暑炎炎的时候，行贿者悄悄溜进郭四海家里，见他戴着棉帽子，穿着裘皮大衣，坐在火炉旁一边烤火一边吃西瓜。看到大礼送来，郭四海眉开眼笑，欣然收下。过后，事却没办成。行贿者要求郭四海"吃了我的吐出来"。郭四海说，要钱没有，要命一条。

行贿者愤怒上告。审官就问："你有什么证据证明郭四海受贿呢？"

行贿者只能以语言描述当时的状况：郭四海长得什么什么样，戴着棉帽子，穿着裘皮大衣……

审官说："郭四海的长相倒是没错，但'围着火炉吃西瓜'，你当这是吐鲁番哪。扯淡，编瞎话也要圆满些！滚！"

康熙的另一位宠臣高士奇也极为聪明，他不打击一大片，而是只拉一个人当同案犯。话说这高士奇，每天进宫都揣一把金豆子，探头探脑地向太监们打听皇帝近日生活细节，比如读了什么书，吃了什么饭，跟什么人谈了什么问题，如果信息有用，便随手送对方一颗金豆儿。这样，他总能窥探到皇帝的喜好，一言一行都让皇帝感到称心。一传十十传百，就连提拔过他的军机大臣明珠，都要向他送礼，以请教如何取悦皇帝。高士奇因此迅速发财。后来有人告到康熙那里，说高士奇太黑，当初他光杆儿一个到北京来，现在只要查一查他的所有资产，跟他的工资核对一下，就能清清楚楚地显示出他收了别人多少钱。

康熙把高士奇叫来询问，高士奇倒没反驳，而是回答："因为皇帝您宠爱我，各督抚大臣愿意馈赠我一些粮米，最终还是给您面子呀！否则，我高士奇算老几？其实您的大权并没旁落，试想，我何时影响过您的决策？所以，他们送我东西也没有用，但我却因为您的错爱而衣食无忧。谢谢呀！"

康熙乐了，虽然高士奇说的并非事实（他一定因为受贿而影响过康熙的决策），但皇帝确实是他的同案犯。

如果，强盗……

长篇大本的山东柳琴戏《王天保下苏州》中，王天保当了官，携妻子李海棠赴任，途中被强盗推入河中。强盗头子王平发现了王天保的印信，灵机一动，决定过一过官瘾，冒充王天保赴任。他狠揍了李海棠一顿，威胁她不要透露实情，居然奏效。王平和李海棠一起生活了多年，偶然事发，方才败露。

州官在上任途中遭劫且被强盗冒名顶替的现象并不鲜见。《西游记》有一段故事：陈光蕊得中状元，被宰相招为女婿。在赴江州上任途中，船家刘洪见财起意，将其害死。抢走其怀孕的妻子，冒名赴任。后来其妻生下一子，抛入江中，被金山寺长老所救。这个婴儿就是作为该书主人公之一的唐僧。

州官上任，看似招摇，其实不堪一击。古代派任官职时，大致要遵循回避政策。因此，州官需离开自己的家乡，跋涉千里万里赴任。一路花销很大，新贵无法带太多人，只能带几个随从或者家眷，甚至连家眷也不带。强盗只需摆平这几个旅人，抢来关文印信，即可赴任。反正谁也不认识你，没法调查你。打劫州官，无须太多技术含量，风险不大。强盗遭遇新贵，事先并无准备，往往是打劫完毕，才发现捕住了大鱼。如果他们掌握足够信息,有计划有意识地打劫一批新贵,得手概率会更大,因此改变官场文化也未可知。

《清稗类钞》中记载,康熙甲辰(1664),池州新任太守郭某,中途被盗劫,六十余随从皆死。强盗带着郭太守的老婆和幼子,大大咧咧赴任。到任后,冒牌郭太守为政精明,人人敬重,只是所征钱粮久不上缴。上司询问缘故,答曰,钱粮重事,一定亲自押解,凑够以后一次性送到,免得来回跑冤枉路。如不信,可派人来查。上司查看后,果然钱粮满仓。

在此期间,郭太守乡人凡来府中探望者,均被暗杀,无一漏网。郭的大舅哥听说了这件怪事,决定亲自探望,途中巧遇冒牌郭太守的车队,往轿中一看,娘啊!不是自己的妹夫!大舅哥第二天以送水为名进入府内,见其妹。妹妹摆手示意他别说话。第二天,妹妹递他一封密信,详述整个经过。大舅哥惊悚不定,立即去省城告发。因为整个官府都是盗贼,上司不敢贸然出击,他先用计分散官府中人,后抓贼首。整个过程惊心动魄,近乎悬疑电影。据说,强盗们原想凑够十万钱粮就撤退的。事发时,款额已达八万!

✎ 雍正的样本 ✎

查嗣庭,是浙江海宁望族查家的先祖。传说中,清雍正朝,查嗣庭任江西主考时,因为出了"维民所止"做题目,被人以"维止"二字,是故意取掉"雍正"的脑袋为由举报,成了中国历史上非常著名的一起冤案。后人考证,查嗣庭并没出过这样一个题目,他出的题目是"正大而天地之情可见矣"和"百室盈止,妇子宁止"。雍正认为,"正"和"止"字大有说道,"正"字有"一止之象"之义,查嗣庭以此来恶意诽谤"雍正"年号。另外,查还写过一本名为《维止录》的书,据说里面有一些让雍正皇帝生气的言辞。更重要的是,查嗣庭跟雍正皇帝的舅舅隆科多关系甚密。康熙去世后,雍正在争议中登上帝位,而隆科多是雍正皇帝即位的唯一见证人。因此,隆科多的存在,让雍正浑身不得劲儿。找查嗣庭的碴儿,明显是冲着隆科多去的。只是,查嗣庭备受拷打,死在狱中,后又戮尸枭首，长子在监狱被虐待至死，次子被判入狱，次子以下诸子给功臣之家为奴。即使查嗣庭真的有所影射，不幸卷入了上层政治斗争，这样的处罚显然是过重了，再多的理由也不掩其"文字狱"的本质。

有意思的是，冤案发生后，雍正还煞有介事地发出一份上谕，解释处罚查嗣庭的原因，给出了很多理由，文辞并茂，至今依然值得琢磨。

雍正开篇就说："查嗣庭向来趋附隆科多。隆科多曾经荐举。朕令在内庭行走，授为内阁学士。后见其语言虚诈，兼有狼顾之相，料其心术不端，从未信任。及礼部侍郎员缺需人，蔡珽又复将伊荐举，今岁各省乡试届期，朕以江西大省，须得大员以典试事，故用伊为正考官。"这是专制体制下掌权者的一贯作风：先知先觉的皇帝早就看出坏人的本质了。我的确重用了坏人，但错误不在我，在于隆科多。先把自己择出来，以利后面毫无顾忌地批判。

接下来，雍正具体指出查嗣庭错在哪里："今阅江西试录所出题目，显露心怀怨望，讥刺时事之意。料其居心，浅薄乖张，平日必有记载。遣人查其寓所及行李中则有日记二本，悖乱荒唐，怨诽捏造之语甚多。又于圣祖仁皇帝（指康熙）用人行政，大肆讪谤，以翰林改授科道为可耻，以裁汰冗员为当厄，以钦赐进士为滥举，以戴名世获罪为文字之祸，以赵晋正法为因江南之流传对句所致，以科场作弊之知县方名正法为冤抑，以清书庶常复考汉书为苛刻，以庶常散馆为畏途。以多选庶常为蔓草，为厄运，以殿试不完卷黜革之进士为非罪。"在这里，他并没有细说查嗣庭获罪的最大原因，只以"显露心怀怨望，讥刺时事之意"一笔带过，而对查嗣庭的另外一个错误——"讪谤"康熙——大加挞伐。这是一种由春秋大义到世俗是非的成功转换，让雍正占据了道德优势，意为：你骂我，我可以不计较，但你骂我爸爸，绝对不行！若分析一下查嗣庭的"讪谤"，几乎都是有道理的。可是雍正用一连串气势磅礴的排比，造成一种先入为主的立论：你是错的！你就是错了！你说我老爹的不是，首先就错了。阅读者也就不由自主地跟着这个思路走了下去。官场上很多所谓的"对错"，基本都是这种思路。一会儿春秋大义，一会儿泼妇骂街，本该只需晓之以理的东西，忽然就动之以情（没有是非的情）。两者叠加，造成"这家伙真该死"的效果。

由此就顺理成章地推出正题了："今若但就科场题目加以处分，则天下之人必有以查嗣庭为出于无心、偶因文字获罪为伊称屈者。今种种实迹见在，尚有何辞以为之解免乎？"明明就是文字狱，也知道人家要以文字狱给这件事定性，于是先说"不是"，堵上你的嘴。这是政治语言的一个特点："我们不是为了什么什么"，那么，他几乎一定就是"为了什么什么"。搞政治清算，从来避重就轻，回避最重要的理由和目的。雍正欲治查嗣庭死罪，继而揪出"幕后"的隆科多才是最重要的目的。这些，他都不提。

也晓之以理了，也动之以情了，在敌人身上也踩上一脚了。下面就该训诫了："尔等汉官，读书稽古，历观前代以来，得天下未有如我朝之正者。况世祖圣祖，重熙累洽，八十余年，深仁厚泽，沦肌浃髓。天下亿万臣民，无不坐享升平之福。我皇考加恩臣下，一视同仁。及朕即位以来，推心置腹，满汉从无异视。盖以人之贤否不一，各处皆有善良，各处皆有奸慝，不可以一人而概众人，亦不可以一事而概众事。朕惟以至公至平之心处之，尔等当仰体朕心，各抒诚悃，交相勉励，殚竭公忠，无负平日立身立德之志。或有一二心术不端者，亦宜清夜自省，痛加悛改。朕今日之谕，盖欲正人心，维风俗，使普天率土，永享升平之福也。尔等承朕训旨，当晓然明白，勿存疑愧避忌之念，但能恪慎供职，屏去习染之私，朕必知之。朕惟以至诚待臣下，臣下有负朕恩者，往往自行败露。盖普天率土，皆受朝廷恩泽，咸当知君臣之大义，一心感戴。若稍萌异志，即为逆天之人，岂能逃于诛戮？报应昭彰，纤毫不爽，诸臣勉之戒之。"我还是光荣和正确的，你们要好自为之，别以为我不知道你们的底细，老老实实地干活儿，跟我起刺儿，是要付出代价的！

本来一件很清楚的文字狱，让雍正丝丝入扣、合情合理地设计成必死无疑的罪行。政治清算有很多方式：在"忤逆父母"是为大逆不道的时代，告人不孝顺，一定百发百中；"贪污腐败"人神共愤，我就说你贪污腐败。查嗣庭之死的最缺德和最恶劣之处是采取了文字狱的方式，因为不给思想空间，不给异议空间，就是不给真理空间。真理与异议绝对相辅相成。雍正留下的这份上谕，不仅让我们看到中国历史上绵延不绝的立牌坊的传统，深文周纳的可笑、可悲和可叹，更给他的继承者们提供了一个可以拿来就用的有效范本。

❧大吃一惊❧

清代江南名医叶天士，携外甥郊游。经过某家后花园时，见一少女在园中摘花。叶对外甥说："这女孩怎么样？"外甥答："非常好。"叶说："你偷偷溜到她后面，猛地抱住她，然后我就把她给你娶作媳妇。"外甥说："我不敢哪。"叶天士低喝："有我在，你怕什么？"外甥一听，喜从心头起，恶向胆边生，跳过篱笆墙，猛地抱住女孩。女孩吓得尖叫起来。女孩家人闻声赶来。叶天士说："这是我外甥，你们不要抓他。"这家人认识叶天士，便问："你怎么可以纵容外甥调戏良家妇女呢？"叶答："我是让外甥救你女儿的命哩！三天之内，你家女儿必出痘，如不出，我带着外甥来负荆请罪。"

在当时，出痘是很重的病，经常死人的。女孩家人知道叶天士是名医，不敢不信。三天后，女孩果然出痘，叶天士被请来了。他说："我当初看到这孩子耳后及太阳穴上呈现出痘纹，脸色也不好，知道其毒已深，恐怕出痘时，其毒出不来，必须惊吓一下，让毒离开原来的位置。我外甥的举动就起到了惊吓的作用。我再给你开点儿药，吃上几服，病就好了。"

女孩病愈后，果然以身相许，嫁给了叶天士的外甥。

据说，有一个富家子弟，天天灯红酒绿，吃喝玩乐，却忽然得了失眠症。父母请了很多医生，都束手无策。一天，有个卖药的人从门前经过，知道了这件事，便对病人家属说："给我一千两银子，我明天把药引子拿来，保证药到病除。"

第二天，卖药人再来，先给病人号脉。号完，起身说："脉已经彻底根绝，这人没救了，一个时辰内肯定死掉，你们准备后事吧！"病人父母、妻子闻听，放声大哭。病人见状，也不由得潸然泪下，神情恍惚。卖药人说："你们这么闹腾，只能促使他速死。大家安静安静，我再给他号号脉。"几分钟后，病人昏昏沉沉睡去。卖药人轻轻握着他的手，小声跟病人父母说："这不就睡过去了吗？他知道自己马上要死，再无任何挂碍，精神完全放松了。估计这一睡要三天三夜。"家属问："你的药引子呢？"卖药人答："惊吓就是药引子，哭就是药，睡过去就是治疗效果。这不已经见效了吗？不过还要费我在这里坐等三天三夜。"

以惊吓来治病，至今并不鲜见，大家最熟悉的莫过于治打嗝儿。据说，看谁老是打嗝儿，乘他不备在身后大喝一声，或者忽然问他一句："你是不是偷东西了？"吓他一跳，使其注意力迅速转移，便可治愈。但有些试验过的人说，这一招儿有时也不管用。看来，好无一般好，病无同样病，所谓对症下药，还需因时因地因人制宜，医生们若想"一招鲜，吃遍天"，也难。

ᝰ 敬业的皇帝 ᝰ

一般人心目中，皇帝大多不成器，只知吃喝玩乐享受生活，工作则是三天打鱼两天晒网。像嘉靖皇帝，在位四十五年，大半时间躲在后宫。其实，历史上敬业的皇帝颇有一些，清朝中前期的几位皇帝都算得上够格，其中尤以乾隆为最。

据说，当时有十多个军机大臣襄赞皇帝，每天晚上留一个在朝中值班，以备随时传唤，另有一人，早晨要在五更时提前赶到，谓之值早班。每到冬天，夜长昼短，皇帝上班时要提醒当值大臣。他从寝宫一出发，太监就开始放爆竹，每过一门放一个。军机大臣在值班室里遥遥听到爆竹声自远渐近，赶紧起床洗漱。乾隆上朝后，还要烧掉半根蜡烛，天才蒙蒙亮。十多位军机大臣，五六天轮值一次，都觉苦不堪言，乾隆天天如此，却能乐此不疲。为何？因为国家是他的，普天之下，都是他的私产，他是企业主。若有精力事必躬亲，他一定尽量都照顾到。他对别人的不放心，是由所有制和体制决定的。同样，别人对他则是完全放心，能推到他身上的事就一定要推。下属们不可能永葆创业激情，人人心中都有个隐秘的底线，即：改朝换代与我何干？在谁手下不是吃香喝辣！

所以，一把手的勤勉和大包大揽，恰好证明了私营企业的相互不信任。我刚毕业时，供职于一家私企。在那里我听到最多的一句话是："去问董事长！"如果董事长没表态，其他人谁也不会做主。有一次，一个超级挣钱的机会忽然降临，只需很少投资便有巨额回报，主持工作的总经理坚持要等董事长回来拍板。自然，等董事长风尘仆仆从澳大利亚返回，黄花菜都凉了。

不仅下属不敢主事，就连皇帝的儿子也不敢。道光帝弥留之际，把四儿子和六儿子找来，计划在他俩中间选一个继位。六子的师傅提醒六子说，如果皇帝询问天下大事，一定要知无不言言无不尽；四子的师傅却对学生说，皇上若自言老病，将不久于此位，你只管伏地痛哭，以表父子深情就可以了。天下事一概别回答，皇帝心中有定见，答出跟他不同的意见反惹麻烦。最后，当然是四子得逞，是为咸丰皇帝。

凡事不能绝对。康熙主政时，就摆脱过这样一个圈套。台湾发生战事，福建驻防官军上谕请示怎么办。康熙回复道："平日里设置督抚提镇等，就为地方有事时使用，你们驻防该地，既然了解情况，就应相机行事，福建距北京千里万里，台湾又远隔海峡，我哪知道怎么办？"

果然，地方官一看无可推托，很快就收复了台湾。

但像康熙这样明白的，实在凤毛麟角，完全可以忽略不计。并且，康熙也喜欢事必躬亲，在这件事上放权，并不表示他会在其他应放权的时候放权。

✤ 抓大放小 ✤

福康安气魄大，派头大，出门坐轿，需用轿夫三十六名，轿子里除了福大人，还有两个小童装烟倒茶伺候他，且常备冷热点心上百种，供其随时拿取。乾隆帝就是喜欢福康安这个"范儿"。不但不以为意，还屡屡重用他，哪里发生叛乱，就派他去哪里，三五年就提升一次，一直升到贝子爵位。

在征西过程中，福康安的轿夫狐假虎威，跑到老百姓家里抢东西，搞得鸡飞狗跳。当地巡视都司徐某恰好看到，赶紧上前阻拦，轿夫一把将徐某从马上拽下来，劈头盖脸一顿胖揍。川北道长官姚一如听说了这件事，非常气愤，想到福康安那里告状。有人对他说："福大人位高权重，向来抓大放小，怎么会关心这些小事呢？你去找他，惹其生气，反而麻烦。按自己的方式处理了，也没什么事！"

姚一如一听，也对，就令人把轿夫抓起来。轿夫不知大祸临头，还在跳着脚骂街。姚一如先用棍子敲打了他一顿，又抽了他四十个嘴巴子，拎起来一看，死了。消息传到福康安那里，福康安说："抢夺斗殴，死了就死了呗！谁让他骚扰百姓！"其他轿夫兔死狐悲，不依不饶，竟然集体罢工。毕竟宰相门前七品官，福康安为安慰这帮奴才，给他们挽回点面子，把姚一如找来问了问，撤职了事。

有人就此提醒福大人："小事该管也得管啊，若是不管，手下官员以为你稀里糊涂，就会蒙蔽你。"

四川某地粮台王东白，为福康安提供过无数钱财，是福大人跟前的红人，有通家之好。王东白的儿子王大少去苏州游玩，没订到观灯的船。这王大少乃纨绔子弟，从小没吃过亏，第二年赌气预订了所有观灯船。本地人一艘船都找不到，以为是江海大盗的阴谋，赶紧报官。官府追查后，以扰乱社会秩序罪将元凶王大少拘捕。正巧福康安从台湾镇压起义归来，知道了这件事。按惯例，福大人只需让本地官员照章处理就行了，但他忽然想起别人的建议，认为不能再抓大放小，必须严厉起来，以儆效尤。他命人把王大少带来，问清原委后，令其跪在船头，大声责骂，历数其不端行为，甚至把王大少小时候的事都抖搂出来，吓得王大少连连磕头谢罪。当地官员在旁边瞅着，也冒了一头冷汗——原来福大人跟王大少这么熟！他能像训自己的儿子一样训斥王大少，恰证明了一句话：爱之深则责之切。万幸啊万幸，没给王大少苦头吃，否则还拎不清哩！

好不容易抓了回小事儿，不承想适得其反。福康安走后，当地官员把王大少从狱中请出来，像伺候爷爷一样好吃好喝好招待，倒把王大少搞蒙了。

⁓ 大腿 ⁓

农耕社会，沟通基本靠吼，交通基本靠走，这可苦了腿和脚。下半身闹点小灾小病是不可避免的事。更加彼时卫生条件差，难以对症下药，只好搞些歪门邪道。

某乡民犁地时，土块将脚踝擦伤。当时只觉微痛，并没介意。到了晚间，擦伤处起一个小泡，遂奇痒奇痛。次日则大痛，红肿至膝。三日后，整条大腿都肿了，脚踝上穿一小孔，脓血淋漓。半年间，大腿黑紫，以手按之，内若稀泥。有个老人说："你的大腿充满鬼气，里面一定有恶物，可以捡拾狗屎若干，不拘多少，要干枯发白的，烧烟熏向创口，一定会有恶物出来。"

病人家属马上行动，找来狗屎点燃。经过熏蒸，创口内先有清水汩汩而出，约略几碗。隐约可见创口内有黑物堵塞，拔出来，原来是一团乱发。大腿里拔出乱发，真够恶心的。据说这样的乱发拔出十多团，创口再也不流清水。半月后，脓水流尽，腿亦黑枯，但是不怎么疼了。

时人坚信狗屎可以驱鬼，病人大腿里的鬼是被狗屎熏出来的。现在看来，其实乡民根本没有求医，得病以后硬挺着，越熬病越重，直至骨头坏死。没有任何医疗保障的年代，贫寒人家除了硬挺，还有什么办法呢？点燃狗屎，烟熏病处，大概是唯一一次类似治疗的过程，至于乱发，应该是坏死的神经或者筋骨之类吧？

在以讹传讹的传说中，鬼可致病，但似乎也能治病。明清时的广东人经常患一种腿病，患处颜色紫赤，类似紫檀，故曰"紫檀风"。患病后，行走困难，痛苦不堪。有个人一条腿患了"紫檀风"，另一条正常，走路一瘸一拐。某日，病人夜行迷路，进入一片荒冢中。病人向坟茔行了个礼，说："小生在此借宿，有所打扰，请原谅。"说完，躺在地上睡去。半梦半醒之间，病人听到两个人对话。一个说："此人一条腿穿了靴子，很不方便，我们帮他脱下来吧！"另一个说："我同意。"

朦朦胧胧中，病人感觉有人触摸自己的患处。第二天醒来，患处竟然痊愈。

有个和他得同样病的人听说了这件事，半夜也跑到坟茔中来。向坟茔行了个礼，躺倒在树下。睡梦中果然也听到两个人对话，但对话内容变了。一个说："又来了一个穿一只靴子的人，昨晚脱下的靴子还在这里，我们给这个人穿上吧，免得他两条腿一轻一重。"第二天醒来，病人发现自己的好腿也肿了，跟那条病腿一模一样。

这些缺德鬼呀，就是这么拿穷苦人开玩笑。

救人要紧

乾隆五十年（1785）春天，湖南慈利县一带暴发牛瘟，死掉耕牛不计其数，耕牛价格暴涨。有兄弟二人，所养耕牛病死，又无力买牛，而此时春耕在即，二人唉声叹气，无可奈何。弟弟说："附近某村某某富户家中养牛数头，咱们去牵一头来，春耕结束后再送回去。这样算借不算偷，你看如何？"哥哥说："似乎只好如此了。"

两人商量好，由弟弟出手窃牛，哥哥在外接应。

天黑以后，弟弟潜入富户院内，爬到牛棚附近，正待下手，忽听旁边一间屋子里传出低低的哭声。弟弟好奇，舔湿窗户纸，透过小孔往里看，但见一个妇女吊在房梁上，手脚犹在乱动。弟弟禁不住大声呼叫："了不得啦！有人悬梁啦！快救人啊！"话音一落，富户家中主人、仆人、杂役跑出来一群，他们手持火把飞速奔到屋子里，七手八脚乱作一团。弟弟见有人抄起剪刀要剪断绳子，又喊起来："不能断绳，绳断人死，应该把人抱下来！"于是仆人们抱住悬梁女子，小心翼翼解开绳扣，救其下地。灌了几口水，女子醒过来。一家人围住女子，抱头痛哭。主人是个老翁，忽然醒悟过来，问道："刚才是谁呼救的？"

寂然无声。

众人四处搜寻，在窗外发现小偷弟弟，问他："是你喊的吧？"弟弟张口结舌，无言以对。

老翁说："你来所为何事？"

没有办法，弟弟只得承认自己是偷牛贼，并跪地求饶。老翁说："悬梁之人是我儿媳。我跟亲家打了好几年官司，今天判决下来，亲家输了。儿媳很生气，一时想不开要走绝路。今日如果不是先生救命，我家就会摊上大事。既然你家里缺牛，我送你一头即可，请不必客气。"

富户家把小偷哥哥也找来，款待他们吃了顿饭，让他们挑了一头牛牵回家。一幕轻喜剧就此结束。

把老虎捆在树上

如何让一只狐狸自杀？且看清代一养鸡专业户的办法。有一群狐狸经常偷他家的鸡吃，损失惨重。主人遂在鸡窝四周以乱石叠成小山，高约丈余。狐狸半夜跑来，一看环境变化了，觉得不对劲儿，但又不甘心就此离去，便在石山中找寻空隙，试探着往里钻。空隙太小，只能容下狐狸头，而狐狸又不肯退回，只想前行。乱石被摇撼的时间久了，上面的石头都压下来，越压越瓷实，缝隙渐小，狐狸头不能出，身不能入，活活憋死了。

动物遇到困境，张皇失措，一味挣扎，不肯回旋。都说狐狸狡猾，但流传下来的故事里，多是狐狸的糗事。可见，只要人类肯动脑筋，抓住其弱点，就没有对付不了的豺狼虎豹。

下一个问题更高难：如何把一只老虎捆到树上？

且说清代有个打柴人，姓杨。一天，杨师傅来到山林中，扭扭脖子，晃晃屁股，举起斧子来，作势正要砍树，忽觉一物体从天而降，咣当一声就在他身上了。杨师傅憋得喘不过气，偷偷抬头一看，原来是一只老虎。杨师傅想，不用它张嘴咬我，这样压上几分钟，就把我压死了。得了，我留个遗言吧。他努力伸出手去，准备抓点什么东西，在地上写几个字，不经意间碰到两个软乎乎的东西。细打量，却是老虎两卵。杨师傅心生一计，以手轻轻搔之。老虎刚才扑到杨师傅身上，是准备拿他当早餐的，现在胯下忽然一爽，发现这盘早餐还有其他功效，不由得喜出望外。几下之后，老虎抬起腿来，任由"早餐"为自己搔来搔去。岂不知，"早餐"一只手搔着虎卵，一只手悄悄抽出腰带，一头系在树根上，一头系在虎卵上，猛然抽身跑掉了。老虎怒而跃起追击，却又猛地弹了回去。好疼！老虎痛不可忍，拼命挣扎，声震山林。杨师傅一溜小跑，回到村子里，跟老乡们说，我把一只老虎绑到了树上，赶紧跟我去打死它呀！

村民们拿枪持棒，结队赶来，但见老虎已经躺倒在树下，卵囊迸裂，鲜血淋漓，身边的土挖出一尺多深。同那只狐狸一样，它也只会傻乎乎地挣扎，不肯停下，终于自己把自己杀了。杨师傅由此获得一个外号"杨阉虎"，就好像他是专门干这个的。

☙ 天听 ❧

某年春天，乾隆帝带领大队人马浩浩荡荡去郊外踏青。刚出京城，忽然从路边蹿出一人，手持利刃，直眉瞪眼向皇驾扑来。两旁的侍卫岂是吃干饭的，一拥而上，把那人摁倒在地，五花大绑拎到乾隆面前。乾隆问："你是干吗的？"那人支支吾吾说不清。乾隆问："你是哪里人？"那人自称来自直隶保定府。乾隆生气地说："我每年春秋两季都要巡猎，确实给京畿百姓添了麻烦，这个怪我。但是这两次巡猎我都要免掉百姓应交钱粮，施行数十年，已成惯例。其他地方的人恨我，倒也罢了，直隶人最应该感念我，怎么还跟我整这个呢？看来，背后一定有人指使，马上给我找出主谋来！"

此时此刻，直隶总督方观承正在不远处候驾，看到这边人喊马叫，乱七八糟，急忙赶过来询问。询问清楚后，乾隆的车已经过去了。方观承快马加鞭抄到前面，跪在路旁高声喊叫："臣方观承奏明，此人是保定村中一疯子也。"乾隆探头瞅了一眼，没说什么，继续前行。到达目的地，乾隆把军机大臣召集到一起，问："刚才方观承奏称，行凶者是个疯子，不知实情如何？"军机大臣们跪在地上，互相使了个眼色，回答道："方观承当了这么多年直隶总督，对本地情况很了解，他说是疯子，自然就是疯子了，肯定没错。"乾隆说："既如此，你们就按疯子作案去处理这件事吧。"

看上去，这是一件小事，但《清朝野史大观》中却大加感慨："当是时众情危惧，乃以恪敏公（方观承的谥号）片言回天，其事骤解，如浮云过太虚，真所谓仁人之言其利溥哉。"这句无意识的感慨，透露出一个信息：只要该案追究下去，一定会有无数的无辜者为此遭殃。原因是，皇帝要追主谋，手下人就必须审出主谋来。如果问案者说凶手是个疯子，就有"敷衍"皇帝之嫌，即使行凶者真的是个疯子。他们给出的结论是否属实，并不重要，重要的是，皇帝是否信服。皇帝亲自过问的事总归有限，如果给不出皇帝想要的结果，还怎么在人家手下混事？但如此一来，冤狱兴起，方观承和各位军机大臣，就都有可能成为"主谋"！

冷暖自取

乾隆皇帝到热河避暑，宠臣傅恒奉命伴驾。忽然丧报传来，傅恒的大哥去世。傅恒赶紧告假回京奔丧。在此期间，其兄家已按例搭好灵棚，供人凭吊，讣告也早送给相关亲朋好友。但前两日来者寥寥，在京大僚更是无一人至。第三天，傅恒风尘仆仆地赶到，街上一下子热闹起来，各部院大臣纷纷白衣素马，一路哭号着跑来吊唁。各个都备了重礼，有的跟傅恒的哥哥根本没见过面，也恬不知耻以其故人自居。傅恒走到哪里，一帮人跟到哪里，纷纷凑到傅恒跟前搭讪，一时丑态百出。旁观者都知道，傅恒是皇帝的红人，大家关心的，不是傅恒死去的哥哥，而是傅恒本人。

这个片段常被当作世态炎凉的样本。但傅恒本人不也是这样吗？如果他的上司的哥哥死了，估计他也要照此行事，所谓"冷暖自取"，大家遵循一样的规则，人情都是相互的。万幸，死的是傅恒的哥哥，如果是他本人，情形或许更尴尬。

话说有一群候补知县，凑在一起打麻将。才打完一圈，一个仆人来送信，说巡抚大人的姨太太得了重病，某著名西医正前往治疗。大家一听，立即推倒牌局，争先恐后地站起来，寻找自己的衣服帽子，纷纷呼喊奴仆备马抬轿，急欲先赶到巡抚的官邸。正扰攘间，又一仆人进来，说得病的不是姨太太，是巡抚的老娘，且已医治无效，撒手而去。大家相顾而笑，说："太夫人仙逝，巡抚大人需回家丁忧，再也管不着咱们了。来来来，打完这一局，明天早晨再去吊唁不迟。"过了一会儿，又一仆人进来说，这回得到确切消息，死去的不是巡抚的老娘，而是巡抚本人。现在府中乱了套，幕僚正在写报告，请总督派人来补缺。众人立即齐刷刷地脱了衣服，重新入局，连声说，奶奶的，差点耽误了大好时光，赶紧摆上，打个通宵！

莫说炎凉，习惯了，也就无所谓了。

大人尽在掌心中

李宝嘉著《南亭笔记》中载，清朝乾隆年间，两湖总督毕沅上任伊始，告诉中军副将："明日乌黑龙龙下校场。"副将一听，如堕雾里。想再问一遍，总督已经转身走了。只好问总督的门人："老大，总督是吗意思?"毕沅是江苏太仓人，"乌黑龙龙"乃吴语，清晨的意思，他让大家明天清晨到校场集合而已。门人一听，赚钱的买卖来了，故意大吃一惊："哎呀妈呀，总督要杀人啦!""要杀谁?""不清楚。"诸将大惊，杀谁都不是好事。最重要的是，每个人似乎都有被杀的理由，于是集体向门人请教办法。门人说，你们凑一万两银子来，我给想想辙。性命要紧，不愿意也得凑。很快，一万两白花花银子交到门人手中。门人把银子收好，偷着笑了一阵，出来跟诸将说，我已经贿赂了姨太太，姨太太答应给总督吹枕边风，让他别杀人了。你们明天早点到校场集合操练即可，千万别迟到。第二天，毕沅观礼、训话完毕，收工回家，果然一人未杀。诸将长舒了一口气，都夸这个门子不错，挺会办事。

毕沅也是中过状元的知名文人，手下如此利用他，他居然毫无觉察，封建官场之昏聩可见一斑。不过，下人可不是没事骗主人玩，他们是无利不起早。利益驱动之下，自然铤而走险。他们知道，上面不会查，下面不敢问。上下沟通脱节，自己可以为所欲为。

在这样的大背景下，就连素有清官之美誉的包拯也不免被蒙蔽。包拯任开封知府时，某罪犯向胥吏行贿，希望能减轻刑罚。胥吏一想，这种事于包大人根本没得商量，要想达到目的，必须顺应他愿意做清官的思路。于是告诉犯人，到时候你就这么办。升堂审案，包公问明原委，判令打被告若干板子。犯人依计行事，忽然大喊冤枉，包拯正待细问，胥吏立刻上去捂住他的嘴，不许他叫喊，并要立即行刑。包公一看，不对啊，胥吏想干什么? 他是不是收了原告的贿赂? 这里面一定有猫儿腻! 虽然我不知道猫儿腻在哪里，但我知道这里面一定有猫儿腻! 包公得意地一笑，命令给罪犯减刑，再打胥吏十七板子!

胥吏虽然挨了几下打，但收到一笔不菲的贿金，他很高兴。

鼋

清朝乾隆进士白瀛，被派到川东当官。他携带家眷，挂起帆船，浩浩荡荡沿长江逆流而上。其时，白瀛刚花千金买了个小妾，该小妾年轻又漂亮，美丽又大方，把这白老先生稀罕坏了，捧在手里怕吓着，含在嘴里怕化了，天天与小妾耳鬓厮磨。

船到镇江，在江心停泊安歇。小妾被美好夜色打动，推窗远眺。忽然间，阴风劲吹，巨浪翻滚，江中现出一只巨鼋（音同"元"，和王八相似的一种动物），只轻轻一吸，可怜玉雕般的一个美人哪，就进了它的肚子。船上的人来不及做出反应，惊涛千尺的水面已是风平浪静！白进士坐在船头号啕大哭："大地呀，你善恶不分何为地，老天啊，你不分好歹枉为天！"哭完，他发誓一定要捉住这只老鼋，千刀万剐报仇雪恨。于是传话给附近船只，有捉住老鼋的，重赏百金。船家们争先恐后，下饵垂钓。他们以猪肝羊肝为诱饵，在水面上系个空坛子当浮漂。两天之后，巨鼋居然上钩了！这只鼋太大了，几十个人一起拉绳子也没拉起来，只好牵来四头水牛帮忙，才把巨鼋拉出江面！但见这只巨鼋，光头部就有车轮大小，身子像屋子一样。众人一顿乱斧，砍得巨鼋满地翻滚，惨叫声传出好远好远。翻滚中，地面上被砸出一个个小坑！终于，巨鼋死了。人们将其开膛破腹，发现了小妾佩戴的金镯子。白瀛悲从中来，令人将巨鼋砍得稀碎，再用火烧，腥臭之气，数里可闻。

最后还剩下一个大壳，像金石一样坚硬。人们盖了一个小亭子，用这只壳当屋顶，亮如明瓦。清人李调元说："（亭子）至今在镇江朝阳门外大路旁。"不知道他讲的是不是真的，也不知道现在这只巨壳还在不在，有机会应该到镇江去看看。

❧ 我是主子，你是奴才 ❧

场景一：一个"捐肩"——替人背东西挣钱的人，扛着柜子气喘吁吁地走在路上。迎面驶来一辆马车，车上乘客绫罗绸缎，肥头大耳。苦力眼前一亮，大声喊道："张三，下来帮爷扛东西！"车上乘客慌忙下车，连连施礼，塞一把银子给苦力，小声说："老爷，给小的一点儿面子！"苦力看看银子，够自己一个月花销了，点点头说："滚蛋！"乘客赶紧上车，一溜烟儿跑了！

场景二：穷光蛋王五家里死了人，出殡时，想雇一伙吹鼓手营造气氛。后来一想，雇人还要花钱，把大学士松筠找来敲鼓吧，既省了钱，又有面子——松筠是皇帝的红人。于是派人给松筠送信儿。松筠已然头发花白，还是屁颠屁颠地赶来了，二话不说，拿起鼓槌儿敲起来。

或问，这是真的吗？哪朝哪代的事儿？为什么会这样？答，是真的。清朝的事儿。

建州女真发展壮大以后，逐渐分为八旗。人们提到"八旗子弟"，意指纨绔。其实在旗人中，也分三六九等，等级森严。既有旗主，又有旗奴，有点农奴制的性质。旗主都是爱新觉罗家族的近支或功臣，旗奴多为掳掠来的民人或降兵降将。皇帝居于最高位置，所有旗人都是他的奴才（看电视剧时，你可以注意一个细节：满族大臣在皇帝面前一般都自称"奴才和珅""奴才明珠"等，汉族大臣则自称"臣刘墉""臣姚启圣"等，这是因为后者跟皇帝没有主仆关系）。旗人均世袭，老子是旗主，儿子孙子还是，老子是旗奴，自然也波及子孙。古人说"富不过三代"，旗主的子孙无法守成，坐吃山空，成了破落户；有些旗奴的子孙倒是奋发图强，一朝发达，成了朝廷重臣。旗主和旗奴各自发展，多年不再往来，只有名分上的关系。不过，旗主败了家，地位还在，且有法律保障，对于昔日的奴才依然可以吆五喝六。这就形成了穷主子和富奴才的奇特景象。

旗奴自然要恭敬旗主，但并不愿意遇到穷主子。道光年间，扬州知府的夫人（汉人）想宴请两淮盐运使的老婆（旗人），因知旗人规矩多，特意请了一个中等守备的老婆当陪客。两淮盐运使官居三品，守备只是五品。孰料，主宾一见陪客，立即双膝跪安，守备妻子说："今日主人赏你饭吃，不必拘礼。"待到吃饭时，本该入上座的盐运使妻子站在一旁，忙着为守备妻送箸斟酒，守备妻则据案大唉，毫不客气。席散客去，守备妻欣欣然，盐运使妻悻悻然，知府妻则惶惶然。原来，守备妻为旗主，盐运使妻是旗奴。知府闻听此事，忙去谢罪，而盐运使终不肯原谅。

一个正常的社会，应该是不问出身，皆有出头机会的，出头之后则各安其位，无须囿于前事。我们都不希望重演"旗主旗奴"这样败兴的场面。

❧ 奇遇与恐怖 ❧

清朝颜嵩年著的《越台杂记》中，讲了个鬼祟缠身的故事。何奇是东莞人，在虎门一家咸鱼店打工，其妻被鬼魅缠身，半夜鬼魅常来共寝。第二日，其妻醒来，凉汗满身，精疲力尽。虽请了神汉巫婆来驱逐，但均未成功。一日，女人用男人的嗓音对何奇说："我占了你的老婆，情知理亏，但只为了结前缘，决无害人之意。不必花冤枉钱找我麻烦了。念你贫穷，我可以帮你点小忙，虽发不了大财，起码可以混个温饱。"令何奇去赌博，先告诉他怎么赌，下多少注。何奇依计而行，果然赢了钱回来。此后，鬼魅每两月必来一次，谈笑如同一家人。吃饭时，何奇也会摆一个空碗给他，所谓"虚位以待"。不久，厚街举办庙会，请神送鬼。鬼魅邀请何奇一起去厚街看看。何奇推辞说："我太忙了，去不了。"鬼魅说："那我自己回去一趟，来回大概二十多天，一路花费不少。你赌博时多下些注，给我烧一点纸钱。其余的用作日常开销。"趁着鬼魅离开，何奇带着全家逃到了香港附近的大澳岛。一过数月，鬼魅再没来侵扰。一家人非常高兴。忽一日，竟又找上门来。鬼魅借女人之身说："我待你们不薄，你们怎能这样对待我？烟水茫茫，无可奈何，等了好长时间才搭上渔船赶到这里。让我如此辛苦，你们心安吗？"自此，鬼魅与何奇一家相处如初，数年也没发生过什么事。

❧ 大必有异 ❧

《玉堂荟记》中说，清宫内多异物。有一次，作者见到五六寸长的瓜子，这么老大，也不知是哪里产的。

我伸出手掌比画了一下：五寸，半尺，皇帝妃子们怎么吃？往嘴里一放，直接就扎喉咙了。用菜刀切开？或者用水果刀削着吃？——这还是嗑瓜子吗？莫不如小巧的瓜子吃着得劲儿。就算我少见多怪吧，这么大的瓜子倒贴钱我也不吃。麻烦！

《酉阳杂俎》中记载，唐文宗大和年间，有个叫田布的人路过蔡州，见路旁有一种草，长得像蒿子一样，茎秆有如手指般粗细，叶子都凑集在顶端。奇形怪状，鹤立鸡群。这是什么东西！田布好奇，折下叶子来看，哎呀妈呀，吓出一脑袋冷汗来。只见叶子中间裹着十来只刚出生的小耗子，仿佛皂荚，眼没睁开，慌张地挤作一团，啾啾乱叫。

《五山志林》中记载，广东秀才梁麟生听人讲，有个老头儿在梦中碰到一个人。此人推心置腹地提醒老头儿，有三个客人要来拜访你。他们来没什么好事，你要有心理准备。老头儿在家等了一上午，未见人影。日过三竿，仆人送来三个香蕉，嚯，太大了！伸出双臂来方能接住。老头儿左看右看，喜欢得不得了。忽想起昨夜之梦，惊呼道，莫非这就是那三个客人？扒开香蕉皮喂给狗吃（狗吃香蕉吗？存疑——作者注），狗立毙命。老头儿大吃一惊，命仆人刨倒香蕉树看看究竟。结果，在其根部赫然趴着几十只蟾蜍（癞蛤蟆）。据分析，香蕉之所以这么大，乃是蟾蜍的毒素催成的。好恶心！

❧ 贡品经过，闪开 ❧

往远方看，宽广的黄土大道上，一个小黑点风驰电掣般奔来——越来越大，越来越大，你还没弄清是怎么回事，它就以迅雷不及掩耳之势擦身而过，灰尘久久没有散开（若赶上雨后，还会溅你一身泥点子）。再看时，那坨东西越来越小，越来越小，逐渐变成一个黑点并消失。不用问，这便是杜牧笔下"一骑红尘妃子笑，无人知是荔枝来"的真实写照。

封建社会，长年累月奔波在驿道上的进贡车队、马队，是一道疯狂的风景线。他们专门运送各地精华产品，亦即贡品，供给皇帝和他的嫔妃享用。贡品价格无所谓，反正有国库埋单，但质量必须保证，一定要新鲜、个大皮薄，保湿保甜。因此，包装必须豪华，保管必须精心，运输必须神速。

清朝时，吉林进贡一种鳇鱼，平时养在江边，等到三九寒天，捞出来冻好、捋直，用黄绫布裹好，放在一个掏空的树窟窿里。有的鳇鱼个头太大，需要几辆驿车连接起来才装得下。出发前，送贡人还要沐浴更衣、素食三天。此后，一个车队浩浩荡荡大约走一个月才到北京。同样的路程，不一样的东西，运输的时间要求不一样，比如，伊通县进贡一种大葱，必须快马加鞭七日之内送到京城，晚了不行，进贡者会挨罚甚至坐牢；盛京每年向宫廷进献辽阳香水梨，每次五十担，雇用五十名挑夫，必须在十天内送到京城，即便如此，还是烂掉将近一半，剩下的挑挑拣拣，够品质的梨不到二十担。有人算了一笔账，用这笔庞大的运费直接在北京买香水梨，至少可以买一百担，而且品质更好！但他们宁可年年在当地购买，年年雇挑夫。

宫廷里用的、吃的，真的就那么金贵？真的是必需品吗？也不尽然。唐朝时，舟山岛每年进贡各类海产品，需要四十万官兵日夜不停地水陆接力才能及时运到长安城，你可以想象其壮观景象。倘若发生战事，这样的场面尚可理解，但他们只是在为皇帝们运送虾酱！没错，就是虾酱。也许有人说，皇帝吃的虾酱跟老百姓吃的不一样。但再不一样也是虾酱啊，它还能变成旺旺大礼包？为了几罐虾酱兴师动众，也只有皇帝们干得出来。

东北某地专门进贡一种草。这种草其貌不扬，干什么用呢？供慈禧太后用于疏通烟袋锅子。用什么通烟袋锅不行，非得用草，而且必须这一种草，不是烧包吗？但老佛爷要的就是这个"范儿"。可怜了挑夫们，累死累活日夜兼程地赶到宫廷的配送中心，一问，我刚才送的是什么宝贝疙瘩呀？什么？草?！

跪雨奇缘

《满清官场百怪录》中载，江苏有个叫刘玉书的，自幼迟钝，脑子不好使，上私塾时，老师一天只教他二三十个字，他都读不明白。这可把他老爹愁坏了，怕他将来会饿死。好在家里有钱，有钱能使鬼推磨。老爹掏钱给刘玉书捐了一个官，在吏部排队等待空缺。刘玉书人虽愚钝，但凡事循规蹈矩，绝不越位。部里让候着，他就候着，一候就是二十年。老天终于开恩，吏部给了刘玉书一个九品巡检的职位，到广东就任。清制，得到空缺的人，要去午门外拜谢天恩。但此规矩早就无人遵守了，空留下一个制度。刘玉书不知从谁那里听说了这个规矩，立即穿新衣戴新帽，大清早就跑到午门外行三跪九叩大礼。正好天降大雨，刘玉书跪在雨中，一板一眼地行礼，叩拜，唯恐不合规矩。正好某亲王入值军机，看到有人在那里行礼，觉得可乐，就让身边的人问问是谁，刘玉书报上了自己的姓名和将要就任的官职。

此时，两广总督正在军机处汇报工作，该亲王刚要把午门见闻告诉他说："你们广东某县某司巡检刘玉书……"忽然里面一声喊，皇帝召见，亲王慌慌张张地跑进去。第二天，总督也打道回府了。正巧，下面送来新任官职的资料，总督一见刘玉书的名字，想起亲王曾提到过，以为他是亲王身边的人，就赶忙叫进来，说："离京前没来得及跟王爷告别，他还好吧？"刘不明就里，只能唯诺应承："好，好。"一年后，刘玉书被提拔到税务部门当主管，获利甚丰，又过一年，再被提拔为知县，继而成为监司。

刘玉书为官期间，倒也没捅娄子，顺利干到任满。两广总督修书一封，派刘玉书带着礼物去见亲王。但刘玉书不懂规矩，没给亲王的门房送礼。门房说，要见亲王，四鼓以后再来！这刘玉书傻乎乎地回去了，果然于四鼓时来见。此时王爷正要去上朝，刘玉书上前叩拜，递上书信和礼单。亲王看了礼单，很满意，频频点头。再看两广总督的信，极言刘玉书忠厚知礼，才华横溢，计划保举为道台。王爷早忘记了前事，一边读一边疑惑，这刘玉书何许人也，还劳两广总督再三提及？刘玉书是谁呢？刘玉书，刘玉书……

上朝时，皇帝问王爷，广东有个道台缺，谁补合适？王爷说，总督推荐了刘玉书，那就刘玉书吧！其实王爷根本不知道刘玉书是谁。于是皇帝下旨，刘玉书补缺。

这个故事很可能是官场中人编的，现实中或有巧合，但难这么巧合。升迁管道不畅，人人都在期盼奇迹出现，这个故事极大地缓解了他们的升迁焦虑。无论传播者还是倾听者，都有意无意地把自己置换成了那个傻乎乎的主人公。

❧ 陋规 ❧

假如，你是古代一个新任知县，远赴云贵高原上任。你的家属与跟班好几十人，一路奔波，吃喝用住，需花费上千两银子，而你又是个穷光蛋，身无分文。两条路摆在你的面前：一是借驴打滚的高利贷，一千两银子到手就扣掉四分之一，剩下的，可能好几年都还不完；另一条是有个人找上门来，要求给你垫付路费，将来有钱就还，没钱拉倒，唯一的要求是做你的幕僚或长随，给你写写算算、跑腿儿出主意。你会怎么办？很多人都义无反顾地选择了后者。

那位说了，幕僚自费给人打工，不是犯贱吗？不！天下攘攘，皆为利往。投资是为了使利益最大化。做知县的幕僚，外快很多。就拿告状来说吧，"戳记费""挂号费""传呈费""取保费""纸笔费""出结费"，甚至什么"升堂费""坐堂费""衙门费"等等不一而足。这些钱，统称"陋规"。但"陋规"也是"规"，是衙门里约定俗成的收入。古语"衙门口朝南开，有理无钱莫进来"，真是血泪凝成的经验之谈。其实，这么多钱，并非作为衙门老大的知县知州们通吃。相反，经过一层层盘剥，真正落到老大手中的，已剩下没多少。相传清朝有甲乙二人，凑钱捐了个知县，甲当知县，乙当门房。三年下来，乙攒下的钱比甲还多。甲生气了，让乙当知县，自己当门房。又过三年，两人财富相当了。

所以，自费打工，绝对是合算的买卖。古代衙门里的书吏，又称押司，对，就是宋江大人的头衔，月薪只有俸米五斗到一石之间，清代改发银两，也不过每年十几两银子。凭这些工资，别说给流氓地痞当"及时雨"，全家老乡喝"西北风"都不富余。但书吏代当事人向审官说情送礼，危言恐吓有关的当事人，故意拖延办案，等待原告花钱催办，银子就能大把大把地进来。而这些"陋规"，朝廷也无可奈何。康熙年间，皇帝就以书办自有陋规收入为由，将其伙食费一概革除，书办成了不领国家一毛钱的公差。即便如此，人们还是挤破了脑袋，花钱到衙门里当差。

实乃可笑！

如意

嘉庆皇帝即位后，曾发布一道上谕，禁止王公大臣进奉"如意"。满洲旧俗，凡值年节，臣子们必进"如意"于朝，取"吉祥如意"之彩头。嘉庆说："诸臣以为如意，在朕观之转不如意也。"但《述庵秘录》中载："太后帝生辰三节，王大臣督抚等例进如意（督抚现任者有此制，开缺不能）及贡物，由内务府内监等递进。"此处的"太后帝"指的是慈禧和光绪。看来，嘉庆的政策并没有延续下去，他死以后，"如意"又成了必进之物。

中国古代社会，如意曾是一种非常普及的玩意儿。若有机会到故宫，你会看到形式各异的"如意"。王室公卿家里，肯定要有几件如意，平民百姓家中亦常见。但在今天，知道"如意"这种东西的人不多了。那么，如意到底何物？简单地说：就是一个柄，柄上安一个头。聪明人恍然大悟——这个形状很像锤子嘛！恭喜你，答对了。但如意的性质与锤子截然相反。同样是刀，一个人手拿杀猪刀向你走来，你会看到满脸杀气；如果他拿的是水果刀，你就明白他是要削水果给你吃。同理，有人掂个锤子跟你聊天，你一定想着赶紧离开，若是他拿着一把如意，彼此之间的距离一下子就拉近了。如意粗线条类似锤子，但比锤子妩媚得多，其柄有扁有圆，或直或弯，材质有金、有玉、有银、有铜、有沉香木，贫寒人家也有用竹子和普通木头的，一般还要在柄下打一孔，穿一坠饰；柄上之头，有的与柄天然一体，有的是后安上去的。

如意的来历，说法不一。有的说源自印度佛教。法师讲经时，常手持如意一柄，记经文于上，以备遗忘，如同臣子觐见皇帝时手中捧着的笏板一样。也有的说，如意最初是一种武器，或者是带护手的短剑。喝酒碰杯，本为预防敌人在酒中下毒，借碰杯之机把酒洒到对方酒杯中一点，后来成了礼仪，如意大概也是如此，逐渐由武器变成了伴手物。不过，更多的人以为，如意是痒痒挠的变种。开始是痒痒挠，后来不断装饰，改变花样，称呼也由通俗的"不求人"变成文雅的"如意"。后面这个说法，应该更可信。弄个"如意"在手里，方便随时搔痒。为什么"如意"消失了呢？我觉得，这与其材质和装饰越来越艺术化，实用性越来越差有关。一种东西，多少总要有点儿用，如果一点儿用都没有，即使再艺术，名称再好听，最终也要被淘汰。当然，卫生条件的改善或许也是"如意"出局的原因。

照应开头，讲讲嘉庆为何禁奉"如意"。原来，乾隆立嘉庆为太子时，和珅第一个得到消息，赶紧送了一柄"如意"给嘉庆通风报信。嘉庆即位后，担心和珅将此事泄露给史官，万一载入史册，将为后人耻笑，遂下达禁奉之谕，是为釜底抽薪。这也算一则有关"如意"的逸闻吧。

趁火打劫

清御史姚元之曾听一个老兵讲，嘉庆二年（1797）十月二十一日，乾清宫失火，他在殿屋上救火，初见白烟一缕，从殿脊升腾而起，直上云霄，烟中出现一峨冠博带之人，高不过尺许，愈上愈小，哧啦一声，化为黑烟而散。接着，或现女子身，或现道士身，或现书生身，或现盔甲身。高者尺许，短者数寸，不一而足，纷纷从火中跃出。他们是谁？老兵解释说，他们都是珠宝精。宫中所藏珠宝甚多，日久成精，大火一烧，皆现形逃走了。

听上去挺玄乎的。也许是老兵眼花了？反正没人见过，且一笑了之。

但溥仪在《我的前半生》一书中提及，辛亥革命后，溥仪仍居留在"内廷"。1923 年 6 月 26 日夜间，西宫敬胜斋突然发生火灾，烧毁建福宫花园范围内一大片建筑，所陈设和贮存的文物统统烧毁无存。溥仪认为，这是有偷盗行为的太监们为了掩盖罪行而故意放的火。因此，我们可以推断，嘉庆二年的那次大火之后，很多珠宝也不见了踪影。"珠宝精现形逃走"倒是个很好的说辞，反正当时迷信成风，这种解释易让人信服，趁火打劫者便可顺利躲过追查了。

明清两代，皇宫中曾多次失火，损失巨大。嘉庆二年的那次火灾中，《永乐大典》正本全被焚毁，包括经、史、子、集、道经、释藏、工农技艺等，共二万二千八百七十七卷，一万一千零九十五册。至于明朝永乐、嘉靖年间的大火，房屋、梁木、宫藏字画、珠宝，焚毁无算。皇帝虽然也表示"震惊"，甚至杀了几个"小爬虫"以示惩戒，但并没真正感到肉疼、肝儿疼、心疼，反正烧了以后还可以再建。旧的不去，新的不来嘛！自然，皇帝自己不能掏腰包的，他让下属掏。嘉靖朝大火后，皇帝下令："议准户、兵、工三部各予处银三十万两，以备兴作。差御史四员，查解节年拖欠工部料银；仍准开例行各抚、按取赃罚款及缺官柴薪解用；决敕两京料道官清查各监、局、库、厂，收贮各省年例物料解用。"下属的钱从哪儿来？自然是更下面的下属。一层层派下来，最终全落到了普通老百姓头上。更重要的是，他们并非单纯地"转嫁"，在转嫁过程中，还要层层扒皮。皇帝要一两银子，从老百姓那里收取的，没准儿超过十两。刑部主事董传策弹劾严嵩在"灾后重建过程"中舞弊："……侍郎刘伯跃以采木行部，擅敛民财及郡县赃罪，辇输嵩家，前后不绝。其他有司破冒攘兑欠，入献于嵩者更不可数计。嵩家私藏，富于公帑……"这是大家看到的。看不到的呢？肯定更多了。

所以，太监有意纵火（或借失火之机）盗宝，简直就不值一提。最大的肥肉在"灾后重建"上。这是另一种形式的"趁火打劫"。皇帝明知有人会借机发财，并三令五申严查舞弊，最终也不过是做做样子。若顺着链条捋上去，皇帝就是最大的贪污犯，他岂能择得干净？大家都装糊涂吧。

一生

嘉庆皇帝过生日，收到一份奇特的贺礼，有人从康熙和乾隆的御制诗中集出了二百句组成一首长诗。康熙和乾隆都酷爱写诗，作品不计其数，但并不让人欣赏。嘉庆似乎也知道这件事。他问呈送诗歌的大臣："这首诗到底出自谁手？"大臣说："乃是自己聘用的家庭教师——安徽桐城人龙汝言。"嘉庆高兴地说："南方士子，往往不屑读先皇诗，此人熟读如此，具见其爱君之诚。"当即赏龙汝言举人出身，嘱他参加第二年的会试。

第二年春天，主持考试的官员把会试文章以及录取名单拿给嘉庆过目。嘉庆翻了翻，说："这些文章太差太差，主考官瞎眼了？"主考官诚惶诚恐，偷偷问皇帝的近侍，这一科的文章不错呀，大家公认比前几年好，怎么把皇上气成这样？近侍回答："你们没有录取龙汝言，皇上不高兴了，又不便明说。"主考官恍然大悟。第二年，龙汝言自然榜上有名。嘉庆亲自主持殿试的时候，先打开弥封看了看名次，龙汝言是第一名。他什么都没说，又悄悄封上了，但大臣们估计，皇帝心里应该小小地高兴了一下。

殿试合格的，算是天子门生。龙汝言作为皇帝的学生，被授为实录馆纂修。实录馆乃整理皇帝言行录的部门，而龙汝言熟读清朝先皇的作品，这个位置自然很适合他。但谁也没想到，龙汝言正是跌到了这个位置上。话说龙汝言由于家贫，仰仗岳父供养，妻子对他颐指气使，经常给他气受。龙汝言想："我都是皇上的学生了，这败家娘儿们还拿我不当人，真是瞎了狗眼。"赌气躲了出去。第二天，馆吏把高宗实录（乾隆言行录）拿来给龙汝言校勘。第三天，馆吏来取，龙的妻子又原样不动地交还给对方。龙汝言不在家，根本不知道此事。签有"龙汝言"大名的稿子交到嘉庆皇帝手上，嘉庆一看，"纯庙（乾隆的庙号）"居然被抄成了"绝庙"。按律这是灭门的大罪啊！嘉庆思考良久，下旨说："龙汝言精神不周，办事疏忽，著革职永不叙用。"人们都明白，这也就是龙汝言，换成别人，早就咔嚓了。

嘉庆死后，龙汝言以旧臣的身份被特许参加追思会，即"哭临"。龙汝言跪在棺椁前哭得死去活来。即位的道光一看，这龙汝言很有良心，还是继续做官吧，就赏了一个内阁中书的头衔给他。谁知道龙汝言是哭嘉庆呢，还是哭自己的命运呢？

龙汝言被后人称为"最幸运状元""最倒霉状元""最大悲大喜的状元""最奇特状元"等。

要我说，这就是一个人的普普通通的一生。

❧ 补缺之前 ❧

清制，没有补授实缺的官员在吏部候选后，吏部再汇例呈请分发的官员名单，根据职位、资格、班次，每月抽签一次，分发到某一部或某一省，听候委用，称为候补。候补的人，早晚要当官的。但他在候补期间做的事，可以映射未来。我们来看两个候补县令的故事。

道光初年，江宁城内盗案迭出，久未破获。主管民政工作的藩司很着急，就找了八个候补县令，反正闲着也是闲着，你们分段去巡查街道吧。有吕、郭两位，凑成一班，带着十好几个仆人，半夜三更，浩浩荡荡地巡视起来。冬夜寒冷，途遇一个卖汤圆的，主仆人等立刻围住摊子吃起来，每人都出了一身透汗，好爽。食毕，吕大人一挥手，走。摊主追上来说："大人，还没给钱呢！"郭大人说："你是替大清政府卖汤圆还是替你自己卖汤圆？爷是政府的，吃你汤圆是瞧得起你！打！"仆人一拥而上，把摊主揍跑了。吕大人说："这么晚了，盗贼是不能出来了。咱们找个地方要一要？"众人皆说好。一众人走出半里地，黑魆魆瞧见一人正在巷口撒尿，便问："哪里有妓院？"那人做了个手势，跟我来。将他们领到一个门口说："此中有全城名妓，可供你们享受。"两位候补县令心内痒痒，赶紧敲门。一老者开门，看到一堆人，忙问何事。吕大人说："俺们巡夜劳苦，讨口茶水喝。"老者恭恭敬敬令人奉上茗茶。候补令尝了尝，嗯，感觉有股娇滴滴的香味。终于按捺不住说："把姑娘请出来吧，俺们哥儿们要一亲芳泽。"老者惊问："你们哪个单位的，怎么说话呢！"郭大人答："你管我是哪个单位的！是不是拉屎也要告诉你呀！妓院就要有妓院的规矩。别假惺惺啦!"

老者大怒,呼来仆役擒住这几个人,送往官府。原来,老者乃江苏总督的心腹幕僚。刚才在昏黑中没有看清,引他们来此找揍的人,正是那个卖汤圆的小贩。

☙ 河东河西 ❧

清朝名臣何桂清,据说出身低微。当年,他的父亲给昆明知县王燮当门丁。王燮的长子名王有龄,风流倜傥,豪爽仗义,却不爱学习。何桂清给王有龄当陪读,十五岁时写的文章,老辣成熟,别人无法改动一字。何桂清想参加科举考试,但苦于没有户籍。昆明本地士绅看他聪颖异常,将来或许有出息,就千方百计挪用了一个户口给他。何桂清不负众望,过关斩将,十八岁时进入翰林院。翰林院是什么地方啊?——培养官员的机构。而此时的王有龄,因为学业无成,在家待岗,父亲花钱给他捐了个官,方进入官员序列。二人差距就此拉开。才俊不问出身,所谓三十年河东三十年河西是也。

何桂清历任编修、内阁学士、兵部侍郎、江苏学政、礼部侍郎、吏部侍郎等职,1854年任浙江巡抚,成了封疆大吏,时年三十八岁。三年后,又因与太平军作战有功,被提拔为两江总督。此时,王有龄刚刚费劲巴力地由杭州知府转迁为江苏按察使、布政使。一步落人后,步步落人后,又是三十年河东三十年河西。

浙江巡抚死于太平军手中以后,何桂清保举故旧王有龄补缺。咸丰皇帝在何桂清的奏折上连书"王有龄、王有龄、王有龄"九字,犹豫不决,未置可否。何桂清没得到答复,再次上书请示。咸丰批示道:"你只知道有个王有龄吗?"何桂清发狠回复:如果王有龄不称职,请治我滥保之罪!我打包票,出了事我兜着!有了何桂清的力荐,王有龄终于如愿以偿。

当年的大少爷,庇荫于曾经的小厮门下,还是三十年河东三十年河西。

1860年3月,太平军采取围魏救赵战术,攻破江南大营。驻守常州的何桂清收拾东西准备溜走。当地百姓听说后，集体跪到大营门口，请求他与百姓共存亡。何桂清见状震怒，开枪打死打伤若干人，杀出一条血路，逃往上海。垂帘听政的慈禧太后命人逮捕何桂清，以临阵脱逃罪将其处死。第二年，太平军进逼杭州。浙江巡抚王有龄偕同将士在内无粮草外无救兵的情况下，坚守了两个月。城破之日，王有龄自杀身亡。太平军忠王李秀成感叹其勇，厚殓其尸，派人护送棺木返回其故乡福建。

被举荐者没辜负上司，举荐者自己反而没挺住。一个成了逃兵，一个成了英雄，真真三十年河东三十年河西！

匾额背后，定有猫儿腻

清光绪七年（1881），首都北京发生了一件引起广泛关注的事——正阳门外鲜鱼口，新开了一家永顺乾洋货铺，而这家洋货铺的招牌出自崇勋之手。崇勋乃是都察院左副都御史，给一个街头小店题写匾额，观者都以为不伦不类。更有甚者，永顺乾开张那天，崇勋穿着官服亲自去道喜，与店家勾肩搭背，称兄道弟。旁边围观的人指指点点，说什么的都有。

不久，给事中邓承修上奏皇帝，认为崇勋行为卑下，有辱朝廷脸面。皇帝批示广寿和阎敬铭查访此事，调查结果是，情况属实，撤职查办。

从古到今，大家都对行政部门、政府工作人员与商家的接触怀有警惕，所为何来？很简单，这背后有利益纠葛。商家开业，是一种商业行为，它是要和其他企业竞争的。行政部门必须为全体商家服务，而非厚此薄彼。大张旗鼓地给某个商家送花、送匾，题字，去"捧场"，为他们"背书"，这对其他商家就是不公平。据说，崇勋在任上时，曾多次受人之托干预政事。都察院的职责本是监督不正之风，弹劾不法官员的，都察院的领导却亲上火线，带头破坏制度，岂能让人安心？

在封建社会，官员与商家的交往中，刚开始时，多数情况是后者主动。由于制度的原因，官员手里不仅掌握着稀缺资源，还掌握着资源的分配，他们稍有侧重，商家的利润就会成倍增长；根据吴思提出的"血酬定律"法则，即使手头没资源，他们也可以通过各种手段干扰商家正常营业，大量消耗掉商家的利润。商家为了获取资源，或者为了少受损失、息事宁人，就不得不交结官员，以利益为诱饵，先和对方交朋友，建立联系，再和其套关系，试探底线，接着送以金钱、豪宅、美女等，一步步拉其下水。这个过程中，双方的关系也悄然发生了变化。先是官员傲视商人，再是双方平起平坐，最后是政客看商家的脸色。官员用自己所在单位、部门的名义给商家送牌匾，便是浮上水面的行为。私下的"照顾"，已不足以表达他对商家的"关心"和"抬爱"，他必须明目张胆地张扬出去才能讨好商家。打个比方，娼妓诱惑男人，双方勾搭成奸。这本是见不得人的事，但双方交换越来越多，关系越来越紧密，渐渐地，连他们自己都认为这已是人之常情，大家也应该认可他们的关系了。所以，公众如果凭直觉发现某些明面上的行为不合理，只要敢于用心去查，一定能发现背后的猫儿腻。

富勒浑在乾隆、嘉庆年间曾任地方封疆大吏，家中日进万金，吃喝用度，均豪华无比。后来，富勒浑因贪污被查办，穷困潦倒，不得不到集市上去乞讨为生。王公大臣皆避之不及。唯大兴人朱珪怜悯他，每次去讨要，多多少少馈赠他些衣物。有一次，富勒浑乘朱珪不在屋子里，把一个镜子揣到了怀中。朱珪四处寻找，不见镜子，问仆人，方知是被富勒浑偷走了。富勒浑的行为，已非"人穷志短"，早在任上时，他就已经毫无自尊，人格尽失。从崇勋到富勒浑，从商人的奴仆再到大众的盗贼，只是一步之遥。

❧ 民情 ❧

乾隆喜欢跟老百姓打成一片，除了微服私访，四处留下墨迹，证明自己曾"到此一游"，他还在圆明园中搞了个"热闹街市"——每逢节假日，就在园中的同乐园里设一买卖街。卖古玩的，卖估衣的，茶楼、酒肆，甚至拎着小篮卖瓜子的，一一皆备，俨然一静中取闹的街市。大小太监充任各店店主。古玩店里的货品，都是先期从外城的店里买来，标上价格，登记造册，卖出者要上交等值的钱，卖不出的需缴回原物。大臣们进园来办事，可以竞相购买。内官们下了班，也可以结伙到酒肆里吃喝玩乐。店中跑堂者，都是从外城各店中择优选出的，嗓门响亮、长相俊美、反应灵敏。每当乾隆的轿子经过，跑堂的高喊上菜，店小二大声报账，掌柜的恭迎客人，众声喧哗，一派繁华市井景象。乾隆心里高兴，这个小街让他零距离接触百姓，了解民情，同时又活跃了宫内生活，真是一举两得。他告诉臣下要常到买卖街来逛逛：与民同乐嘛！知道老百姓想什么，才能为他们服好务！

但这位皇帝并不知道，这种"民间生活"无论模仿得多像，也只是"像"，而非"是"。宫人内监们扮演着各种角色，不过是供皇帝开心罢了，封建社会统治者对百姓的关心，只能是表面的。

乾隆晚年的时候，爱好旅游，他在热河建起了避暑山庄，圈地数十里，广筑围场，杂植时令花草。一天，乾隆带着属下在园子里游玩。绿草如茵，清风习习，简直不知盛夏已至。乾隆笑着说："此地气候温和，远胜京师，真不愧是避暑胜地。"旁边一个武臣可能是喝多了，居然摇头晃脑地回答道："的确不错，这里很凉快，但皇上只是就宫内而言。到园子外面看看，城市街道极狭窄，房屋亦低小，底层平民蜗居其中，灶台衔接，烟熏火燎，要说热，简直十倍于京师。民间有谚曰：'皇帝之庄真避暑，百姓仍是热河也。'不知皇帝听过没有？"

乾隆一听，十分扫兴，袖子一挥，让那武臣赶紧滚蛋。他坚定地认为自己贴近民情，了解百姓疾苦。他愿意扮演一个亲民的皇帝，同时也希望臣子和自己一起演好这出戏，但不识相的家伙信口开河，让自己穿帮，太讨厌了。封建统治者不仅想"自欺"，同时也想要"欺人"。

❧ 理想主义者的盟友 ❧

1855 年，湘军统帅曾国藩遭到太平军的重创，连失武昌和九江，退居南昌，曾国藩被逼得要自杀。其好友，也是他的幕僚刘蓉极力劝阻，救了他一命。在这最狼狈的时候，郭嵩焘亦远道赶来安慰他。三个人诗酒唱和，谈天说地，暂时缓解了曾国藩的焦虑。为了报答两人，曾国藩告诉手下，刘、郭跟自己如同一个人，大营里的钱粮他们可以随便支取，无须汇报。刘蓉和郭嵩焘也真奇怪，几个月间未曾支取一文钱。

或问，刘、郭莫非是欲擒故纵，为追求更大利益才这么做的？官场上这样的把戏不是没有发生过，但刘、郭例外。谁都知道，在政界混，最大利益莫过于提拔升职了。而刘、郭二人和曾国藩也达成了一个协议：只为曾国藩效力，不求保荐。虽然你曾国藩一言九鼎，但不能推荐我们做官。不是我们不愿当官，别人推荐可以，你曾国藩不行。曾国藩欣然应允了。此后数年间，刘蓉、郭嵩焘先后官至巡抚，也算一方大员，真的跟曾国藩没一点儿关系。相反，李鸿章当江苏巡抚的时候，想把郭嵩焘调到自己手下掌管钱粮，曾国藩还去信说了郭嵩焘一堆毛病，希望李鸿章注意。

分析一下刘、郭的心理，不愿接受曾国藩的保荐，理由大概有三：其一，相信自己的实力，靠自己的真本事不愁加官晋爵，何劳曾国藩出手？其二，担心彼此的友谊变质，朋友就是朋友，不夹带任何杂质，我们跟你走得近，是心有灵犀，不是攀附你。其三，三人过于洁身自好，重名声胜过生命。宁可矫枉过正地回避，也不授人以柄，让人耻笑。后来有人如此评价曾和郭："曾国藩中了圣人的毒，郭嵩焘中了曾国藩的毒"。一句话，他们互相理解，内心深处都有着坚强的信念：不拿公器许人，不以公共利益当酬庸。他们真心相信、崇拜圣人之道，而不是嘴上喊几声就完事。

1874 年，隐居在长沙的郭嵩焘忽然接到皇帝的起用诏书，命他进京就职。他在途经南京的时候，特意到曾国藩的祠堂去祭拜。在那里，郭嵩焘悲从中来，哭得一塌糊涂。此时曾国藩已经去世两年，郭嵩焘一定是产生了知音难觅的巨大孤独。

秋扇摇风

左宗棠从当幕僚开始，一直升为军机大臣，此过程中，从未给任何人写过推荐书。他的理由是：如果某人是个人才，我自己就能给他安排位置，何劳别人？若不是人才，推荐给别人岂不是害人？

福建有个候补知县黄兰阶，其父与左宗棠是故交。黄兰阶数年未得补缺，十分着急，跑到京城找左宗棠。左宗棠问明来意，说："在家有田不耕，有书不读，干吗非要做官？如果你肯舍官归家，我可以赠你十亩良田。指望我推荐你，没门！"黄兰阶快快而出，四处溜达。在琉璃厂一带，见有人正模仿左宗棠的笔迹给人写扇面，心头一动，赶紧让对方给自己写了一幅，并标上"赠兰阶"字样。

回闽后，正赶上闽浙总督例行训勉。黄兰阶拜进后，一边摇扇一边回答总督的问题。时值交秋，天气凉爽，总督问："你太夸张了吧？外面好像没这么热。"黄答："不热。我刚从京都回来，中堂大人是我父执，屡次接见，并赠写了扇面，我舍不得离身，时时带在身边而已。"总督一惊，索扇面看了看，确是左宗棠的笔迹，遂记下黄兰阶的名字。回屋后，总督跟幕僚商量。幕僚说："大家都知道中堂大人不写荐书，给黄兰阶题写扇面，应是一种暗示。"于是，黄兰阶迅速得到一个肥缺。

第二年，闽浙总督去京述职，顺便拜见左宗棠。对左宗棠说："您的故人之子黄兰阶年轻有为，我已给他补了实缺。"左宗棠笑道："哦，这孩子呀。去年他找我写推荐书，我没写。如果有才，上级部门自然不会埋没。你看看，果不其然！好，好。像这种事不必跟我汇报，你们见机行事即可。"总督一听，以为中堂大人另有期许，回去以后就把黄兰阶奏保为道台了。

有人说，黄兰阶是个骗子，把两位朝廷重臣都骗了。其实不然。你看：即使无意徇私，故人之子被提拔，左宗棠也明白对方是看了自己的面子，他要领这个顺水人情；总督虽一时被蒙蔽，但若黄兰阶真的没有本事，也不会有升迁机会。整个升迁事件，看似黄兰阶一人得利，其实总督也得利，左宗棠更没亏什么。

❧ 媚粗 ❧

清代官场，有一种习惯，尤其是统兵大员、长官对属下若太客气，就表示不把他当自家人，而越不礼貌，挨骂越多的，就会越成为红人。自李鸿章以来，即成为莫名其妙的惯例，李中堂嘴中"贼娘的好好干去"，便是等于"慰勉有加"的口头语。（引自高拜石《古春风楼琐记》第三集）如果有谁忽然无缘无故挨了上司一顿骂，大家便会来祝贺他，因为这可能是升迁的前兆。

在大众心目中，李鸿章似乎不是个粗人。张嘴骂街，伸手打人，只有粗鲁将军才做得出。李鸿章在文雅和粗俗之间选择粗俗，显然有自己的考虑。而他的下属，似乎也很吃这一套，三天不挨骂，心里就没了底。李鸿章和他的手下通过骂或者不骂，来决定彼此的关系。一般情况下，一个人冲另外一个人笑，是向他示好，一个人骂另外一个人，当然就是对他不满，这是常理。李鸿章们偏不，他们一定要粗门大嗓，咋咋呼呼，显出不拘小节的样子。互相拍着肩膀说，咱们是哥儿们，别来那些虚的，骂了就骂了，打是亲，骂是爱，越疼越拿脚丫子踹，我骂你是因为我稀罕你。他们不但这样做了，而且把这些规矩形成了定例。那么，他们真不在乎细节吗？看下面的例子。

张宗昌是张作霖的嫡系，前者喜欢赌博，张作霖天天供钱任他赌个够，对这个下属的喜爱可见一斑。一天，张宗昌从黑龙江驻地来沈阳拜见老帅，一入大青楼，就大大咧咧往大帅办公室里走，边走边喊："老爷子，效坤（张宗昌字效坤）到了……"不料话音未落，张作霖拍案而起："出去！重进！你是军人吗？妈了个巴子的，当在家里呢！"张宗昌目瞪口呆，好在他反应快，马上原地顿足立定，向后转，迈步退出，然后，在门口回身举手敬礼并高喊："报告，张宗昌到！"待里面发话后才规规矩矩进屋听训。（引自李洁《文武北洋》）

我们可以把该片段改写成这样的内心对话。

张宗昌："老爷子，效坤到了……"（我见了老家伙得亲热点，以免他对我产生戒心。）

张作霖："出去！重进！你是军人吗？妈了个巴子的，当在家里呢！"（他还真把自己当成我兄弟了，你就是一个干活的人，怎么能这样没规矩！都这样跟我没大没小，我还能指挥得了谁？但是，毕竟这小子已经坐大了，换一种方式提醒他一下。）

是的，张作霖满嘴脏话，似乎很不在乎小节，但实际上他很在乎小节，他可以跟你大大咧咧，你在他面前却要乖一点，不能想怎么着就怎么着。他时时提醒你，你们之间有着严格的尊卑界线。无论李鸿章还是张作霖，和他们的下属之间，都在玩一种"媚粗"的游戏。大家在粗俗的外表下，实际上各怀心腹事，有着非常明确的利益诉求。虽然都以粗人自居，但他们谁都清楚自己在这个没有舞台的活报剧中所扮演的角色，角色的分量、大小，何时出场、何时隐身，何时开口、何时闭嘴，更是丝毫不差。

那么，为什么大家都要装"粗"？明明可以通过正常渠道解决的问题，却要退后一步来办理？原因不外乎以下几点。

一、可以自我洗白。跟粗人相对应的词，是"细人"，是斤斤计较、小肚鸡肠、见利忘义、蝇营狗苟的同义词。粗人则是挥洒自如、大爱大恨、义重如山、坚不可摧的同义词。我是个粗人，你要是跟我不一样，你就是细人。我粗你细，首先在道义上就胜你一筹。

二、"媚粗"可以逃避责任。我是个粗人，我不懂得那么多烦琐的规矩。如果我错了，那是因为我粗，你不能和我计较。你跟我一个粗人计较，这有什么意思。责任即便在我，你也不能追究。有比我细的人，你找他们去呀！

三、可以遮羞。我骂了，我打了，怎么着？我心里不痛快就骂，我高兴了就唱。别跟我讲什么羞耻感，我是个粗人，羞不羞的我不在乎。我就是这样的表达方式。醉酒的人口无遮拦，恣意妄为，总能得到谅解，因此很多人都以酒遮脸，而以"粗"遮脸，效果是一样的。只不过，前者是暂时的面具，后者却是长期的面具。

四、可以避实击虚。有些人总是一个劲儿标榜自己是粗人，那理所当然地只是一种策略，当不得真。他们要为自己的生存环境而争斗，为自己的利益而争斗，既然争斗，无论粗人细人，都在绞尽脑汁地钻营。"媚粗"策略的特点是以退为进，先把自己择出来，打消别人的戒备心理。我业务水平差，皆因我是个粗人；知识浅薄，同样因为我是个粗人，我不跟你们争。但到了最后，我赢了，为什么呢？那是因为我使用了业务之外的手段，背地里对敌手进行攻击。乘其不备，致命一击，胜人于无声无息之中。

"媚粗"并非大智若愚，实际上是以粗为技。粗人躲在粗的面具后面，该干什么干什么，该抢什么抢什么，该争什么争什么，绝不耽误。"媚粗"，显然是对文明的反动，是对规则的摒弃，是对潜规则的变本加厉，让人们对不合常理的东西习以为常。面对那些披着"粗"的外衣，大行"粗"哲学，运用强盗逻辑来对付我们的人，不妨大喝一声："俺不吃你那一套！"